Série Aliança de Sangue

Inocência Perdida
Liberdade Perdida
Resistência Perdida
Rebeldia Perdida
Realeza Perdida
Crueldade Perdida
Eternidade Perdida

CRUELDADE PERDIDA

Série Aliança de Sangue — Livro 06

Tradução
ANDRÉIA BARBOZA

AUTORA BESTSELLER DO USA TODAY

LEXI C. FOSS

Crueldade Perdida

Série Aliança de Sangue — Livro 06

Lexi C. Foss

Design de capa: Julie Nicholls, Covers by Julie

Fotógrafo: Wander Aguiar

Modelo da foto: Lucas Loyola & Sophie L

eBook ISBN: 978-1-68530-322-8

Paperback ISBN: 978-1-68530-323-5

Minha *Erosita* estava destruída.

 Primeiro, ela contou alguma besteira sobre um estratagema e como eu não era "seu Cam". Tudo isso não fazia nenhum sentido e me deu apenas uma pausa para envolvê-la na conversa inútil.

Então ela lutou comigo com uma paixão que sugeria que ela sentia que sua própria existência estava em perigo. Talvez porque eu a ameacei. Mas algo em sua reação pareceu mais desesperador do que uma mera necessidade de sobreviver.

E agora, ela estava paralisada embaixo de mim.

Completamente imóvel.

Silenciosa também.

Exatamente o que eu desejava quando entrei, só que eu a queria de joelhos.

Mas isso... não era assim que eu queria. Sua luta apaixonada me deixou mais duro do que eu poderia imaginar. Apenas para que seu silêncio misterioso diminuísse meu interesse no instante seguinte.

Eu não entendi. Deveria estar transando com ela agora. Vampiros prosperavam intimidando e subjugando suas presas. No entanto, nenhuma parte de mim parecia desejar isso.

Por quê?

É assim com ela? É um efeito colateral do nosso vínculo? Se for, por que o tolerei por tanto tempo? É minha fraqueza? Ela é minha fraqueza?

Fiz uma careta. *Não. Se isso fosse verdade, eu a teria matado há séculos.*

Então porque eu a mantenho?

Ela estava incrível embaixo de mim. Mas devia haver outro motivo para eu tolerar esse comportamento.

A menos que isso não fosse normal.

"Eu nunca morri antes."

Suas palavras ecoaram em minha mente, aprofundando

minha carranca. Perguntei se o cérebro dela não havia reiniciado corretamente durante seu renascimento. Talvez eu estivesse certo. Talvez eu tenha quebrado minha *Erosita*.

Então terei que matá-la.

Para aqueles que ficaram comigo enquanto eu terminava a tarefa monumental que foi este livro. Obrigada pelo apoio, amor e palavras atenciosas de vocês. Lamento que tenha demorado tanto, mas espero sinceramente que tenha valido a pena.
Abraços a todos!
<3

CRUELDADE PERDIDA

Série Aliança de Sangue — Livro 06

CRUELDADE PERDIDA

Houve um tempo em que a humanidade governava o mundo enquanto lycans e vampiros viviam em segredo.
Esse tempo já passou.

Ismerelda

O homem a quem estou ligada para sempre agora é um monstro. Uma besta cruel. Um vampiro sem remorso ou quaisquer memórias de nossa existência juntos.

Ele não tem ideia de quem sou. O que significo para ele. Quem costumávamos ser juntos. Mas não vou desistir.

Ele vai se lembrar de mim. Eu juro.

Cam

Sou um rei vampiro. Um ser superior a todos os demais.

Menos a ela. A mulher que se recusa a se curvar.

Vou acabar com ela. Destruí-la. *Reformá-la.* E quando ela

finalmente aprender seu lugar ao meu lado, vou acabar com ela.

Porque não preciso de uma escrava desobediente. Devo governar esta aliança, e é exatamente isso que vou fazer.

Bem-vindo ao novo reinado.
Está cheio de sangue, transbordando de alianças quebradas e repleto de morte.
Meu reino. Minhas regras. Meu futuro.

Nota da autora: *Crueldade Perdida* tem conteúdo *dark*. Por favor, leia a nota de advertência dentro do livro. Além disso, embora esta história possa ser lida como um romance independente, esta série é mais apreciada em ordem.

Houve um tempo em que a humanidade governava o mundo enquanto lycans e vampiros viviam em segredo.

Esse tempo já passou.

Bem-vindo ao futuro, onde as linhagens superiores fazem as regras.

Prossiga por sua conta e risco.

A Aliança de Sangue

O direito internacional substitui toda a governança nacional e será mantido pela Aliança de Sangue — um conselho global dividido em partes iguais entre lycans e vampiros.

Todos os recursos devem ser distribuídos igualmente entre lycans e vampiros, incluindo território e escravos de sangue. No entanto, a posição social e a riqueza ficarão a critério de cada grupos e casas.

Matar, machucar ou provocar um ser superior é passível de punição com morte imediata. Todas as disputas devem ser apresentadas à Aliança de Sangue para julgamento final.

Relações sexuais entre lycans e vampiros são estritamente proibidas. No entanto, parcerias de negócios, quando proveitosas e adequadas, são permitidas.

Os seres humanos são classificados como propriedade e não possuem direitos legais. Cada um será marcado através de um sistema de classificação com base no mérito, inteligência, linhagem, habilidade e beleza. Priorização a ser estabelecida no nascimento e finalizada no Dia do Sangue.

Por ano, doze mortais serão selecionados para competir pelo status imortal do sangue, a critério da Aliança de Sangue. Desses doze, dois serão mordidos para a imortalidade. Os outros vão morrer. Criar um lycan ou vampiro fora desse processo é ilegal e passível de punição com a morte imediata.

Todas as outras leis ficam a critério dos grupos e da realeza, mas não devem desafiar a Aliança de Sangue.

UMA NOTA DE IZZY

Aproximadamente noventa por cento da população mundial foi massacrada depois que os humanos descobriram a existência de vampiros e lycans. Os governos mortais tentaram transformá-los em armas e escravizá-los.

Esse plano não funcionou bem para a humanidade. Daí o massacre que se seguiu.

Os humanos que sobreviveram foram colocados em currais como gado.

Muitos deles agora servem como escravos de sangue. Outros são brinquedos para os lycans. É o verdadeiro significado da distopia.

E vivo nesta nova realidade há quase cento e dezoito anos.

No entanto, mantive a esperança, aguardando que meu companheiro vampiro há muito perdido retornasse para mim. Ele possuía uma visão de respeito, uma forma de governar os humanos sem ser cruel. Ele acreditava fortemente no respeito à fonte de alimento que mantinha a ele e seus irmãos vivos.

Cam.

O mais antigo vampiro da espécie.

Muitos já o respeitaram. Mas a maior parte do mundo pensa que ele está morto.

Ele não está.

Posso sentir em minha alma. Porque ele é meu companheiro. Ele é a razão pela qual ainda estou viva. Realizamos uma cerimônia há mais de mil anos, unindo nossos espíritos em uma dança que deveria durar para sempre.

Mas ele foi tirado de mim.

Foi preso.

Torturado.

E agora... ele acordou. Mas não é o homem que conheci e amei. Ele é um monstro. Ele é cruel. E não tem lembrança de quem sou para ele.

Cam me vê como comida. Um brinquedo. Um objeto sexual.

E esse é o objetivo desta nota.

Minha história não é para os fracos de coração. Cam está irrevogavelmente destruído. Ele está sombrio. Não vê problema em aceitar o que acha que lhe é devido. Porque foi reprogramado em um ser antigo sem um pingo de humanidade.

Além de sua ligação comigo.

É por isso que não vou desistir. Lutarei por ele até meu último suspiro, mesmo que sejam suas mãos em volta da minha garganta.

Cam está destinado a ser rei. Meu rei. Assim como estou destinada a ser sua rainha. E você sabe o que dizem: a rainha é sempre a peça mais forte do tabuleiro.

Ele pretende fazer com que eu me curve e esmagar meu espírito.

Enquanto isso, estarei procurando por sua alma. E quando eu a encontrar, darei um golpe letal. Um que o deixará de joelhos.

A menos que ele me mate primeiro...

Aviso de gatilho: este livro contém temas sombrios de consentimento duvidoso que beira o não consentimento entre o mocinho (Cam) e a mocinha (Ismerelda). Existem também casos de sonofilia, parassonia, brincadeiras com respiração, brincadeiras com sangue, pensamentos depressivos, automutilação e elementos semelhantes aos de escravidão.

Quando digo que este é um dos livros mais sombrios que já escrevi, estou falando sério. Há certas cenas que realmente partiram meu coração. E demorou um pouco para Cam consertar tudo. Mas ele rasteja. Em um certo momento.

Por favor, proceda com cautela.

CAM

ESSA É A MINHA COMPANHEIRA? pensei, estudando a loira na cama. Lábios deliciosos. Lindos peitos. Cintura macia. Rosto bonito.

Imagino que poderia ver o apelo físico. Mas não senti nada além de vontade de transar com ela.

Bem, isso não era inteiramente verdade. Eu também queria beber até secá-la.

Infelizmente, não pude fazer nenhuma das coisas, porque ela estava inconsciente.

— Merda de mortais — murmurei, enojado com seu lento processo de regeneração. Se ao menos Lilith tivesse tido sucesso em sua tentativa de criar brinquedos humanos inquebráveis.

Com um suspiro, foquei novamente em meu laptop e comecei um novo registro.

— Meu soberano — a voz de Lilith me cumprimentou,

mas o tom me irritou. Ouvi com muita frequência nos últimos dez dias.

Infelizmente, foi necessário.

Muita coisa aconteceu no último século enquanto eu dormia e, com minha memória falhando, confiei nessa voz estridente para me atualizar sobre a ordem mundial.

— Se você está assistindo a este registro, então decidiu que é hora de anunciar seu retorno à nossa Aliança. Preparei algumas sugestões para você...

— Mesmo? — perguntei, revirando os olhos. — E quem é o rei aqui, humm?

Ouvi enquanto ela listava diversas ideias sobre como abordar meu ressurgimento na sociedade. Nenhuma me atraiu.

Este era o meu reino.

Portanto, eu faria do meu jeito.

Ela marcou uma reunião para três dias, mas graças à recente transmissão de Ryder apresentando a cabeça decepada de Lilith, os membros da realeza da região e os Alfas do clã estavam em perigo.

Eu precisaria lidar com o rebelde errante em algum momento. No entanto, estabelecer a ordem era uma questão mais urgente. Especialmente com os revolucionários em ascensão.

— Você realmente me decepcionou — eu disse a Lilith enquanto desligava seu registro. — Talvez eu não puna Ryder com muita severidade, pois está claro que sua morte foi bem-merecida. — E não apenas pelos seus fracassos como líder, mas pela sua voz irritante.

A voz dela sempre me incomodou assim?, me perguntei, estremecendo com a dor de cabeça que se seguiu ao registro. *Ou é apenas uma reação por ter dormido tanto?*

Porque cada registro que assistia parecia se estilhaçar em meu crânio, deixando uma dor surda para trás. O que não poderia ser normal. Mas eu não poderia perguntar a Michael ou a qualquer um dos meus subordinados sobre isso. A dor era uma fraqueza. Isso não me tornava melhor que um mortal.

Como a loira com um cheiro delicioso em minha cama, pensei, voltando minha atenção para ela.

— Não sei por que te mantive por tanto tempo, Ismerelda. Talvez eu deixe você me explicar quando estiver acordada.

Ou, mais provavelmente, eu simplesmente a matasse novamente.

Eu estava faminto por ela. Tentei beber de outros humanos, mas o sangue deles simplesmente não se comparava ao sabor requintado dela.

Uma farsa, na verdade. Porque a mulher era desobediente e tinha tendência a falar fora de hora. Não fiquei impressionado quando ela correu em minha direção na pista. E não fiquei nem um pouco impressionado enquanto ela continuava a dormir na minha cama.

— Eu deveria te colocar em uma gaiola — disse a ela. — Talvez te ajude a entender seu papel na vida.

Ela não respondeu.

Nem sequer reagiu.

Porque ainda estava se *recuperando*.

Com um grunhido, coloquei o laptop de lado e me levantei.

Era hora de enviar uma comunicação aos líderes do mundo: *Seu rei retornou.*

Mas primeiro, eu precisava levar minha escrava para os aposentos dela. Eu só a coloquei em minha cama porque esperava que ela acordasse enquanto eu trabalhava.

Infelizmente, ela permaneceu em coma. Não é meu sabor preferido de mulher.

— É melhor você estar pronta quando acordar — disse a ela enquanto a levantava da cama. — Vou te destruir. —

Porque o cheiro dela estava me matando. Deve ter sido por isso que a escolhi como companheira, sua fragrância e sabor eram viciantes.

Olhei para seus seios novamente. E provavelmente por esse atributo também. Meu olhar viajou sobre ela. *Todos os atributos, humm.*

— Pena que você não vai acordar e me dar uma distração adequada. — Eu a carreguei pelo quarto até a área do banheiro e o closet.

Havia uma portinha nos fundos que dava para o espaço que preparei para ela. Era para ser um camarim privado, mas uma cama foi trazida para substituir a mobília.

Não havia mais nada aqui além de uma luz no teto, que era controlada por um interruptor no armário.

Assim como a porta foi planejada para trancar do meu lado, não do dela.

Coloquei-a no colchão e parei para admirar a forma como seu cabelo loiro fluía sobre o travesseiro.

Muito bonita, admiti. *Mas ainda dormindo.*

— Que desperdício. — Deixei-a no escuro e tranquei a porta antes de pegar um dos paletós pendurados no armário. O tecido escuro combinava bem com a calça e camisa social obsidiana. Principalmente porque rivalizava com meu humor: sombrio.

Lilith falhou comigo. Não que eu tenha ficado surpreso.

Ah, ela foi um peão fiel, seguindo nossa causa até o fim. Mas nunca foi tão poderosa. Suas habilidades residiam na política, e sua capacidade de persuadir e manipular lhe proporcionava uma vantagem estratégica ao convencer os outros a seguirem seu exemplo.

Mas foi aí que suas habilidades terminaram.

Ela foi ingênua.

Arrogante.

Muito envolvida em sua própria glória para considerar a força bruta dos mais velhos.

O que levou à sua morte, iniciando assim o protocolo para me acordar. Embora, de acordo com meu assistente, Michael, ela estivesse pensando em me acordar do sono há vários meses.

Os rebeldes da nossa espécie começaram a reunir forças. Não seria suficiente para derrubar a Aliança de Sangue. Mas, sem dúvida, representaria certos problemas que eu queria antecipar.

Derramar sangue antigo seria um desperdício de material precioso.

Portanto, precisávamos encontrar uma forma de colaborar. Formar um meio-termo. Ou projetar uma maneira de fazer com que os revolucionários sigam em frente.

Começaria com a missão que pretendia entregar aos membros da realeza da minha espécie e aos alfa-lycans.

— Meu soberano — Michael cumprimentou com uma reverência quando saí do quarto. Era óbvio que estava esperando por mim, talvez sentindo minhas intenções através do nosso vínculo Sire.

Porque parece que transformei esse homem em vampiro como um presente para Lilith.

Eu não tinha nenhuma lembrança do ato, nem me sentia ligado a ele, mas os registros indicavam que lhe dei a imortalidade pouco antes da revolução. Michael, antecipando minhas necessidades, apenas reforçou a verdade de nossa história compartilhada.

Seus brilhantes olhos verdes encontraram os meus por um breve segundo enquanto ele se levantava, seu foco mudando para a mulher parada perto de uma porta no final do longo corredor.

Mira, a lycan original.

Ela permaneceu viva enquanto o resto de sua espécie

sempre morria. Foi isso que a tornou mais igual do que seus irmãos e porque ela se juntou à nossa causa há um século.

Ou era isso que as anotações de Lilith afirmavam.

Confiar em seus registros do século passado me irritou um pouco. Felizmente, eu ainda conseguia me lembrar da maioria das minhas lembranças mais antigas, o que me permitiu recordar do breve conhecimento com Mira.

Só nos encontramos uma vez, e ela era apenas um cachorrinho na época. Com certeza não era mais a adolescente desengonçada de três mil anos atrás. Em vez disso, ela amadureceu e se tornou uma mulher bonita.

Infelizmente, me peguei desejando uma loira muito diferente.

Alguém que estava inconsciente.

Com sangue delicioso.

Era por isso que o vínculo de acasalamento Erosita era perigoso para a minha espécie, nos deixava apaixonados pelos mortais. Mas, uma vez que eu tivesse me saciado com o sangue de Ismerelda e sua boceta, eu seria capaz de domar essa necessidade.

Eu só a queria porque passei mais de cem anos sem ela.

E se ela continuasse a me insultar do jeito que fez ontem, quando tentou correr e me abraçar depois de desembarcar do jato, eu a esqueceria muito mais rápido do que esperava.

Além disso, havia uma série de virgens de sangue, um grupo de humanos intocados com um tipo sanguíneo único, lá em cima esperando que eu passasse para provar. Eu passaria para elas assim que tirasse Ismerelda da cabeça.

— Estou pronto para anunciar meu retorno — eu disse, me dirigindo a Michael e Mira. — Avançaremos com a reunião em três dias, mas vou liderar no lugar de Lilith por razões óbvias.

Michael assentiu.

— Claro, meu soberano. Vou verificar nossa conexão de

telecomunicações para garantir que possamos alcançar todos os quadrantes do mundo para o seu anúncio. — Ele não esperou pela minha resposta e avançou rapidamente pelo corredor, passando pela porta no final, em um arrastar de pernas longas e passos apressados.

— Enquanto ele faz isso, fornecerei a você uma atualização sobre Sota e Troph. — Mira se afastou do batente da porta, cruzando os braços.

— Você foi vê-los? — perguntei enquanto me movia em direção a ela, arqueando a sobrancelha em curiosidade. Os dois Abençoados ainda estavam em processo de ascensão, e seus estados mentais eram mais vorazes do que úteis.

Felizmente, não me lembrava dessa parte do meu despertar.

Pelo que Michael disse, o processo de alimentação não era necessário para mim porque só dormi por um século.

Enquanto isso, Sota e Troph descansavam há vários milênios.

Eles estavam fracos demais para lidar com o presente que Nyx lhes deu: vida imortal com filhos imortais. O único custo era a incapacidade de ter companheiros de longo prazo.

Alguns dos Abençoados não conseguiram viver sem seus antigos amantes e optaram por dormir. Mas, nos casos de Sota e Troph, eles se recusaram a aceitar a necessidade de sangue mortal de seus filhos. E, em vez de sustentá-los, eles escolheram se esconder durante o sono.

Uma atrocidade. Algo que marcou os dois, e vários outros, como indignos de seus dons.

No entanto, Sota e Troph foram os primeiros a escolher sua moral equivocada em vez da sobrevivência de seus filhos.

Daí a razão pela qual selecionamos esses dois como os primeiros para a próxima fase dos testes, aquela que Lilith não conseguiu completar durante meu século de descanso.

— Eu trouxe o café da manhã para eles — Mira

respondeu enquanto saía do meu caminho e me seguia pelo corredor adjacente.

Todo o complexo subterrâneo era repleto de corredores. Seria fácil alguém se perder no subsolo, mas Michael me forneceu um mapa assim que acordei, me permitindo reaprender a me orientar.

Fui em direção à área de conferências onde as comunicações formais deveriam ocorrer. Lilith moldou o quarto para se parecer com aquele frequentemente usado na Cidade de Lilith, permitindo assim que ela mantivesse este lugar em segredo de todos os membros da realeza e alfas.

Essa talvez tenha sido uma de suas ideias mais inteligentes.

— Eles ainda estão famintos — Mira continuou. — A lição pretendida está definitivamente sendo transmitida.

Assenti.

— Como deveria ser. — Os Abençoados não precisavam da essência humana para sobreviver e foi em parte por isso que Sota e Troph não conseguiram compreender as necessidades de seus filhos.

Mas esse equívoco logo seria corrigido.

Assim que os dois recuperassem suas faculdades mentais, mostraríamos a eles os corpos humanos que eles devoraram em seu estado de fome imortal. Só então eles compreenderiam de verdade o conceito de sobrevivência e o destino que deixaram seus filhos suportarem sozinhos.

Quando um ser está com fome, ele consome qualquer coisa para sobreviver. Essas foram as palavras que Michael pintou com sangue acima dos cadáveres mutilados. E ele se certificou de escrever a declaração em uma escrita que os antigos entenderiam. Estávamos apenas esperando que Sota e Troph estivessem cientes o suficiente para lê-la.

Virei à esquerda por outro corredor, segui por um à direita e outro à esquerda antes de chegar ao elevador no final. Mira observou enquanto eu digitava os códigos necessários e depois entrava atrás de mim em silêncio contemplativo.

— Estive pensando — Mira começou, seus olhos cor de gelo destemidos quando ela encontrou meu olhar. Ela era uma loba alfa, acostumada a subjugar os outros com um olhar.

No entanto, o domínio dela não era páreo para o meu, algo que transmiti com um simples arquear de sobrancelha enquanto esperava que ela terminasse sua declaração.

— Acho que deveríamos acordar Fen. — O som do elevador chegando ao andar desejado pontuou suas palavras confiantes. — A linhagem dele é um pouco diferente, visto que ele é o pai dos lycans — acrescentou quando saímos do elevador. — Isso forneceria aos pesquisadores outro tipo de amostra para seus testes.

— Tecnicamente, seria o seu sangue que forneceria os vários tipos de amostra — murmurei, liderando o caminho em direção à sala de conferências. — Você é a única lycan imortal.

— Sim, mas se você me morder, vou morder de volta. E tenho dentes mais afiados. — Ela me lançou um sorriso lupino com suas palavras, sem nenhum medo de me desafiar como seu superior. — Mortais são presas mais fáceis.

— Mais fáceis, sim. Mas não são muito duráveis — respondi.

— Presumo que sua *Erosita* ainda esteja fora de serviço? — Ela me lançou um olhar de pena que ignorei, preferindo abrir a porta da área de conferências.

Uma enorme mesa redonda ocupava o centro da sala com mais de cinquenta cadeiras ao seu redor. A maioria das paredes era composta de vidro escuro, assim como a sala de reuniões formal da cidade de Lilith. Somente aquela parede de vidro poderia ser descolorida para revelar os arranha-céus do lado de fora. Essas vidraças tinham pedras duras atrás delas – pedras que combinavam com a parede e a porta.

Fui em direção à cadeira do outro lado da mesa e perfeitamente alinhada com a entrada. Havia uma câmera logo acima da porta, mantendo assim a parede rochosa fora do campo de visão das lentes, e tornando esse ponto específico da sala o foco central da filmagem.

— Então... — Eu me acomodei na cadeira escolhida. — Você quer acordar seu pai e entregá-lo aos pesquisadores.

Foi um redirecionamento proposital de nossa conversa porque eu não tinha vontade de falar sobre minha *Erosita* com Mira ou qualquer outra pessoa.

O que foi algo que pensei ter deixado claro quando levei Ismerelda de volta aos meus aposentos, depois que Mira recomendou um quarto perto das virgens de sangue.

Por que eu manteria meu desejo primário em um andar diferente?

Não, Ismerelda ficaria no quarto que preparei para ela até que eu me cansasse.

Então ela poderia ser movida.

Ou morta.

Mas isso era um debate para depois que ela acordasse.

E totalmente irrelevante para esta discussão.

— A linhagem de Fen provavelmente é semelhante à dos outros Abençoados — continuei enquanto juntava os dedos em cima da mesa de granito. — Ele não é um lycan. Também já temos dois Anciões em processo de despertar. Então, por que precisamos de um terceiro?

Ela assumiu a cadeira à minha direita e encontrou meu olhar mais uma vez, sua expressão desprovida de emoção.

— Porque a Lilith falhou — ela respondeu categoricamente. — Então agora a espécie vampira está ficando sem tempo para desenvolver uma bolsa de sangue alternativa.

Sim, porque meus irmãos foram glutões durante o último século. Ainda não estávamos sem comida, mas estaríamos na próxima década se essas tendências continuassem. Daí o propósito por trás dos experimentos: precisávamos encontrar uma maneira de manter vivas as nossas fontes de alimento, apesar dos nossos hábitos.

Mas eu já sabia de tudo isso. O que eu queria que ela explicasse era:

— Por que Fen? — Estudei sua expressão sem emoção. — Por que você acha que ele é necessário?

— Porque há uma chance de o sangue dele ser diferente e, neste momento, precisamos da maior amostra possível.

— Então, por essa lógica, deveríamos acordar todos os Abençoados — respondi.

Ela balançou a cabeça.

— Não ao risco de irritar todos os membros da realeza existente.

Hum. Ela tinha razão nisso.

— Você escolheu Sota porque sabe que Sahara aceitará o destino de seu pai como uma punição justificada, assim como Lajos teria...

— Aceitado o castigo do pai também — terminei por ela. — Sim, sei por que escolhi Sota e Troph. — Pelo menos, graças aos registros de Lilith.

Porque eu não tinha nenhuma lembrança real disso, assim como quase todo o resto.

— Então você está sugerindo Fen porque há uma chance de ele ser diferente e não causar nenhum problema com os líderes da Aliança de Sangue — resumi.

— Sim. Eu seria a única a protestar contra seu tratamento e estou dando permissão.

— Por quê? — pressionei. — Pensei que você estava se dando bem com ele. Não foi por isso que você escolheu descansar com ele em sua cripta?

Lilith despertou Mira pouco antes da revolução para atualizá-la sobre o que os governos humanos tentaram fazer com os lycans. Isso tornou relativamente fácil o recrutamento de Mira para se juntar à nossa causa.

Mira me estudou por um momento antes de relaxar em sua cadeira com um suspiro.

— Ele me abandonou. Talvez não imediatamente, como Sota e Troph fizeram com Sahara e Lajos, mas isso apenas significa que suportei mais ódio dele do que eles suportaram de seus próprios pais.

Seus olhos azuis encontraram os meus, traindo o primeiro lampejo de emoção. Mas desapareceu em um piscar de olhos, a alfa estoica voltou para mascarar suas feições.

— Meu raciocínio para dar permissão não é relevante. A questão é que ele pode adicionar uma essência única às provações. E, no mínimo, ele é outro corpo para fazer experiências. — Ela deu de ombros. — Só queria dar essa sugestão. Você pode decidir se vale a pena nosso tempo ou não.

Eu a considerei por um longo momento enquanto avaliava o potencial de despertar e experimentar em Fen.

Contê-lo seria fácil. Porque embora os Abençoados fossem imortais e reverenciados como os criadores dos vampiros e dos lycans, eles não tinham inclinações sobrenaturais.

Eles não eram anormalmente fortes ou capazes de hipnose.

Eles não podiam se transformar.

Nem tinham a habilidade de se deslocar, que era mais rara dos vampiros mestres em se teletransportar.

Eles eram essencialmente humanos, apenas incapazes de morrer. Que era exatamente o que minha espécie precisava que todos os mortais fossem para sobrevivermos.

Quanto à Mira, ela só queria uma maneira de tornar os lycans verdadeiramente imortais. Não era algo que ela admitiu para mim, mas era uma nota em seu arquivo sobre lealdade.

Porque se encontrássemos uma maneira de tornar a vida humana eterna, o mesmo método poderia ser aplicado para garantir a longevidade dos lycans, o que permitiria que ele finalmente tivesse uma alcateia real que eventualmente não morresse.

É por isso que ela quer Fen, percebi, ainda estudando-a. *Porque a essência dele pode fornecer a solução pela qual ela está salivando. Afinal, suas ações a criaram.*

— Tudo bem — decidi em voz alta. — Prepare tudo para o ritual e descubra onde abrigá-lo.

Participei dos outros dois despertares, porque exigiam uma essência superior para satisfazer o ritual. E como o vampiro mais velho, meu sangue era poderoso o suficiente para acordar qualquer Abençoado. Mas Mira era filha de Fen, o que a tornava capaz de realizar a cerimônia sozinha.

— Obrigada, meu soberano. — Seu queixo se inclinou em uma leve reverência. — Farei os preparativos.

— Me avise quando tudo estiver no lugar. Assistirei a cerimônia e ajudarei quando necessário — eu disse quando Michael entrou na sala com um ar de nervosismo. — O que houve? — exigi, seu cheiro doce e enjoativo irritando meus sentidos.

Como esse macho fraco pode ser minha progênie? Ninguém o ensinou a controlar suas emoções?

— Parece que nossos sistemas de comunicação estão inativos, meu soberano. — Ao contrário de Mira, Michael não encontrou meu olhar, seus olhos verdes permaneceram no chão enquanto ele falava. — Nossa equipe de tecnologia está trabalhando nisso agora, mas eles disseram que talvez só consigam consertar amanhã.

Arqueei as sobrancelhas.

— Como foi que isso aconteceu?

— Eles não têm certeza, meu soberano. — Ele engoliu em seco. — Mas estão investigando.

— É o Damien — Mira murmurou.

Olhei para ela.

— Damien?

— Irmão da Izzy. Ele é um gênio da tecnologia, que também é descendente de Ryder. — Apesar da irritação em seu tom, uma pontada de admiração transpareceu. — É ele quem está mexendo no telefone da Lilith e ajudando os revolucionários a obterem acesso aos antigos bunkers dela.

Bufei.

— Ele não os ajudou em nada. Eu os deixei explorar os laboratórios. — Tudo fazia parte do protocolo para ajudar meu primo, Jace, e meu descendente, Darius, a entender o que Lilith estava tentando alcançar, uma fonte de alimento melhorada, durante meu sono.

Infelizmente, eles não pareceram gostar da maneira que eu pretendia.

Eles realmente foram corrompidos pelo meu irmão, Cane. Se o cretino não estivesse dormindo na cripta de nosso pai, eu o estrangularia por fazer lavagem cerebral em nosso primo e em minha progênie.

— Independentemente disso, Damien é quem está sabotando nossas comunicações agora. Ele deve estar tentando encontrar uma maneira de entrar em contato com a Izzy. — Mira me lançou um olhar especulativo. — Eu te avisei. Ela é teimosa e...

— Posso lidar com a minha *Erosita* — interrompi. — Ela está nua e trancada no armário. O irmão dela não vai conseguir alcançá-la. Eu me concentrei novamente em Michael. — Trabalhe com a equipe de comunicação para corrigir o problema e entre em contato comigo assim que terminar.

— Sim, meu soberano. — Ele se curvou antes de sair da sala sem dizer mais nada.

— Enquanto isso, vou dar uma lição muito necessária em

minha *Erosita* — acrescentei, com uma sugestão de grunhido tocando minhas palavras.

Porque se isso fosse obra de Damien, eu garantiria que sua irmã pagasse pela interferência.

É melhor você estar acordada quando eu voltar para o meu quarto, Ismerelda, pensei para ela.

Não que ela pudesse me ouvir. Nossa conexão mental estava bloqueada.

Mas isso não me impediu de acrescentar: *estou com fome e irritado. E você existe por uma razão: para me servir. Prepare-se para sangrar.*

IZZY

FRIO.

Escuro.

Cam...

Estremeci.

Porque estou...? Onde...? Como eu...?

Gemi, minha cabeça latejou com o fluxo de perguntas. Tudo parecia... errado.

O que é...?

Meus dedos se curvaram em um choque de dor, meus braços estavam pesados demais para serem levantados. Eu nem tinha certeza do que pretendia fazer. Levar a mão à cabeça? Massagear minhas têmporas?

Argh.

Tentei puxar os joelhos até o peito, mas meus membros mal se moviam. *Tão tonta*, pensei, um gemido escapou da minha garganta. *Por que eu...?*

Um tremor ricocheteou na minha coluna. *Cam... está alguma coisa...? Não. Não, ele está bem. Mira disse...*

Meus olhos se abriram, apenas para fechá-los de forma abrupta em uma onda de agonia. *Merda.* Estremeci, minhas entranhas ecoaram em um grito de dor. *O que...?*

Cam...

Não.

Estou andando em círculos. Não, estou apenas tonta. Estou delirando?

Engoli em seco e estremeci novamente. *Tão seco.*

Eu me sinto como... como... como se tivesse morrido...

Meus olhos se abriram novamente, fazendo outro choque de sensações inundar meus sentidos. Empurrei através dele, me forçando a sair do fundo deste oceano de agonia e subir para o ar fresco.

Inspirei profundamente, provocando espasmos em meus pulmões e fazendo meu coração voar em um ritmo caótico.

Morte, pensei novamente. *Eu...*

Outra pontada percorreu minhas veias, incendiando meu sangue. *Isso parece...*

Um grito silencioso fez cócegas em minha garganta, minha voz incapaz de funcionar. *Água... eu preciso...*

Mas minhas mãos... braços... ainda estavam muito pesados. Muito... muito... *mortos.*

Meus olhos se fecharam novamente, meu mundo estava envolto em escuridão perpétua. *Isso é um pesadelo?*

Tentei mexer os dedos, mas eles recusaram meu comando.

Outro gemido retumbou em meu peito. Mas não fez nenhum som, assim como o meu grito. *Meu primeiro gemido também foi assim?* Eu não conseguia me lembrar.

Eu não conseguia me lembrar de nada. Muito menos como vim parar aqui. Porque eu me sentia... como se tivesse *morrido.*

Cam...

Tentei balançar a cabeça em negação. *Não estou sentindo a morte dele. Ele está bem. Ele tem que estar.*

Não. Isso... não era isso.

Algo sobre Cam...

Minhas pernas se moveram dessa vez, os pesos parecendo liberar meus membros e minha mente. Mas doeu. Isso... não parecia certo. *Dói.*

Como se tivesse morrido...

Estremeci quando meus joelhos finalmente encontraram meu peito, os braços lentamente envolveram as canelas para me segurar como uma bola. Havia algo macio abaixo de mim. Uma cama, talvez? Mas não a minha. Porque o cheiro era estranho. Almiscarado. Velho.

Lágrimas umedeceram meus olhos e o líquido foi um beijo de boas-vindas aos meus sentidos secos. A saliva se acumulou em minha boca, me permitindo engolir. Mas tudo parecia devastadoramente errado.

Isto deve ser um pesadelo. Talvez um de Cam? Estou finalmente vendo sua mente? É aqui que Lilith o manteve? Neste estado perpétuo de tormento?

Mais lágrimas escaparam de minhas pálpebras, se derramando em minhas bochechas. *Ah, Cam...*

Geralmente, eu sonhava com nossa última noite juntos. Ou melhor, a noite há mais de cento e dezoito anos que mudou as nossas vidas para sempre.

A noite em que Cam ergueu um muro entre nossas mentes, rompendo mentalmente nosso vínculo...

Meus olhos se abriram quando senti a intenção de Cam, seu plano tomando conta da minha mente e acelerando meu pulso. Eu sabia que isso poderia acontecer. Ele me contou sobre a possibilidade.

Mas para sentir isso...

Tem que haver outro jeito, Cam, sussurrei em sua mente. *Você está sacrificando...*

É meu fardo para carregar, Ismerelda, ele respondeu, com a voz cansada, como se já estivesse com dor. *E meu para suportar sozinho.*

Só que você não está sozinho há mais de mil anos, eu queria dizer. Mas não consegui formar esse pensamento, meu coração se partiu em um milhão de pedaços quando senti a parede entre nós se solidificar.

Espere, implorei. *Temos que conversar sobre isso.*

Não há tempo para discutir. Tenho que encerrar nosso vínculo antes que seja tarde demais.

Tarde demais para quê?

Para eu te proteger, ele respondeu depressa. *Sinto muito, meu amor. Eu sinto muito. Mas esta é a única maneira. Eu tenho que...*

Uma pontada aguda cortou nosso vínculo, arrancando um suspiro da minha garganta. *Cam?*

Sinto muito, ele repetiu. *Eu te amo. Sempre vou te amar. Não importa o que aconteça.*

Cam!

Adeus, Ismerelda. Mas só por enquanto.

O quê? Não! Mas eu...

A agonia cortou minha mente, enviando uma cascata de arrepios gelados pela minha espinha.

E então fui envolvida por um silêncio mortal.

Cam?

Nada.

Cam?

Silêncio. Paz. Solidão.

Me sentei na cama, com o coração batendo rapidamente em meus ouvidos enquanto procurava no quarto o homem que eu sabia que não estava lá. O meu Cam. Meu amante. Minha outra metade.

Ele saiu ontem para se encontrar com Darius e discutir uma estratégia sobre como lidar com Lilith e sua nova ordem mundial. Implorei para ele me deixar ir junto. Mas ele exigiu que eu ficasse com Luka.

— Onde é seguro — ele disse.

Mas não me senti segura. Não agora. Não com nosso vínculo bloqueado e o seu destino desconhecido.

Afastei os lençóis da minha pele encharcada de suor e deslizei para fora da cama.

Eu precisava de respostas. Precisava saber se Cam estava bem.

E o mais importante: precisava saber se isso era apenas um sonho ruim.

Por favor, Deus, que seja um sonho ruim, rezei. Não que eu acreditasse em um poder onipotente. Mas eu acreditaria se isso significasse que Cam estava seguro.

No entanto, eu não era ingênua. E podia sentir lá no fundo que algo estava muito errado.

Ele mencionou que isso era uma possibilidade, que talvez ele tivesse que me bloquear para me proteger. Mas prometeu que seria o último recurso.

No entanto, ele cortou nosso vínculo mental sem hesitar.

Por que ele já está machucado?, me perguntei.

Coloquei um roupão para cobrir o pijama de seda e saí do quarto.

— Izzy — uma voz profunda chamou, um estrondo suave que eu raramente ouvia do lycan alfa parado no corredor.

— Não — respondi, já vendo a desolação em seus gentis olhos azul-claros. — Me diga que isso não é real. Me diga que o Cam está bem.

Ele apenas balançou a cabeça, seu cabelo escuro e espesso caindo na testa com o movimento.

— Não vou mentir para você.

— Então por que você está aqui? — questionei, enquanto me aproximava dele para cutucá-lo no peito. — Por que você está aqui, Luke? — Mas eu já sabia por quê. Assim como sabia que a agressividade repentina que senti por ele não era justa nem racional.

Mas ele estava aqui enquanto Cam, não.

Ele estava aqui para me manter segura.

Não. Para me manter *prisioneira* para que eu não corra atrás de Cam. Para que eu não localize meu companheiro. Para que eu não exija que ele abaixe essa porra de muro entre nossas mentes.

Tinha que haver uma maneira melhor!, gritei com ele enquanto batia com o punho no peito firme de Luka. *Você deveria ter conversado sobre isso comigo e não me deixado no escuro. Sozinha. Aqui. Sem você. Isso não é justo. Isso não é justo!*

Meu punho atingiu Luka novamente enquanto lágrimas nublavam minha visão.

Por que está fazendo isso? Por que você tem que ser um mártir? Por que, Cam? Me diga por quê!, gritei para a porta fechada em minha mente, sentindo meus membros tremerem com o ataque de minha fúria. Meu medo. Meu... meu desespero para que isso não seja verdade.

— Por quê? — sussurrei. — Por quê?

— Porque ele não queria pintar um alvo nas suas costas, Izzy. É melhor que a Lilith e todos os outros pensem que você está morta — Luka me disse, me fazendo parar.

— O quê? — Pisquei para ele, mas seu rosto jovem ficou turvo diante dos meus olhos. — Morta?

Ele franziu a testa para mim. Ou presumi que fosse uma carranca, de qualquer maneira. Eu não conseguia ver, o mundo parecia girar ao meu redor em um turbilhão de luzes vertiginosas.

— Morta? — repeti.

— Você não sabe? — Luka perguntou, parecendo tão chocado e confuso quanto eu.

— Eu... — Meus joelhos tremeram. — Eu não...

Ele pegou meu quadril quando comecei a balançar.

— Pensei que o Cam tivesse te contado o plano. Mas você não sabe. — Ele parecia confuso. — Eu... Izzy...

— O Cam acabou de encenar sua morte para ser capturado pela Lilith — outra voz me informou.

Fêmea.

Alfa lycan.

Mira.

— Ele sabe que ela não vai matá-lo — ela continuou. — O sangue dele é muito poderoso para ela desperdiçar. Mas ele espera falar com ela. E precisa que você permaneça aqui, onde estará segura enquanto ele trabalha.

Pisquei para a mulher loira. Eu não a conhecia bem, mas Luka a escolheu como companheira. Então ela era bem-vinda no círculo interno.

E foi a única que me deu as respostas que eu precisava agora.

Respostas que eu não queria ouvir.

No entanto, respostas que eu precisava.

— Ele me bloqueou mentalmente — eu disse a ela com um som rouco. — Não consigo senti-lo.

— Para te proteger — ela reiterou.

Para me proteger, repeti para mim mesma. *Para me manter segura.* Como se eu fosse um brinquedo frágil que ele tinha que guardar, e não uma igual. Não sua *companheira*.

No fundo, eu entendia. Ele não conseguiria se concentrar se toda a sua atenção estivesse voltada para me proteger. Mas esse conhecimento não fez com que doesse menos.

Me afastei de Luka, ainda silencioso, ciente de que minhas pernas não estavam firmes. No entanto, tinha que ficar sozinha. Para provar que eu era forte o suficiente para lidar com isso.

Sou uma sobrevivente, pensei. *De todas as pessoas, Cam sabe disso.*

No entanto, ele me manteve no escuro.

Ele... ele fingiu minha morte e agora...

— Ela pode matá-lo — eu disse, minha voz quase inaudível. — Ela é louca o suficiente para matá-lo.

E então?

O que aconteceu conosco?

Nós nem tivemos a chance de nos despedir, sussurrei para Cam. *Por que você faria isso conosco depois de mil anos? Você está realmente confiante de que pode mudar a cabeça daquela vadia maluca?*

Mas era tarde demais para fazer perguntas.

Tarde demais para mudar de ideia.

Tarde demais para fazer outra coisa senão esperar...

———

E ESPEREI por mais de cem anos.

Até Mira me contar que encontraram Cam.

Minha mente girava com a lembrança do meu alívio, da minha euforia, do meu nervosismo.

Eu não tinha entendido por que nossa conexão mental permanecia fechada, mas pensei que poderia ter a ver com o fato de estarmos longe por tanto tempo.

Tantos anos de saudade.

Tantas décadas de preocupação.

Mais de um século de solidão e esperando pelo toque do meu companheiro.

Abracei meus joelhos com mais força contra o peito, confusa com as afirmações de Mira.

Entramos no avião, me lembrei. *Me senti desconfortável. Mas isso era de se esperar, certo? Fazia muito tempo que eu não via Cam...*

Engoli em seco.

E então pousamos.

A imagem disso estava clara em minha mente. *Cam.* Ele estava parado com uma postura orgulhosa fora da pista, o cabelo escuro mais comprido que o normal, esvoaçando logo abaixo das orelhas. Mas aqueles impressionantes olhos azuis eram os mesmos. Assim como sua constituição muscular. Aquela alta parede de força.

Corri para ele.

Exuberante.

Meu coração explodindo de alegria renovada.

E então ele me mordeu.

Minha mão voou para o pescoço, mas a evidência de sua mordida não existia.

Um sonho, então?

Talvez.

Exceto...

Ele... ele me matou.

Meus olhos se arregalaram quando os últimos vestígios da realidade tomaram conta da minha mente. *Cam me matou.*

— Não — murmurei, com a testa franzida. *Não. Não, isso não pode estar certo. Ele não iria... Cam nunca iria...*

Ele quase nunca bebeu de mim durante nosso milênio juntos. Ele... ele só me mordeu com permissão ou quando precisava de sangue.

Toquei meu pescoço novamente.

Mas ele bebeu até eu morrer.

A menos que...

A menos que não fosse realmente ele.

Isso explicaria por que a barreira mental entre nós ainda

existia. Talvez alguém tenha criado um sósia de Cam? *Isso é possível?*

Pisquei pela milésima vez.

Um Cam falso faria mais sentido do que o verdadeiro Cam me matar.

Tanto sentido quanto tudo isso ser um sonho.

Mas então, onde estou?

Esta cama não era minha. Havia apenas um lençol e um travesseiro fino sob minha cabeça. Sem luz. Apenas escuridão pura e fria.

E aquele cheiro almiscarado e antigo. Contraí o nariz. *Esse cheiro é real.*

Passei os dedos pelo colchão, notando a espessura do lençol. *Só há um lençol nesta cama?* Franzi a testa, alcançando a ponta do colchão. *É pequena. Talvez uma cama de casal. Não há mesa de cabeceira deste lado.* Girei lentamente e comecei a procurar na direção oposta. Nenhuma deste lado também.

Estendi a mão para cima de mim, sem saber se estava em uma caixa parecida com uma gaiola ou em um quarto de verdade, mas meus dedos tocaram o ar.

O que significava que era seguro me sentar...

A luz ofuscante me fez gritar e me enrolar em uma bola protetora enquanto meus olhos ardiam com a intrusão contundente.

— Que foda — murmurei, com a garganta ainda dolorida por ter morrido e voltado à vida.

Argh!

Eu queria gritar, mas o som da porta se abrindo, me fez paralisar na cama.

— Foder — uma voz masculina repetiu.

Uma voz masculina que soou exatamente como a de Cam.

— Sim, é exatamente isso que eu quero fazer — ele disse, com o som de um cinto sendo desafivelado pontuando sua declaração. — E então vou me alimentar.

IZZY

DEFINITIVAMENTE, parece Cam, pensei. *Mas não é ele. Não pode ser ele.*

Cam nunca falaria comigo desse jeito.

No entanto, isso não impediu meu coração de reagir à sua voz.

E agora o rosto dele, sussurrei para mim mesma quando minha visão começou a clarear. Este homem se parece com ele. *Mas é mais cruel. Mais duro. Mais irritado.*

Engoli em seco, vagando meu olhar pelo homem que não via há mais de cem anos. O mesmo físico musculoso. Ele está até vestido de preto, a cor favorita de Cam.

Seu cinto deslizou pelas passadeiras e caiu no chão com um baque anticlimático.

— Fique de joelhos. Quero pegar você por trás primeiro — ele exigiu, fazendo minhas sobrancelhas arquearem.

O quê?

Eu estava tão atordoada com a luz e depois com a presença desse homem que se parecia com Cam, que suas palavras não foram realmente registradas em minha mente turva. *Ele pretende transar comigo e depois se alimentar de mim.*

Fechei as pernas instantaneamente. *Não.*

Este homem não é Cam.

Isso não vai acontecer.

Isso não pode *acontecer.*

Se eu deixasse, meu vínculo com o verdadeiro Cam iria se quebrar.

De jeito nenhum.

Não, não, não.

— Agora, Ismerelda.

Caramba, ele soa exatamente como Cam, pensei, tonta. Exceto que ele nunca me ordenou dessa maneira. Bem, não em muito tempo, pelo menos. As coisas entre nós começaram um pouco difíceis, mas ele sempre teve uma certa suavidade no que me dizia respeito.

Uma suavidade que claramente faltava nesta versão dele.

Suas íris azuis ardiam quando ele semicerrou o olhar.

— Quando eu te der uma ordem, você deve segui-la.

— Ou o quê? — respondi, minha voz não tão firme quanto eu desejava. Não diante desse impostor que me lembrou do meu companheiro perdido.

Que tipo de piada cruel é essa?, me perguntei. *Talvez isso seja um pesadelo, afinal...*

Ele arqueou a sobrancelha escura.

— Ou eu vou acabar com você.

— Me matando de novo? — perguntei, fingindo uma ousadia que não sentia ao me forçar a sentar na cama.

— Talvez para sempre desta vez — ele ameaçou, me fazendo bufar.

Definitivamente, não é o meu Cam. O que me aliviou e me aterrorizou. Porque meu Cam estava trancado em uma gaiola em algum lugar e incapaz de vir em meu socorro. E me defender contra qualquer tipo de vampiro era difícil.

Especialmente quando estou nua, algo que notei agora quando os olhos Cam de mentira viajaram até meus seios nus.

A fome pura se derramou dele quando começou a desabotoar a camisa social.

— Mas vou te comer primeiro — acrescentou, solidificando sua ameaça.

Meu coração acelerou. Isso não é bom. Agora que a luz estava acesa, pude ver o quarto, que mais parecia um armário. Sem janelas. Apenas uma porta. E ele estava parado na frente dela. Se despindo.

— Não vou falar de novo, *Erosita*. Fique de quatro ou vou pegar sua bunda primeiro. Com força. — O grunhido em seu tom enviou gelo em minhas veias.

Porque me lembrou de outra época. Uma memória sombria. *A noite em que conheci Cam.*

O que só provou que esta versão de Cam não era o *meu* Cam. Porque ele nunca me ameaçaria com esse tipo de punição. Não depois de como ele me salvou naquela noite.

Alguma parte adormecida de mim esperava que eu estivesse errada, que talvez essa fosse apenas uma versão ferrada do meu companheiro. Uma parte fantasiosa de mim, talvez. A sonhadora esperançosa em minha alma que sentia falta de sua outra metade.

Mas, embora esse homem pudesse se parecer com meu Cam, tanto na forma física quanto em seus familiares tons britânicos, ele era definitivamente um impostor.

E ele quer me comer.

Sexo anal pode não destruir meu vínculo com Cam. Mas sexo vaginal certamente faria isso.

E nenhuma das opções me atraiu.

Não com ele. Não com o Cam de mentira.

— Não entendo por que você se preocupou em se parecer

com ele se não ia agir da mesma forma — eu disse enquanto pressionava a palma da mão na cama para fingir que estava obedecendo. — Isso meio que estraga o estratagema.

Ele parou no último botão da camisa.

— Estratagema?

— Seja lá o que for. — Fiz um gesto entre nós enquanto colocava os pés lentamente na cama, ainda fingindo que iria me virar e ficar de quatro como ele exigiu. — Mas você deixou claro que não é o meu Cam. Então, qual era o sentido de se parecer com ele?

Eu ainda não tinha ideia se isso era real. Esperava que fosse apenas algum sonho distorcido. Mas me senti acordada. E era diferente de tudo que eu já imaginei antes.

Então, como vou escapar?, me perguntei. *Ele está de pé...*

— Seu Cam? — Sua sobrancelha ergueu. — Você é minha *Erosita*. Eu te possuo. Não o contrário.

— Não sou *sua Erosita* — disse a ele. — Sou a *Erosita* do verdadeiro Cam. — O que se tornará uma afirmação falsa se eu deixar essa Cam de mentira me tocar.

— O verdadeiro Cam? — Ele me lançou um olhar incrédulo. — Seu cérebro não reiniciou corretamente quando você acordou do cochilo?

— Cochilo? Você quer dizer minha *morte*? — Semicerrei o olhar para ele. — E não tenho ideia. Nunca morri antes. — Mas ele tinha certa razão. *Talvez a mordida tenha sido real e eu ainda esteja morta?*

Não, isso não explicaria esta situação bizarra.

E o fato de *Cam* ter me matado.

Mas nada disso fazia sentido. Por que fingir ser Cam só para agir de uma maneira completamente diferente?

A menos que ele não saiba como Cam costuma me tratar. Isso significa que ele não conhece meu companheiro. Então, quem é você?, me perguntei.

— Você nunca morreu antes? — Ele olhou para mim e

grunhiu. — Então minha *Erosita* é uma mentirosa. Bom saber. — Ele desabotoou o último botão da camisa, me dando um vislumbre do torso musculoso por baixo.

— Você até acertou o abdômen — eu disse, lembrando detalhadamente cada linha dura enquanto ele tirava a camisa.

— Mas não a personalidade. Então vou perguntar de novo: qual é o objetivo?

— A questão é que eu vou te comer. E se você não parar de falar, também vou te amordaçar.

Ele me deu um vislumbre de seus ombros e braços esculpidos, uma visão que ele arruinou ao começar a enrolar o tecido em uma corda improvisada.

— De joelhos, Ismerelda. Não vou dizer de novo.

Engoli. *Isto é ruim. Muito ruim.*

Ele ainda estava parado na frente da porta, e a cama tinha cerca de trinta centímetros de espaço de cada lado antes de bater na parede. Então eu precisava contorná-lo e sair para o que quer que estivesse esperando lá fora.

E fazer o quê? Correr?

Ele era um vampiro. Disso eu tinha certeza. O que o tornava mais rápido e mais forte.

Mesmo se eu conseguisse fugir, ele me pegaria. E então o que eu faria?

Ele vai me comer e vou perder Cam para sempre.

Meu peito doeu com o pensamento.

Não pode ser isso. Este não pode ser o fim. Eu...

Cam de mentira avançou e alcançou meu tornozelo. A outra perna reagiu, o calcanhar bateu em seu rosto e me empurrou para fora da cama.

Cambaleei ao aterrissar, meus joelhos quase cederam devido ao impacto inesperado e ao meu estado já enfraquecido.

Um grunhido vibrou no ar, fazendo com que todos os pelos dos meus braços se arrepiassem.

O Cam de mentira não falou, apenas se moveu na velocidade da luz para me jogar contra a parede. Nenhuma luta com lycans ou vampiros poderia ter salvado minha cabeça de quebrar contra a pedra.

Mas meus instintos dispararam, movendo meu joelho para cima, até o ponto ideal entre suas pernas.

Apenas para ser pego por uma coxa dura.

Gritei e tentei empurrá-lo para longe, minha necessidade de escapar assumindo qualquer razão que eu pudesse imaginar.

Não vamos terminar assim, pensei. *Me recuso! Prefiro morrer!*

O Cam de mentira disse algo que não ouvi por causa dos meus gritos, sua fúria me atingindo como um chicote. Mas não me importei. Eu não poderia permitir isso.

Não é o meu Cam.

Não desta forma.

De jeito nenhum...

O ar saiu dos meus pulmões enquanto ele me girava no ar e me batia no colchão.

Bem na minha barriga.

De bruços.

Com as pernas abertas.

Paralisei, minha energia pareceu escapar em uma onda enquanto sua forma muito mais forte me mantinha cativa na cama.

Eu nunca tive a menor chance. Mas só podia lutar, e aguentei talvez meio minuto, no máximo. Provavelmente menos.

Porque ele é um vampiro com a intenção de quebrar meu vínculo com meu companheiro. E ele queria que doesse.

Ah, Deus...

É por isso que ele se parece com Cam, percebi na próxima respiração dolorosa. *Ele quer que essa experiência me horrorize. Que me assuste. Que deixe uma ferida duradoura.*

Cam sabe? Ele está assistindo? Isso tudo é para machucá-lo? Ou nós dois?

Puta merda, não sei.

Os pensamentos passaram pela minha mente, provocando dor na garganta enquanto as lágrimas escorriam pelos meus olhos. Eu me senti fraca e derrotada. Tão arrasada. Totalmente indefesa.

Não quero que Cam me veja assim.

Sinto muito. Sinto muito.

Eu não deveria ter confiado em Mira. Deveria ter seguido meus instintos. Você não teria me deixado no escuro. Você teria me dito que estava tudo bem.

Só que isso não era verdade. Ele me excluiu há muitos anos e escolheu seu próprio caminho sem me consultar. Ele estava tentando me proteger.

E para quê?

Isso?

Mordi o lábio inferior para me impedir de gritar.

Eu o perdoei.

Entendi suas decisões.

Todos nós fizemos sacrifícios.

Mas para terminar assim...

Tremi, um soluço percorreu meu núcleo enquanto eu lutava contra uma risada sem humor. Porque foi quase poético que este fosse o nosso fim, já que tudo era muito parecido com o começo.

Só que Cam massacrou os homens que me prenderam no chão naquele dia.

E eu duvidava muito que ele aparecesse agora.

Por que Mira me trouxe aqui? Por que ela nos traiu?

Eram perguntas para as quais talvez eu nunca soubesse as respostas, porque o impostor atrás de mim estava prestes a destruir tudo o que eu amava neste mundo: *meus laços com Cam.*

Cerrei os punhos contra o travesseiro, mal percebendo o aperto do vampiro em meus pulsos.

Ele me prendeu.

Não haveria fuga.

Assim como naquela noite.

E, desta vez, eu não tinha nenhum vampiro heroico nas sombras perseguindo meu agressor como uma presa.

CAM

Que merda é essa?

Minha *Erosita* estava destruída.

Primeiro, ela contou alguma besteira sobre um estratagema e como eu não era "seu Cam". Tudo isso não fazia nenhum sentido e me deu apenas uma pausa para envolvê-la na conversa inútil.

Então ela lutou comigo com uma paixão que sugeria que ela sentia que sua própria existência estava em perigo. Talvez porque eu a ameacei. Mas algo em sua reação pareceu mais desesperador do que uma mera necessidade de sobreviver.

E agora, ela estava paralisada embaixo de mim.

Completamente imóvel.

Silenciosa também.

Exatamente o que eu desejava quando entrei, só que eu a queria de joelhos.

Mas isso... não era assim que eu queria. Sua luta

apaixonada me deixou mais duro do que eu poderia imaginar. Apenas para que seu silêncio misterioso diminuísse meu interesse no instante seguinte.

Eu não entendi. Deveria estar transando com ela agora. Vampiros prosperavam intimidando e subjugando suas presas. No entanto, nenhuma parte de mim parecia desejar isso.

Por quê?

É assim com ela? É um efeito colateral do nosso vínculo? Se for, por que o tolerei por tanto tempo? É minha fraqueza? Ela é minha fraqueza?

Fiz uma careta. *Não. Se isso fosse verdade, eu a teria matado há séculos.*

Então porque eu a mantenho?

Ela estava incrível embaixo de mim. Mas devia haver outro motivo para eu tolerar esse comportamento.

A menos que isso não fosse normal.

"Eu nunca morri antes."

Suas palavras ecoaram em minha mente, aprofundando minha carranca. Perguntei se o cérebro dela não havia reiniciado corretamente durante seu renascimento. Talvez eu estivesse certo. Talvez eu tenha quebrado minha *Erosita*.

Então terei que matá-la.

Olhei para a parte de trás de sua cabeça, franzindo ainda mais a testa. A ideia de acabar com ela antes de prová-la me deixou inquieto. Era tão bom tê-la embaixo de mim. Tão *certo*.

Sua bunda apertada estava pressionada contra minha virilha, onde eu a prendi na cama, seus pulsos delgados e delicadas articulações sob minhas mãos enquanto eu segurava os braços. Tão *quebrável*.

E, ainda assim, ela lutou comigo com o espírito de um vampiro. Ela só não tinha a força e a velocidade necessárias para me derrubar. No entanto, cada movimento foi fluido e exibiu evidências de seu treinamento.

Quem a ensinou a se mover assim?, me perguntei. *Eu? O irmão dela? Outro homem?*

Um grunhido provocou minha garganta com esse último pensamento. *É melhor que não tenha sido outro homem.* Esta fêmea era *minha*. Meu sangue a manteve viva. Minha essência prosperou em suas veias. Meu ser estava ligado ao dela.

Eu poderia matá-la quase tão rapidamente quanto a fiz.

Mas agora, não queria matá-la. Eu queria... descobrir por que ela estava agindo dessa maneira. Por que ela pensou que eu não era real. Por que ela lutou comigo. *Por que está tão quieta agora...*

Era como se ela mal respirasse.

Ela ainda estava com o rosto pressionado nos travesseiros, o corpo totalmente imóvel.

O cheiro de terror exalou dela em uma onda sedutora que deveria ter me deixado ansioso para transar, mas algo sobre isso parecia estranho. Errado.

O que é que está acontecendo?

Eu estava decidido a destruí-la quando entrei aqui, com o pau duro pela necessidade de comê-la. Estava tão faminto por essa mulher, tão determinado a lhe ensinar uma lição. Mas estava tão paralisado quanto ela agora.

Pare com essa idiotice, disse a mim mesmo com um grunhido interior. *Use-a da maneira que ela deve ser usada e pronto.*

Meus polegares roçaram seus pulsos enquanto eu lutava contra meus instintos, minha besta interior rosnava em desafio enquanto eu me forçava a me mover da maneira que deveria.

Ela permaneceu absolutamente imóvel enquanto minhas mãos deslizavam por seus braços, memorizando a textura sedosa de sua pele até os ombros. Me sentei, me permitindo uma visão completa de suas costas nuas. Era muito mais bonita agora que ela estava respirando novamente.

Ela era mais bonita assim.

Viva. Flexível. *Minha.*

Um estrondo possessivo reverberou em meu peito,

impulsionado pelo predador dentro de mim. Só que parecia errado. Muito profundo. Muito territorial. Muito... *bravo.*

Isso fez com que a mulher abaixo de mim estremecesse em resposta. Arrepios cobriram sua pele anteriormente lisa, e o cheiro de terror tomou conta de mim novamente. Mas desta vez, estava misturado com outra coisa. Algo ainda mais potente. Algo... que eu não gostava muito: *desespero.*

Não excitação.

Não é excitação.

Mas angústia.

Eu deveria me deleitar com esse cheiro, forçá-la a gritar e devorar sua dor. No entanto, nada naquilo me seduziu. *Isso me repeliu.*

Não é assim que jogamos, percebi franzindo a testa. *Ou isso é apenas resultado de seu renascimento?*

Suas palavras ecoaram em minha mente novamente.

Eu nunca morri antes.

Talvez ela só precisasse de mais tempo para se curar.

Ou talvez o tempo tivesse destruído tudo o que existia entre nós.

Balancei a cabeça. *Por que estou desperdiçando meus pensamentos com isso? Ela não é nada. É apenas um brinquedo quebrado.*

E obviamente não é mais útil para mim, já que eu estava mais revoltado com ela do que excitado agora.

Com outro grunhido, me afastei dela e da cama. *Que se foda.* Eu precisava de alívio e claramente não conseguiria com ela.

Uma virgem de sangue, decidi, estremecendo ao lembrar de como aquele plano se deu no outro dia. Tudo que eu queria era comer Ismerelda.

Bem, eu não a queria agora.

Então tentaria novamente.

E se não funcionasse, sairia para uma corrida, bateria em

alguém ou faria outra coisa além de ficar sentado aqui e me preocupar com *cheiros perturbadores*.

Me abaixei para pegar a camisa descartada e saí pela porta, determinado a esquecer a mulher ainda paralisada na cama. Ela poderia morrer, por tudo que me importava.

Ela não significa nada, jurei, ignorando o rosnado dentro de mim que discordava veementemente dessa afirmação.

Essa necessidade de devorá-la veio daquela parte obscura de mim, o que me fez pensar se esse teria sido o verdadeiro motivo da minha escolha de me vincular a ela. Talvez ela tenha sido a única que conseguiu saciar meu predador interior.

Eu não saberia agora, já que aparentemente o medo não era o meu sabor preferido para ela.

Pare. De. Pensar.

Passei os dedos pelos cabelos e saí do quarto em uma explosão de velocidade, desacostumado com essa sensação de instabilidade. *Sou o rei. O mais velho da espécie vampira. O mentor da aliança. E não consigo domar meus sentimentos por uma humano?*

Cerrei os dentes de frustração quando finalmente vesti a camisa. Não me preocupei com os botões. Demoraria muito para fechá-la. Assim como deixei o cinto para trás.

Eu tranquei sua porta?, me perguntei. *Isso importa mesmo? Para onde ela vai?*

Se ela conseguisse escapar, alguém simplesmente a arrastaria de volta para meus aposentos.

Ou a trancariam em uma cela até meu retorno.

Dane-se.

Ela poderia apodrecer lá.

Que merda.

Era por isso que minha espécie precisava de bolsas de sangue imortais. O vínculo *Erosita* era perigoso, como prova a corrente de confusão que agora inunda minhas veias.

Não posso deixar ninguém me ver assim.

Mas é claro que Michael estava esperando no elevador quando me aproximei.

— Pode me fornecer uma atualização quando eu voltar — disse a ele enquanto digitava o código para sair.

— Claro, meu soberano. Onde você estará nesse ínterim?

Quase rosnei com a pergunta intrusiva: eu era o rei aqui, por que tinha que responder a ele? Mas uma olhada em suas feições curiosas me fez gritar:

— Brincando com virgens de sangue. — *Ou lutando com alguns de seus guardas*, acrescentei mentalmente. *Se eles conseguirem acompanhar.*

Os lábios de Michael se contraíram em resposta.

— Aproveite, meu soberano.

Não vou, pensei enquanto entrava no elevador. Em vez de dizer qualquer coisa em resposta, apertei os botões necessários e olhei por cima de sua cabeça loira enquanto as portas se fechavam.

Esta fêmea é um problema, decidi. *Uma distração que não preciso. Assim que eu conseguir controlar essas reações estúpidas, vou acabar com ela.*

Então tudo poderia prosseguir conforme planejado.

E um novo reinado começaria oficialmente, o *meu*.

Izzy

Ah, Deus, esse rosnado.

Ele reverberou na minha cabeça repetidamente, me fazendo pensar se o falso Cam ainda estava rosnando ou se estava tudo em minha mente. Eu estava muito perdida nas lembranças do meu passado, de uma noite em que meu companheiro fez exatamente aquele som como um prelúdio para me salvar.

Mas ele não estava me salvando. Pelo menos, não no sentido heroico.

Ele matou aqueles homens por ficarem em seu caminho.

Porque, desde o momento em que sentiu o cheiro do meu sangue pela primeira vez, ele me quis.

E essa foi a noite, há mais de mil anos, em que ele decidiu me tomar.

Meu pai sempre me alertou para não andar sozinha no escuro. Eu deveria ter ouvido. Ah, como eu deveria ter ouvido.

O peso que caía sobre mim ameaçou sufocar meu último suspiro. Mas, ainda assim, lutei. Arranhei. Gritei. Mordi. Não me importava que houvesse quatro deles e eu fosse uma só. Não me importei que minha luta fosse inútil. Nem que isso irritasse ainda mais os homens.

Me recusei a deixar que este fosse o meu fim.

Minhas saias estavam amontoadas em volta das coxas, os dois homens nas minhas pernas tentando puxá-las até a cintura. Tentei chutá-los, mas os apertos fortes foram demais para minha situação.

Damien! Eu ansiava por gritar. Mas sabia que ele não ia me ouvir. Ele não estava nem perto de casa, tendo optado por se aventurar em outra parte do mundo com seus novos amigos.

Amigos que ele não queria perto de mim.

Amigos que ele afirmava serem perigosos demais para sua delicada irmã gêmea conhecer.

Eu sabia porquê. Soube desde o momento em que os vi pela primeira vez.

Mas eu preferia passar uma noite com todos os seus conhecidos desagradáveis ao que estava acontecendo comigo agora.

Os homens brincaram sobre quem me destruiria primeiro, enquanto outro encorajava minha resposta, fazendo com que os demais rissem, divertidos.

— Ela é como um passarinho determinada a segurar aquelas asas inocentes — ele comentou. — Mal posso esperar para destruí-la.

Cuspi neles.

E um soco atingiu minha bochecha, deixando uma queimadura que irradiou até minha alma.

— Não a machuque ainda — um deles retrucou.

— Ela cuspiu em mim — seu amigo respondeu com o sotaque forte, sugerindo que ele não era daqui.

Nenhum deles parecia ser. Mas eles falavam a minha língua apenas para garantir que eu entendia sua intenção. Ou talvez para provocar meu medo.

E tudo que eu queria era matá-los.

Quando Damien descobrir... comecei a imaginar o que ele faria com esses homens, apenas para ser interrompida pelo som do meu corpete sendo rasgado.

Outro grito ecoou na minha garganta, apenas para ser abafado por um som muito mais sinistro. Algum tipo de estrondo. Algo que causou arrepios em meus braços e fez com que dois dos homens parassem acima de mim.

Um estava com a mão no meu peito nu. O outro colocou a palma da mão em volta da minha garganta. Isso me deixou com uma sensação de exposição e vulnerabilidade. No entanto, o ar fresco pareceu renovar meu espírito enquanto os dois voltavam sua atenção para o rosnado, com as sobrancelhas franzidas.

Palavras estrangeiras ecoaram de um dos homens perto das minhas pernas. O outro respondeu em uma língua fluente e muito diferente da minha. E então uma terceira voz se seguiu, profunda e hipnótica, fazendo com que uma intriga antinatural florescesse dentro de mim.

Estremeci. Queria conhecer o dono daquela voz. Vê-lo. O que era totalmente errado na minha situação atual. Eu deveria estar gritando, implorando por ajuda, exigindo que esses homens me libertassem, qualquer coisa além de ficar maravilhada com a voz sedutora de um estranho.

Seguiu-se mais diálogo estrangeiro, os dois homens às minhas pernas me deixaram de forma abrupta para investigar o rosnado. Aproveitei a ausência deles e tentei levantar os pés para chutar os outros dois, mas uma chuva de líquido me fez congelar na terra fria e úmida.

O homem que segurava meu peito começou a se contorcer, a cabeça pendendo para frente.

Estremeci, fechando os olhos ao tentar me preparar mentalmente para o impacto. No entanto, ele nunca veio. Pisquei e ele desapareceu. O outro homem ao meu lado se contorceu.

Não, ele não está se contorcendo, percebi. *Ele está... ele está sendo arrastado.*

E os outros dois não saíram das minhas pernas para encontrar a origem do som, eles foram arrebatados. As cabeças deles estavam inclinadas em ângulos estranhos, seus olhos não viam.

Eu me arrastei para trás, mas acertei um par de pernas duras. Um grito parou na minha garganta quando uma mão áspera envolveu minha boca, e a força do aperto masculino fez meu coração disparar.

— Shh — o homem me silenciou, com seus lábios de repente em minha orelha enquanto se agachava atrás de mim. — Você é minha agora.

Braços fortes me envolveram no instante seguinte, me levantou no ar e me virou, me permitindo assim ver pela primeira vez seu lindo rosto.

Lindo demais, minha mente sussurrou imediatamente. *Perfeito demais.*

Estendi a mão para seu queixo, movendo meus dedos como se estivessem sendo puxados por uma corda.

Seus olhos azuis se arregalaram em resposta, suas narinas dilataram enquanto eu traçava as bordas de suas feições perfeitas. Ele me lembrou de alguns outros homens que eu conhecia.

Homens que conheci através do meu irmão.

Mas eles não eram homens. Eram demônios bebedores de sangue que perambulavam pela noite em busca de suas presas.

Despedaçavam as presas da mesma forma que este macho acabou de fazer.

Só que ele não mordeu nenhum deles.

Assim, seus lábios estavam puros, sem nenhum traço de violência. Mas suspeitei que havia um par de presas escondidas lá dentro, pontas letais, mortais e afiadas.

Foi tudo instintivo da minha parte. Eu não tinha ideia se o estava imaginando ou se já havia morrido. Mas isso não importava. Olhar para suas íris parecidas com o oceano me fez esquecer os últimos dez minutos da minha vida: a perseguição pelo parque, a eventual captura, as mãos percorrendo meu corpo, os dedos cutucando minha carne delicada.

Eu estava perdida para o homem que me segurava.

Completamente imperturbável pelo sangue dos outros manchando meu vestido e indiferente aos meus seios expostos.

Havia algo tão devastadoramente certo sobre ele. *Um predador subjugando sua presa*, pensei com um suspiro interior.

A maioria dos demônios de sangue poderia hipnotizar. Damien nunca me contou isso. Percebi isso após conhecê-los. Na verdade, meu irmão nunca admitiu o que se tornou. Ele alegou que estava tirando férias com amigos.

Mas eu sabia.

Ele era minha alma gêmea.

Havia muito pouco que ele pudesse esconder de mim.

Semelhante a este ser olhando para mim. Suas intenções estavam escritas em seus lindos olhos. Ele pretendia me devorar. Assim como os outros homens.

— Você não me salvou — murmurei, enquanto admirava suas feições marcantes. Ele me silenciou antes de dizer: *Você é minha agora*. Eu não tinha considerado o que isso significava, minha mente estava muito perdida no estado de sonho para o qual esse homem me puxou.

Mas estava começando a entender.

— Você não os matou para me proteger — acrescentei, estranhamente em sintonia com esse homem que nunca vi antes.

— Não sou um protetor, pequeno cisne. Sou um monstro — ele murmurou, me estudando com a mesma atenção que eu o estudei. — Mas não iria deixá-los arruinar você antes de ter a chance de te provar.

Assenti, de alguma forma entendendo e aceitando essa lógica. O que provavelmente era loucura. Eu ainda deveria estar gritando, exigindo que esse demônio me libertasse, tentando escapar, qualquer coisa além de olhar nos olhos dele e aceitar esse destino cruel.

Mas alguma parte de mim sempre esperou isso. Talvez fosse porque meu irmão gêmeo foi transformado em uma vil criatura da noite. Como resultado, tive um tipo estranho de aceitação quando se tratava do sobrenatural.

Damien abraçou seu destino.

Então, por que não deveria?

— Você não tem medo de mim — O belo monstro se maravilhou, seu olhar ficando curioso. — Está coberta pelo sangue de quatro homens agora mortos, homens que matei mais rápido do que você poderia piscar, e seu coração nem está acelerado.

Um grunhido sublinhou algumas de suas palavras, e o predador dentro dele me espiou através de suas pupilas dilatadas. Tracei a maçã do rosto acentuada sob um de seus olhos, hipnotizada por sua beleza, seu carisma, sua aura letal.

Seus dedos tocaram minha espinha até a parte de trás da minha cabeça, seu olhar deixou o meu como se estivesse me inspecionando em busca de algum ferimento. Talvez estivesse. Talvez eu tenha sido ferida. Talvez até morta. Eu não conseguia explicar a calma anormal que senti em seus braços ou porque sua presença acalmava meu espírito.

Talvez estar perto de Damien e seus amigos tivesse me

anestesiado de ameaças predatórias. Não havia ninguém mais ameaçador do que Ryder, amigo do meu irmão. Suspeitei que foi ele quem transformou meu irmão em uma fera bebedora de sangue. Havia algo incrivelmente ancestral nele.

Semelhante a este ser diante de mim.

Ambos possuíam auras antigas, suas longas vidas eram evidentes em seus olhares.

— Você vai me morder? — perguntei, provavelmente provando ainda mais que havia enlouquecido. Mas vi Damien fazer com uma mulher, uma da nossa aldeia, e ela não fez isso parecer tão doloroso. Na verdade, pareceu gostar bastante.

Não fiquei para observar o que aconteceu entre eles, mas a mulher parecia estar com a saúde perfeita no dia seguinte.

Esse macho me morderia assim? Desviei o olhar para sua boca. *Eu quero que ele faça isso?*

— Quem é você? — o homem perguntou respirando fundo, seu olhar procurando o meu mais uma vez. — Só senti seu cheiro ontem, mas claramente há mais em você do que uma fragrância deliciosa. Diga-me seu nome, pequeno cisne.

— Ismerelda — respondi. O nome pareceu escapar da minha língua, como se estivesse encantado com suas próprias palavras. Eu não ficaria surpresa se isso fosse verdade. Testemunhei Damien a fazer isso com aquela mulher antes de mordê-la. Foi o que me levou a observá-los, minha necessidade de entender o que ele estava fazendo.

Meu pai sempre disse que minha curiosidade um dia me mataria.

Parecia que ele não estava errado.

— Ismerelda — o homem repetiu, seu tom profundo acariciou a palavra e provocou um arrepio delicioso na minha espinha. — Eu sou Cam.

— Cam — repeti. — Você vai me morder, Cam? — Minha voz continha um tom sussurrante que me deixaria envergonhada, mas não consegui reunir a inteligência necessária para reagir. Estava muito focada nesse homem monstruoso e naqueles lábios perfeitos.

— Vou — ele confirmou. — Estou desejando seu sabor desde que senti seu cheiro no campo ontem. Mas quero saber como você sabe o que sou.

— Não sei ao certo. — A admissão saiu da minha boca, assim como meu nome. — Mas acho que você pode ser como meu irmão.

— Seu irmão? — Seu olhar varreu meu rosto mais uma vez. — Quem é seu irmão, pequeno cisne?

— Damien — disse.

— Humm, não conheço nenhum Damien. Talvez eu não seja nem um pouco parecido com seu irmão.

— Não — concordei. — Você é mais parecido com o Ryder.

O reconhecimento brilhou em suas feições.

— Ryder? — Ele olhou para mim novamente, seu olhar parando brevemente em meu peito exposto antes de retornar ao meu rosto. — Descreva-o.

— Intimidador. Letal. Cabelos e olhos escuros. Pele pálida. Demônio bebedor de sangue... — Parei quando as narinas de Cam dilataram.

Em um piscar de olhos, suas mãos percorreram meu corpo enquanto ele arrumava meu corpete e saia, e de repente eu já estava de volta em seus braços. Seus movimentos foram rápidos demais para que minha mente pudesse sequer conceituar antes de ele terminar. Eu nem tinha certeza de como ele me manteve no ar durante tudo isso, mas de alguma forma, ele conseguiu.

Porque ele não é humano, lembrei a mim mesma. *Assim como Damien e Ryder.*

— Você vai me contar tudo o que sabe, Ismerelda — Cam me informou. — E, enquanto isso, vou reconsiderar o que planejei para você.

— Então, nada de morder? — questionei, me sentindo estranhamente decepcionada.

— Isso vai depender inteiramente de você, pequeno cisne — ele respondeu. — Agora comece do início.

———

Me senti compelida a contar tudo porque ele usou seu poder de persuasão comigo. Mas parte de mim até hoje sabia que eu teria contado o que ele quisesse saber naquela noite, independentemente de seus poderes.

Porque ele era Cam.

Minha outra metade.

Minha alma gêmea.

Estou com saudades de você, pensei para ele. *Espero que você não esteja me observando agora, me vendo me render a essa horrível imitação sua. Sinto muito. Lamento não ter conseguido vencer.*

Um soluço ameaçou escapar do meu peito, mas eu estava congelada demais para soltá-lo. Além disso, eu não queria dar ao Cam de mentira a satisfação de...

Meus lábios se curvaram. *Espere...* Pisquei no colchão, sentindo minhas costas insuportavelmente frias. Estava tão perdida na memória de Cam que não prestei muita atenção ao que me rodeava. *Onde ele está? Por que não consigo senti-lo? Estou entorpecida?*

Minhas pernas se contraíram, em busca da sensação de dor e pavor que eu esperava sentir. Só que minhas coxas ainda estavam se tocando. Estranho. Eu também não conseguia sentir nenhuma umidade.

Nenhum sangue.

Sem sêmen.

Nenhum sinal de excitação ou de ter sido tocada.

Ele está jogando o jogo de espera? Parado atrás de mim e me observando me contorcer? Esperando que eu vire? O quê?

Esperei, meus ouvidos atentos para escutar tudo e qualquer coisa naquele espaço silencioso demais. Mas tudo que conseguia ouvir era minha própria respiração.

Ele está brincando comigo, percebi. *Atormentando sua presa.*

Semicerrei o olhar.

Eu não queria ser um brinquedo. Nem queria lhe dar a satisfação do meu medo. O que provavelmente era um pouco tarde demais, considerando que eu tinha me desligado, mas o erro dele foi me dar alguns minutos para me recompor.

Ele queria ferrar comigo?

Tudo bem.

Eu faria o mesmo com ele.

Não importava que eu simplesmente me perdesse novamente. Pelo menos, Cam me veria lutar mais uma vez.

Exceto, e se isso o machucar?, me perguntei, pausando minha necessidade interior de retaliar. *É por isso que o Cam de mentira está à espreita e esperando por uma reação? Para prolongar o momento e perturbar ainda mais meu Cam?*

Engoli em seco.

Eu não queria isso.

Então o que eu faço? Fico aqui deitada e espero pelo inevitável?

Isso só me deixaria nervosa. E pareceria que eu estava cedendo ao inevitável, o que essencialmente fiz quando desliguei.

Cam iria querer que eu tentasse lutar novamente ou desistisse?

Franzi a testa. *Espere... Não deveria estar me perguntando se eu quero lutar ou desistir?*

Toda a minha existência foi definida por Cam desde o momento em que ele me reivindicou. Tudo o que fiz foi por ele, inclusive esperar no Clã Majestic que ele finalmente voltasse para mim. Tentei me manter segura, sabendo que ele precisava de mim protegida para poder se concentrar no que quer que estivesse fazendo nos bastidores.

No entanto, seu plano. Ele estava em cativeiro há mais de um século, o que provavelmente não parecia muito para ele, mas foi como um inferno para mim. E, embora eu soubesse que ele também tenha sofrido, foi decisão dele fazer isso. Não minha.

Mas agora a decisão é minha, disse a mim mesma. *Posso lutar ou aceitar meu destino. Qual opção eu quero?*

Tomar decisões por mim mesma e não por Cam foi uma das minhas maiores lutas nos últimos cento e dezoito anos. Demorei para perceber a importância de viver para mim e não apenas para ele, e isso exigiu muita autonegociação ao longo das décadas.

Mesmo agora, eu estava presa entre fazer o que era melhor para ele e o que precisava fazer por mim mesma.

Não quero jogar este jogo, pensei. *Quero me defender.*

Porque ninguém iria me salvar. Não neste mundo sombrio. Meu principal salvador estava trancado em algum lugar. E Damien provavelmente estava do outro lado do mundo.

Mira alegou ter dito a ele para onde estávamos indo, mas eu deveria ter feito isso por conta própria. Eu sabia que algo estava errado e ignorei meus instintos.

Confiei na pessoa errada.

Não que alguém fosse me culpar. Mira era uma amiga. Companheira de Luka. Parte da nossa revolução. *Então por que ela nos traiu?*

A menos que não fosse ela.

A menos que ela também fosse uma Mira Falsa.

Fiz uma careta. *Tudo bem, mas como eles estão fazendo versões falsas de lycans e vampiros?*

Algo não está batendo...

Levantei a cabeça, cansada dos meus pensamentos e desse turbilhão de confusão que confundia minha mente.

— Não estou interessada no que quer que seja — eu disse, olhando por cima do ombro na direção de onde o Cam de mentira provavelmente estava.

Só que ele não estava lá.

Apenas uma porta aberta.

Izzy

Olhei para a porta.

— Olá? — chamei, com a testa franzida.

O Cam de mentira estava me convidando para outro quarto, para algo ainda mais nefasto? Ou ele saiu para pegar alguma coisa?

Rolei de costas e me sentei, com os joelhos encostados no peito enquanto esperava que ele aparecesse. Quando vários minutos se passaram e nada aconteceu, comecei a olhar ao redor do meu pequeno quarto branco. Agora que as luzes estavam acesas e eu não estava distraída por um sósia do meu companheiro, poderia avaliar adequadamente meu espaço.

Paredes sólidas. Uma cama de solteiro com lençol e travesseiro. Estudei os cantos, depois o teto alto e a longa faixa de luz diretamente acima de mim. Não havia sinais de câmeras em lugar nenhum.

Isso não significava que não houvesse dispositivos de escuta ou gravação. Às vezes, eram difíceis de ver.

Damien me ensinou isso.

Meu irmão gêmeo passou os últimos duzentos anos dominando a tecnologia e compartilhou muito de sua sabedoria comigo. Porém, poucos sabiam disso. Muitas vezes, fui considerada a *Erosita* de Cam e nada mais. Isso vinha com um nível de respeito que apreciava, mas também tornou minha identidade um tanto unilateral.

Dei uma olhada no quarto mais uma vez e lentamente deslizei para fora da cama para espiar embaixo dela. Eu não ficaria surpresa se encontrasse o falso Cam ali, esperando para atacar.

Mas, não.

Apenas o piso de pedra como o resto do quarto.

Hum. Fui até a porta na ponta dos pés. Não havia maçaneta do meu lado, mas como estava aberta, eu poderia passar por ela. Foi onde encontrei o interruptor que controlava a luz do quarto, bem como as fechaduras externas para garantir que eu não pudesse escapar.

Então por que ele deixou a porta aberta?, me perguntei. *Um teste? Um jogo?*

Eu disse que não queria jogar. Mas talvez tenha feito isso. Estar aqui poderia oferecer mais formas de fuga, ou até mesmo uma arma para usar contra ele. E como os seres imortais estavam sempre determinados a me subestimar, eu poderia usar esse sentimento de superioridade a meu favor.

O armário estava cheio de roupas escuras, principalmente camisas e calças de botão. *Definitivamente o estilo de Cam*, notei, tocando o tecido fino.

Tirei uma delas do cabide para dar uma olhada na etiqueta. Era uma marca italiana bem conhecida antes da revolução.

Cam costumava usar isso, pensei, vestindo a camisa. Estava desabotoada na gola, o que me permitiu puxá-la facilmente sobre o corpo. Cam adorava quando eu usava suas roupas, principalmente porque suas camisas me serviam como vestido. E os botões facilitavam a remoção.

Enrolei as mangas duas vezes até que coubessem em meus braços, depois explorei o resto do armário.

— Bem, você pode não ter acertado na personalidade. Mas certamente sabe como ele gostava de se vestir — eu disse.

Passei mais alguns minutos explorando o armário antes de ir para o banheiro. O acabamento em mármore escuro combinava perfeitamente com o piso de pedra – o mesmo que passava pelo armário e entrava no quarto em que acordei.

O vidro decorava um box amplo. Sem banheira. Duas pias. Bastante padrão no que dizia respeito aos banheiros, mas possuía um apelo distintamente masculino. Talvez pelos tons escuros e pela falta de iluminação natural.

Meus pés descalços tocaram um tapete macio quando saí da área do banheiro e entrei em um quarto. Eu meio que esperava encontrar meu falso companheiro na cama, mas ele não estava lá. Apenas um redemoinho escuro de lençóis e travesseiros, e algo de metal brilhando na iluminação fraca.

Um laptop, percebi enquanto avançava.

Olhei para ele por um segundo, depois examinei o resto do cômodo, procurando pelo Cam de mentira.

Ele não estava perto das cômodas de madeira escura, e elas estavam muito perto da parede para que ele pudesse se esconder atrás. Me abaixei para verificar embaixo da cama, claro.

Franzindo a testa, fui em direção à área de estar adjacente ao quarto. Havia um sofá comprido e uma única cadeira com uma mesa atrás.

O Cam de mentira não estava em lugar nenhum.

Abri a geladeira. Vazia. Ótimo.

Os armários tinham uma infinidade de vinho tinto em

uma seção, depois pratos, tigelas e copos. Outro tinha panelas e uma gaveta de utensílios.

Mas nada além de álcool.

Vampiro típico, pensei, refazendo meus passos de volta à sala de estar. *Então, onde você foi?* Porque ele não estava em lugar nenhum aqui, e eu suspeitava que a porta à minha frente levava à saída. *Você está esperando por mim lá fora? Esperando para me pegar e me punir?*

Fiz uma careta.

— Qual seria o ponto disso? — perguntei em voz alta. — Você já me deixou deitada na cama antes. Então, por que se preocupar com este jogo?

Presumi que ele seria capaz de me ouvir com seus sentidos vampíricos.

— Eu não vou lá fora — disse a ele. — Vou apenas brincar com o seu laptop.

Eu meio que esperava que ele entrasse e dissesse algo como: "É protegido por senha". Mas nada aconteceu.

Dando de ombros, decidi cumprir minha ameaça. Se estivesse conectado a algum tipo de rede de comunicação, então eu poderia entrar em contato com Damien.

Me acomodei na cama e coloquei o computador no colo, depois abri a tela. Ele ganhou vida sem emitir som, a proteção por senha ligada a uma impressão digital.

Era uma medida de segurança sólida, mas Damien me ensinou todos os truques para acessar. Levantei o dispositivo para verificar algumas informações na parte traseira e segurei o botão Iniciar com outra tecla.

Minha atenção se voltou para a porta quando o computador fez um som de reinicialização.

O Cam de mentira ainda não voltou. Certo. Pelo menos eu tinha algo a fazer com meu tempo agora. Melhor do que ficar deitada em um colchão, aguardando meu destino.

Continue subestimando o que posso fazer, Cam de mentira, pensei para ele quando mais alguns sons se seguiram.

— Quase todos os computadores têm um controle de administrador, algo para substituir o login inicial. É para ajudar a proteger o dispositivo dos analfabetos digitais — Damien me disse uma vez. — Como Ryder.

O homem em questão o rejeitou em resposta.

— Quer brincar com meus brinquedos favoritos, Damien? — Ryder questionou em resposta.

— Sempre — meu irmão respondeu, seus lábios se curvando em um sorriso malicioso enquanto seus olhos dançavam pela tela à sua frente.

Eu podia ouvi-lo no fundo da minha cabeça me orientando sobre as próximas etapas quando uma tela azul apareceu solicitando uma chave de administrador. Ele me ensinou todo o processo depois de semanas de treinamento, enquanto Ryder observava com interesse preguiçoso.

— Há habilidades mais importantes para ela dominar agora — Ryder disse. — Como disparar uma arma.

— Eu sei como disparar uma arma — respondi a ele.

— Veremos — ele retrucou.

O que, claro, me levou a uma aula noturna em que provei a ele que sabia manusear arma de fogo. Minha mira e precisão não eram páreo para as dele, mas poucos eram tão habilidosos com armas quanto Ryder.

Ainda assim, ele ficou impressionado o suficiente para permitir que Damien continuasse seu "treinamento da nova era", uma frase que Ryder cunhou em referência à mudança dos tempos.

Os dois fizeram o possível para me distrair nos meses que se seguiram ao desaparecimento de Cam e à minha notória "morte".

Infelizmente, se tornou necessário que eles se retirassem

para suas próprias áreas – longe de mim – para proteger minha localização no Clã Majestic.

Usei muito do que Damien me ensinou para manter contato mínimo com meu gêmeo através de canais secretos, mas com moderação. Era um risco muito grande conversar com frequência.

Ainda assim, ele conseguiu me manter atualizada sobre as mudanças da nova era da tecnologia. Eu não tinha tanto conhecimento quanto ele, mas sabia o suficiente, como evidenciado pela tela que ganhou vida diante de mim no modo de administrador.

Olhei para a porta novamente, me perguntando por que meu captor ainda não tentou entrar e me impedir. *Talvez a audição dele não seja tão boa quanto a dos outros vampiros*, pensei, dando de ombros.

Ou, como todos os outros, ele não percebeu o que eu poderia fazer.

Bem, você está prestes a... Parei, franzindo a testa enquanto tentava acessar a rede. *O que...?*

Me inclinei para ler melhor os detalhes do erro.

Não há conexão era o que dizia.

Alguém deixou isso aqui para me enganar?, me perguntei, abrindo o painel de controle para mergulhar nos detalhes do host do computador. Examinei todo o sistema operacional, minha carranca se aprofundando à medida que o tempo passava.

Algum tipo de simulação foi instalada neste laptop, que parecia ser controlada por outro console.

Segui o caminho, digitando códigos de comando no *script* para me aprofundar no *mainframe*, procurando a fonte.

Apenas para tropeçar no que parecia ser um banco de dados. Não, um servidor, me corrigi. *Uma rede de servidores. Exceto que é tudo interno e...*

— Oh... — murmurei quando uma série de telas apareceu. Parecia ser diversas transmissões ao vivo.

E uma delas era minha.

Em cima da cama.

Com a camisa do sósia de Cam.

Com o laptop no colo.

Merda.

Segui a linha de visão até o canto e notei a estranha textura no teto. Estava irregular em toda a sala, sugerindo que estávamos no subsolo.

Interessante que não fosse lisa como o espaço parecido com um armário em que acordei. Mas aparentemente tudo isso era intencional. Com que fim, eu não tinha certeza.

— Então você realmente me colocou em uma prisão glorificada e apenas usou a cama inicial como área de preparação. Que inventivo — eu disse para a câmera.

Nenhum som saiu do computador.

Aumentei o volume e repeti minha afirmação.

Nada.

— Entendo. Você está apenas observando, não ouvindo.

— *Mas por quê? E para onde foi o Cam de mentira?*

Comecei a clicar nos diferentes vídeos de vigilância, decidindo descobrir mais sobre minha prisão chique.

Corredores empoeirados.

Mais corredores revestidos com revestimento rochoso.

Alguns laboratórios vazios aleatórios.

Algumas celas com móveis totalmente brancos.

E...

E o Coventus, pensei, a bílis se formando em minha garganta enquanto uma sala de humanos ajoelhados aparecia.

É uma sala de aula, percebi rapidamente. *Ah, Deus.* As ferramentas fálicas em suas bocas deixavam claro o que estavam aprendendo, assim como os vampiros que observavam não faziam nenhum esforço para esconder sua intriga.

— Puta merda — murmurei, saindo da câmera e abrindo a de um corredor vazio. — *Puta merda...*

Eu não precisava ver isso. Nem queria ver mais. Ainda não.

— Mas pelo menos, você não mentiu a respeito de para onde estávamos indo — murmurei, minhas palavras furiosas dirigidas a Mira. Ela disse que Cam foi encontrado nas catacumbas abaixo do Vaticano. Era um local antigo usado pelos Abençoados para descansar enquanto os andares superiores eram usados para... treinamento.

Estremeci.

Então, a que profundidade estou no subsolo?, me perguntei, olhando para o corredor vazio. Na verdade, só havia uma maneira de descobrir, mas eu ainda não estava pronta para revisar o restante dos vídeos ao vivo.

Engolindo em seco, digitei outro comando, procurando mais detalhes e alguma maneira de romper o bloco sem conexão.

Talvez uma porta dos fundos para o sistema de controle primário...

Digitei mais algumas palavras que Damien me ensinou, fazendo com que alguns registros de *backend* piscassem na tela.

Execute, pensei, adicionando o comando apropriado para forçar o aparecimento da informação.

— Registro do ano dois, dia trinta — uma voz familiar disse, me fazendo franzir a testa.

Lilith.

Abaixei o volume do computador enquanto a mensagem era reproduzida.

— Olá, meu soberano — ela cumprimentou. — Infelizmente, não tenho notícias positivas para relatar hoje.

— Soberano? — repeti, minha carranca se aprofundando.

— O desafio imortal não ocorreu conforme o planejado — Lilith continuou. — Queríamos que os humanos lutassem pela imortalidade e recompensassem seus esforços, mas eles ainda estão se unindo contra nossos protocolos.

— Não brinca — murmurei, relembrando o incidente.

— A Aliança de Sangue vai se reunir mais tarde para discutir o destino dos jogos. Suspeito que votaremos para encerrar todos os participantes mortais — ela concluiu.

— O que você fez — eu disse, olhando para o computador.

— Pressione a seta verde para prosseguir para o próximo registro de sequência — uma voz robótica declarou.

— Não há seta verde — respondi, olhando para a codificação na tela. — Hum.

Digitei alguns comandos, tentando fazer o próximo vídeo ser reproduzido, mas nada funcionou. Em vez disso, acabei em outro *mainframe* repleto de milhares de nomes de arquivos.

Não. Não são nomes. *Datas.*

— *Logs* — sussurrei, franzindo a testa. — O que é isso?

Comecei outro, datado do ano vinte e dois, e ouvi Lilith explicar a fundação da primeira Taça Imortal.

— Foi importante que finalmente obtivemos sucesso na criação de candidatos dignos, por isso recompensamos seis mortais este ano. Mas pretendemos levar adiante sua ideia de dois daqui para frente. Um lycan e um vampiro.

— De quem foi a ideia? — perguntei em voz alta. — Soberano? Quem é o Soberano?

Abri mais alguns logs, todos direcionados à mesma entidade desconhecida.

— Quem é o Soberano? — perguntei novamente, tentando descobrir o destinatário dos registros.

Só então percebi que era o receptor.

Bem, não *eu*, mas este dispositivo.

Todos foram direcionados ao usuário principal deste laptop: o *Cam de mentira*.

Eu pisquei.

— O quê? Por quê?

O Cam de mentira é o Soberano?

Espere...

E se...?

Pisquei novamente. *Não. Não, isso não é...*

Cliquei em várias outras teclas, agora frenética por respostas. Eu precisava entender, saber se era possível... se talvez... se Cam de mentira pudesse ser...

O meu Cam.

Digitei outro comando, este relacionado ao histórico do laptop e a todas as criações de perfis no dispositivo.

Apenas um resultado voltou.

Cam.

E o perfil foi ativado há menos de duas semanas.

O que teria sido na época em que Ryder assassinou Lilith.

Aquela vadia poderia ter iniciado algum tipo de protocolo que levou a isso: um laptop sendo criado para Cam cheio de registros endereçados ao *Soberano*.

Mas por que Cam iria entreter esse absurdo? Ele sabia das coisas. Entrou em tudo isso com a intenção de deter Lilith.

Mas ela ganhou. Ela o subjugou.

Aproveitando o vínculo Erosita *e destruindo sua mente*, pensei, arregalando os olhos. Ela tentou fazer algo semelhante a Ryder, mas sua companheira o salvou atirando em Lilith.

Então Ryder cortou a cabeça de Lilith com um machado.

Mas pelo que Luka me contou, a dor que Lilith infligiu naquele curto espaço de tempo foi imensa. Ryder não conseguiu ouvir nada além da voz dela. E ela confirmou que usou o mesmo dispositivo em Cam.

Nos últimos cento e dezoito anos.

Talvez nossas paredes mentais tenham sido

permanentemente danificadas por causa do abuso dela. Talvez ela tenha conseguido destruir totalmente essa parte dele. Talvez o seu tormento tenha levado à perda de memória.

E talvez...

Talvez Cam tenha acordado e ouvido todos esses registros endereçados a ele, o Soberano, e pensado que ele é o cérebro por trás de toda essa loucura.

Entreabri os lábios com o conceito. Lilith poderia realmente ter conseguido isso? Transformar Cam em seu fantoche, mesmo na morte?

Se Mira estivesse trabalhando para Lilith o tempo todo, então minha localização era conhecida desde o início.

Então por que ainda estou viva?. me perguntei. *Por que não simplesmente me matar?*

Qual é o plano?

Estou certa?

Um Cam de verdade, com lavagem cerebral, certamente fazia mais sentido do que um sósia. Assim como Mira ter traído todos nós fazia muito mais sentido do que uma sósia dela. Pelo que eu sabia, esse tipo de tecnologia não existia.

Mas uma arma que poderia destruir a mente de Cam o fez.

No entanto, não entendi por que fui trazida aqui. Se alguém pudesse consertar Cam, seria eu. Então, por que arriscar que nos encontrássemos novamente?

A menos que tivessem certeza de que não havia como trazê-lo de volta.

Porque, talvez a mudança em sua mente tenha sido permanente.

Ou talvez eu esteja completamente errada.

Olhei para o laptop de novo. *Foi deixado aqui para eu encontrar? Para me confundir? Para me dar falsas esperanças? Ou isso realmente pertence a Cam? Ao meu Cam?*

Tudo poderia ser um ardil. Fui trazida aqui por um motivo.

E agora eu fui deixada sozinho.

Por quê?

Onde está o Cam?

Ele é realmente meu *Cam?*

Ele me matou.

Então quase me estuprou.

Essa não era o Cam que eu conhecia. Mas isso me lembrou do Cam que conheci, o predador que me rastreou como se fosse uma presa.

Eu só o dissuadi naquela noite porque não tive medo dele.

Ele provavelmente teria me usado e me matado de outra forma.

Assim como fez depois que saí do avião.

Então isso confirmava que ele não se lembrava de mim? De *nós*? E em vez disso, ele estava ouvindo esses registros de Lilith, aprendendo seu modo de vida e presumindo que vivia na mesma linha?

Isso explicaria o comportamento dele em relação a mim.

Mas eu tinha que confirmar isso de alguma forma, para determinar se foi realmente o que aconteceu.

E para fazer isso, eu precisava questionar Cam. Não abertamente ou de forma direta, mas com sutileza para que eu pudesse avaliar melhor a situação.

Então teria que descobrir como proceder.

Porque se eu estava lidando com uma versão de Cam que não me conhecia, e que tinha sofrido uma lavagem cerebral por Lilith, então eu teria que agir com cuidado.

Ganhar a confiança dele seria a chave para tudo. Mas para fazer isso, eu precisaria convencê-lo de que significava algo para ele.

O que poderia ser bastante difícil se Lilith tivesse

reprogramado sua mente para me ver como nada mais do que uma boneca para ser comida.

Vadia, pensei, digitando os comandos para ativar a vigilância mais uma vez. Obviamente, eu precisava encontrar Cam para avaliar...

Um bipe soou, me fazendo franzir a testa.

O quê...?

Procurei a fonte na tela, apenas para perceber no segundo seguinte que não tinha vindo do computador.

Mas da porta.

Bem, pelo menos eu sei onde ele está agora, pensei ao encontrar o olhar de Cam na entrada. E ele parece chateado. Merda.

CAM

Os BATIMENTOS cardíacos crescentes de Ismerelda cantavam para o meu predador interior, me fazendo dar um passo em direção a ela.

Mas a porta que bateu atrás de mim me tirou da perseguição instintiva.

Assim como ela apertar um botão no laptop e fechar a tampa.

Olhei para o computador e depois para a camisa pendurada em seus ombros.

— Vejo que você se sentiu em casa. — Meu tom soou calmo aos meus ouvidos, mas ela deve ter visto através da minha fachada, porque seu pulso acelerou ainda mais.

Seus olhos verdes claros seguiram meu olhar para a camisa antes de piscar de volta para mim com uma carranca suave estragando sua sobrancelha perfeita.

— Você geralmente gosta de me ver usando suas roupas.

Essa preferência mudou? — Sua voz não tinha o tom de antes, assim como seu cheiro parecia ter mudado daquela nota pungente de desespero para outra coisa.

Algo assustador, mas com um toque de interesse.

Inspirei profundamente, testando minha fera interior, curioso para saber como isso me faria sentir. Minha expiração saiu lentamente, o aperto em meus ombros parecendo diminuir com o movimento.

Hum.

Meu foco voltou para o traje escolhido, notando o modo como ela deixou os dois primeiros botões abertos, permitindo um vislumbre tentador da pele macia por baixo. Ela também dobrou as mangas até os pulsos delicados, e a camisa cobria apenas um pouco de suas coxas. Talvez estivesse mais longa quando ela se levantou, mas agora estava amontoada por ela estar sentada na minha cama.

— Não — eu disse, avaliando tanto seu traje quanto suas palavras. — Minha preferência não mudou. — Porque eu gostei muito da visão diante de mim. Se eu normalmente solicitava isso, poderia perdoá-la por se vestir sem permissão.

No entanto, o laptop era outra questão completamente diferente. Assim como sua posição confortável no centro da minha cama.

Eu costumava permitir isso também?, me perguntei, estudando-a atentamente. *Por que eu permitiria tal liberdade?*

Havia tanta coisa que eu não conseguia lembrar. Mas esta mulher me conhecia há mais de mil anos. O que mais ela poderia me dizer?

Humm, mas posso confiar nela para me dizer a verdade?

Mira já me avisou que Ismerelda pertencia a uma época antiga, quando os humanos tinham mais direitos. Porém, ela sempre foi minha. Não teria eu sido o regulador desses direitos? Preparando-a para ser minha versão de escrava de sangue perfeita?

Ela não tentou escapar enquanto estive fora, apenas se vestiu do jeito que eu aparentemente preferia e assumiu minha cama, uma posição que imaginei que ela conhecesse bem ao longo dos séculos. Ela também parecia estar com um estado de espírito mais apropriado agora.

Talvez ela ainda estivesse acordando de sua morte quando a abordei pela primeira vez e essa tenha sido a causa de seu comportamento bizarro.

Agora ela estava agindo como se nada tivesse acontecido. Ela estava apenas olhando para mim, aguardando mais instruções.

Com meu computador no colo, pensei, olhando para o aparelho novamente.

— Você costuma tocar na minha propriedade sem permissão? — perguntei.

Ela olhou para mim por um instante, seus olhos verdes brilhando com pensamentos ilegíveis.

Bem, isso não era inteiramente verdade.

Eu poderia ler sua mente se quisesse, mas havia um forte bloqueio mental entre nós que claramente ergui por um motivo. Então eu não iria arriscar derrubá-lo só para ouvir quaisquer palavras que estivessem fluindo por sua linda cabeça.

— Você normalmente não precisa me dar permissão para nada — ela disse lentamente, seus lábios se curvando para baixo. — É protegido por senha. — Ela me mostrou a tela de login. — E você sabe que nunca fui muito boa com computadores.

Ela me encarou por um longo segundo, parecendo esperar pela minha resposta. Ou talvez ela tenha antecipado uma reprimenda. Eu não tinha noção da nossa dinâmica, apenas das minhas reações inerentes às palavras dela.

Inicialmente, fiquei furioso ao encontrá-la sentada na cama, especialmente depois das últimas horas de irritação que acabei de suportar devido à minha reação bizarra ao comportamento dela. Mas meu humor mudou quase de imediato após sua pergunta sobre minhas preferências.

Agora, eu me sentia quase relaxado na presença dela. Contente, até.

O que não fazia sentido, dada a liberdade com que ela se sentia em casa no meu espaço. Mas talvez isso fosse típico para nós?

E se fosse típico, então talvez eu pudesse finalmente satisfazer a imensa fome que persistia dentro de mim.

A menos que tudo isso seja algum tipo de estratagema, pensei.

Ela não tinha me acusado de não ser seu Cam? Ou tudo isso estava relacionado à morte dela?

Ismerelda disse que nunca morreu antes. Se isso fosse verdade, seu estado mental debilitado faria sentido.

— Sinto muito, meu soberano — ela disse, quando não falei nada.

Outra pausa se seguiu.

— Eu... eu estava tentando passar o tempo até você voltar. — Ela fechou com cuidado a tampa do laptop, com uma expressão pensativa. — Eu teria cozinhado para nós, como fiz no passado, mas não havia comida na cozinha.

Cozinhado para nós? repeti para mim mesmo. *Por que ela cozinharia para nós? Vivo de sangue. Especificamente, o sangue dela.*

Mas agora, eu me perguntava o que eu normalmente comeria com ela. Ou que refeições ela costumava preparar.

Talvez eu pudesse usar isso a meu favor, pois poderia me ajudar a determinar se isso era alguma mentira elaborada ou não.

Eu queria entender por que a escolhi. Talvez também esclarecesse isso.

— Não temos suprimentos para comida — eu disse a ela, pensando rapidamente em um plano. — Mas posso pedir que algo seja entregue. — Michael me forneceu uma lista de opções logo depois que acordei e recuperei os sentidos. Não prestei muita atenção, pois meu único desejo era por sangue. Especificamente, o sangue de Ismerelda. O que foi parte do motivo pelo qual ela foi trazida para cá: para saciar minha fome.

Obviamente, não aconteceu conforme o planejado. Beber até secar só aliviou o nervosismo. Agora, eu ansiava por algo *mais*, algo mais sombrio.

Mas primeiro, iríamos jogar este jogo. Testar seus conhecimentos. Ver como ela realmente me conhecia.

— Me diga que comida eu gostaria e pedirei.

Ela me estudou, curvando os lábios em outra carranca.

— Quer que eu adivinhe que comida *você* está com vontade?

Enfiei as mãos nos bolsos e arqueei uma sobrancelha para ela.

— Não é isso que você teria feito se houvesse comida disponível na cozinha para preparar?

Ela balançou a cabeça, sua confusão era palpável.

— Ah, não. Você... você teria deixado a comida que queria lá para mim. Você sabe, como fazia antes... — Ela parou, seu olhar verde prendendo o meu. — Eu normalmente não *adivinho*.

Seu pulso batia desigualmente, aumentando o leve tremor em sua voz. Algo não estava certo. *Ela está mentindo? É nervosismo? É algo totalmente diferente?*

— Hum... — Ela limpou a garganta. — Estamos em Roma, certo? Bem, Cidade do Vaticano, mas Roma?

Olhei para ela. Ela já sabia a resposta para isso, mas respondi de forma afirmativa com um leve aceno de cabeça, curioso para saber onde ela queria chegar com essa conversa.

— Certo, bem... — Ela engoliu em seco, aparentemente incerta. Mas pareceu tomar uma decisão porque, finalmente acrescentou: — Sua refeição italiana favorita é *parmigiana di melanzane*.

Seu sotaque italiano nessas três palavras era impecável, o que me fez pensar se ela falava a língua. Mas eu estava muito distraído com o que significava em inglês para comentar sobre seu potencial conhecimento linguístico.

— Berinjela com parmesão? Meu prato italiano favorito é vegetariano? — *Altamente improvável.*

Mas uma súbita ousadia tomou conta de sua expressão quando ela assentiu.

— Sim. Mas não do jeito que os americanos costumavam fazer com todo o empanado. Você gosta da berinjela assada, com camadas de molho de tomate, ovo e *parmigiano reggiano*. — Ela franziu a testa, seu olhar suspeito. — Mas você sabe disso. Certo?

Eu não tinha certeza do que aquela pergunta significava, então ignorei. Eu estava muito envolvido com o prato que ela acabou de propor.

— O que mais eu como?

Ela ficou quieta por um momento, me observando, depois listou três dos meus aperitivos supostamente favoritos, todos vegetarianos. E seguiu com uma marca de vinho tinto que afirmava ser o meu favorito na Itália.

— Você gosta dos franceses no armário, mas quando está na Itália, bebe vinho italiano. E geralmente o adoça. Com meu sangue.

Agora, *isso* parecia algo que eu gostaria muito. No entanto, o conceito geral era muito fácil de adivinhar.

Felizmente para ela, Ismerelda adicionou a marca que eu supostamente preferia.

E vários pratos de comida para eu experimentar.

— E a sobremesa? — questionei, mais do que intrigado com esse jogo.

— Geralmente? — ela perguntou, levantando a sobrancelha. — Você me come.

Contraí os lábios.

— Isso é muito óbvio.

— Óbvio ou não, é verdade. Mas se quiser que eu diga o nome de uma sobremesa, então você gosta de sorvete. *Cioccolato fondente*, especificamente.

Chocolate amargo, traduzi para mim mesmo.

— Humm — murmurei, considerando suas respostas. — E você, Ismerelda? O que eu permito que você coma?

— O que você me *permite* comer? — ela repetiu, parecendo surpresa com minhas palavras. — O que eu quiser, normalmente.

— Mesmo? — Isso não parecia certo. Os humanos poderiam alterar seu peso e tamanho comendo de forma exorbitante. E havia regras rígidas sobre isso no novo mundo por uma razão. No entanto, sua figura certamente me atraiu, então decidi satisfazê-la. — Tudo bem. Neste caso, o que você gostaria?

— Agora? — ela perguntou, parecendo ser uma pergunta retórica. — Uma pizza margherita e alguns dos aperitivos que já listei para você. — Seus olhos vagaram por mim. — E você para a sobremesa.

Uma resposta tímida.

Mas bem jogada neste jogo.

— Tudo bem — murmurei. — Vou considerar esse absurdo, Ismerelda. Mas se eu decidir que você está errada sobre algum dos meus gostos, farei muito mais do que apenas comê-la como sobremesa.

Ela estremeceu.

— Entendo, meu soberano.

O termo em seus lábios soou estranho aos meus ouvidos. Não conseguia decidir exatamente por quê, então balancei a cabeça. Todos se referiam a mim como *meu soberano*. Era meu dever como rei. E ela, de todas as pessoas, deveria se dirigir a mim dessa maneira. Ela era minha *Erosita*. Meu brinquedo. Minha bolsa de sangue imortal para transar comigo e eu devorar como quisesse. Ela deveria me adorar.

Essa era a expectativa, não era?

Então, por que estou entretendo esse jogo com ela?, me perguntei enquanto me movia em direção à cama e me sentei ao lado dela.

Não consegui responder à minha própria pergunta mental, então me concentrei em continuar esse joguinho, assumi o controle do laptop e fiz login.

— Tem certeza sobre esse pedido de comida? — perguntei, desviando o olhar do computador para admirar seus belos traços.

Ela encontrou meu olhar sem vacilar.

— Se tenho certeza sobre qual era sua comida italiana favorita há cento e dezoito anos? Sim. A menos que seu paladar tenha mudado enquanto você estava... fora?

— Dormindo — corrigi. — E, não. — Meu foco mudou para seu pescoço esguio. — Não acredito que meu paladar tenha mudado muito.

— Dormindo? — ela repetiu, franzindo a testa.

— Sim. — Inclinei a cabeça diante de sua expressão confusa. — Por que isso te confunde? — Era uma emoção que eu não deveria nutrir, mas era uma reação bizarra a algo que ela precisava saber.

— Eu... eu não percebi que você estava dormindo — ela gaguejou, e seu pulso mudou de ritmo.

Isso era mentira?, me perguntei, tentando lê-la.

— Como você pode não perceber? — perguntei, minha atenção inteiramente em seu batimento cardíaco agora.

— Porque você saiu sem me dizer o que pretendia fazer e ninguém me explicou o que aconteceu — ela respondeu, com um toque inesperado de irritação em seu tom.

Seu pulso também se acalmou, o som das batidas voltou ao normal, apesar de sua demonstração de emoção.

Interessante.

Isso parecia verdade. Também parecia algo que eu faria.

— Se eu não te contar algo, é porque você não é digna de saber. — Afinal, ela me servia. Não o contrário.

Mas por esta noite, eu iria mimá-la com esta refeição e ver se ela realmente conhecia bem meu gosto por comida.

Como não conseguia me lembrar da última vez que comi algo diferente, seria uma experiência divertida.

— O seu, hum, *sono* está afetando suas memórias alimentares? Foi por isso que você me perguntou seus alimentos favoritos? — Ismerelda questionou enquanto eu abria um dos ícones do computador.

Considerei sua pergunta, sem saber se deveria ou não responder.

Na verdade, não era da conta dela. Ela vivia para se ajoelhar para mim e nada mais.

No entanto, minha memória defeituosa poderia se tornar seu fardo, especialmente se eu descobrisse que suas respostas esta noite eram verdadeiras. Porque se ela provasse conhecer meus gostos, provavelmente eu precisaria de mais alguns detalhes. Talvez em relação a outros prazeres da vida.

— Acordar de um descanso imortal tem alguns efeitos colaterais. — Olhei para ela novamente. — Um desses efeitos é a perda de memórias insignificantes, como comidas favoritas ou detalhes sobre relacionamentos sem importância.

O que explicava por que eu não conseguia me lembrar dela ou de Michael, mas me lembrava de Mira e de outros do meu passado.

— Relacionamentos sem importância — Ismerelda repetiu, estremecendo com as palavras. — Como o nosso.

— Como o nosso — repeti.

E, ainda assim, eu a mantive por mais de mil anos.

O que isso dizia sobre mim, o fato de eu não conseguir me lembrar dela ou por que senti a necessidade de manter nosso vínculo por tanto tempo?

— É possível que mais memórias retornem com o tempo — falei, repetindo o que os registros de Lilith me contaram. — Mas só se eles realmente forem importantes para mim de alguma forma.

— Entendo. — Seu tom carecia de emoção, mas seus olhos brilhavam como chamas verdes. Era bastante fascinante observar. — Suponho que isso explica por que seu discurso ainda é atual e não como era quando nos conhecemos.

Pisquei, surpreso com aquela afirmação.

— E também como você sabe usar um computador — ela continuou. — Essas devem ser habilidades importantes que você lembrou. Mas você consegue se lembrar de quem lhe ensinou como usar o laptop?

Olhei para ela.

— Por que isso importaria?

— Por que, de fato — ela respondeu, seu tom ainda sem emoção, apesar das chamas cintilando em seu olhar. — O que foi que Jace disse uma vez? — Suas próximas palavras vieram de uma língua antiga, sua fluidez em pronunciá-las me impressionou.

A frase podia ser traduzida livremente como *memórias são nossa base. Mas o que acontece quando temos muitas?*

— Um resumo preciso — murmurei. — Mas meu primo não disse essas palavras. Meu pai, sim.

— Cronus — ela confirmou, suas pupilas brilhando com o nome.

— Sim. — Estudei sua expressão por mais um instante, novamente tentando ler o significado por trás. Ela pareceu quase... aliviada. Mas não exatamente isso. Havia lágrimas em seu olhar, mas elas desapareceram em um piscar de olhos enquanto tentava recuperar a compostura.

— Estou surpreso que você esteja familiarizada com essas palavras — admiti. — Faz muito tempo que não as ouço. — Não desde que meu pai escolheu o descanso eterno em vez da vida. E isso foi muito antes de eu adotar Ismerelda como escrava.

— Você me disse essa frase uma vez. Eu apenas confundi quem a falou. Seu pulso acelerou novamente com as palavras, me fazendo franzir a testa.

Isso significa que ela está mentindo?

Mas por que ela mentiria sobre isso?

Talvez eu estivesse errado e tenha interpretado mal essa mulher.

Ou talvez essas flutuações fossem o que me manteve tão intrigado por ela. *Foi por isso que ergui esta parede mental? Por que minha incapacidade de lê-la me diverte?*

Com esses pensamentos passando pela minha mente, abri o aplicativo que me permitiria ligar para a cozinha, algo que ainda não fiz desde que acordei. Mas Michael me mostrou o protocolo, só para garantir.

— Vamos ver se você está certa sobre meus gostos, Ismerelda — eu disse enquanto apertava o botão para chamar alguém na cozinha. — Estou muito ansioso pela *sobremesa*.

IZZY

É CAM. Meu Cam.

Porque não havia como alguém saber das palavras finais de Cronus antes de descansar.

Somente *meu* Cam conheceria essa frase. Ou melhor, quem disse isso.

No entanto, este homem não era nada parecido com o meu Cam.

— *Um desses efeitos colaterais é a perda de memórias insignificantes, como comidas favoritas ou detalhes sobre relacionamentos sem importância.*

A implicação dessas palavras parecia uma faca no meu peito. Ele basicamente disse que eu não significava nada para ele e era por isso que ele não conseguia se lembrar de mim.

Mas eu sabia, no fundo, que não era verdade. Tinha que haver outra explicação. Algo que não envolvia *dormir*, pois eu sabia que não era o que ele estava fazendo.

No entanto, ele pensava que essa era a causa. Era óbvio que ele não tinha ideia do que Lilith realmente fez com ele.

E minha suposição sobre sua lavagem cerebral parecia correta, dada a pouca consideração que ele parecia ter por mim como sua companheira.

Pelo menos, ele estava me divertindo com o jantar, algo que fiquei *muito* grata por ele ter pedido já preparado.

Porque eu não sabia cozinhar para salvar minha vida.

Bem, isso não era verdade. Eu poderia cozinhar. Mas não era boa nisso. O que era algo que meu Cam saberia. Meus comentários sobre ser incapaz de preparar uma refeição como faria normalmente foram minha maneira de examinar sua memória.

Embora, durante o teste, tenha me ocorrido que um sósia de Cam também não saberia a diferença. Então procurei por algo que só meu Cam saberia.

E ele nem piscou.

Este era meu Cam.

Mas um Cam sem lembranças nossas.

No entanto, era estranho que ele parecesse possuir conhecimento dos padrões modernos de diálogo, conhecimentos de informática, algo que eu lhe ensinei, e outros maneirismos atuais.

Portanto, ele não estava preso ao passado, sugerindo que não se tratava de um simples caso de amnésia.

Era mais direcionado de alguma forma.

Mais específico.

Para mim.

Então, me perguntei por que fui trazida para cá. Se alguém pudesse resolver isso, era quem estava ligada à mente de Cam.

Supondo que eu pudesse convencê-lo a quebrar a barreira mental, de qualquer maneira. Isso não seria fácil, visto que esta versão de Cam me considerava inferior.

— *Se eu não te contar algo, é porque você não é digna de saber.*

Essa afirmação me tocou. De uma maneira perigosa. Algo que tentei ignorar por mais de um século.

Com o coração cheio de ressentimento em relação ao homem que eu amava.

Porque aquele homem me *deixou* no escuro ao não me contar seus planos para Lilith ou como pretendia voltar para mim. E isso me fez sentir inferior a ele. Como se ele não fosse capaz de confiar a informação a mim ou me valorizasse o suficiente para compartilhá-la.

Lutei contra esses sentimentos desde o dia em que ele ergueu o muro entre nossas mentes.

E ele trouxe tudo isso à tona com algumas palavras insensíveis.

Precisava controlar a irritação antes de dizer algo que não deveria. Do jeito que estava, já falei o que pensava algumas vezes na presença dele. Principalmente sobre como ele foi embora sem me contar suas intenções, mas Cam não reagiu à minha franqueza. Ele descartou isso com sua declaração sobre minha falta de valor.

Eu o observei à medida que se acomodava à minha frente na mesinha da cozinha.

Ele saiu para tomar banho enquanto eu arrumava a mesa para o jantar. Voltou usando outra camisa preta e calça combinando, o cabelo úmido nas pontas.

Seus olhos azuis examinaram a comida que separei em pratos antes de pousar na taça de vinho.

— Você adoçou? — ele perguntou, seu sotaque cada vez mais profundo causando um arrepio na minha espinha.

— Ainda não. — Engoli em seco, incerta com a próxima parte porque não confiava que ele não me machucaria. Mas queria seguir nosso ritual habitual da melhor maneira possível. Porque talvez, apenas talvez, isso inspirasse o surgimento de uma daquelas *memórias sem importância.* —

Geralmente, você prefere morder meu pulso e adoçar por conta própria.

Seu foco foi para meu pescoço e depois para minha mão antes de retornar a taça.

— Acho que vou provar o vinho primeiro, ver se concordo com sua avaliação em relação às minhas preferências.

— Eu não disse que você não gosta da marca francesa — lembrei a ele. — Apenas que você prefere o italiano quando está na Itália.

No entanto, também sabia que este vinho italiano era um dos seus favoritos de todos os tempos.

Não fiquei surpresa que a *equipe*, ou quem quer que fosse aquele humano de cabelos escuros que entregou a refeição desta noite, conseguiu localizar uma garrafa.

Vampiros e lycans apreciavam os prazeres da vida, e era por isso que relegavam tantos trabalhadores da indústria de serviços, que eram escravos mortais designados para o serviço no Dia do Sangue, a fazendas e vinhedos, para manter a qualidade dos alimentos que eles apreciavam de eras passadas.

Lilith pensou em tudo quando criou esta nova ordem mundial. Ela encontrou uma maneira de colocar psicologicamente os humanos uns contra os outros, forçando-os a lutar pela imortalidade, e foi capaz de satisfazer seus companheiros vampiros e lycans com certos acampamentos que atendiam às suas necessidades específicas.

Haréns para vampiros.

Vítimas de caçada lunar para lycans.

Virgens de sangue para vampiros.

Fazendas de procriação para lycans.

Era nojento. Cruel. Completamente fodido.

E meu Cam parece concordar com tudo isso agora, pensei, observando enquanto ele provava o vinho com elegância. *Pior ainda, os vídeos que assisti pareciam se referir a ele como o Soberano, o que significava que ele poderia até pensar que orquestrou toda aquela loucura.*

— Humm — ele murmurou, chamando minha atenção para seus lábios carnudos. — Este é um vinho delicioso, Ismerelda.

Eu não disse nada, meu cérebro esperando pelo *mas* que parecia persistir em sua língua. *Este é o vinho italiano favorito dele,* disse a mim mesma. *Se ele disser o contrário, ele está...*

— Mas... — *E aí está...* — Você está certa. Precisa ser adoçado.

Meu coração praticamente pulou na garganta. Fiquei igualmente aliviada por ele não ter negado o sabor e com medo de que ele estivesse prestes a me morder novamente.

Porque a última vez que ele cravou suas presas na minha carne, ele me matou.

E ele fez isso garantindo que eu sentisse cada segundo doloroso.

Engoli em seco, elevando o braço de maneira automática em direção a ele, assim como teria feito cento e dezoito anos atrás.

Mas desta vez não fiquei cheia de expectativas nascidas da repetição e da rotina. Porque eu não sabia o que ele faria. A incerteza se desenrolou dentro do meu estômago em uma sensação vibrante, provocando um leve arrepio pela minha espinha. Isso me lembrou da noite em que ele me mordeu pela primeira vez, quando eu não sabia exatamente como seria.

Vai doer?

Será que vou gostar?

Será como antes?

Será novo?

Seus longos dedos envolveram os meus, puxando minha mão sobre a pequena mesa, seu olhar faminto preso ao meu. Outro tremor passou por mim, fazendo com que minhas coxas se apertassem enquanto meu pulso se aproximava de sua boca sedutora.

Ele pode me matar de novo, lembrei a mim mesma. *Mas e se ele não fizer isso? E se ele...*

Seus incisivos morderam minha carne antes que eu pudesse terminar esse pensamento, enviando uma onda de calor pelas minhas veias com a intenção de seduzir e subjugar. *Prazer.*

Foi tão inesperado que gemi, fechei os olhos com a sensação que não experimentava há muito tempo.

Cam gemeu em resposta, e o som foi direto para o meu âmago. Era como se ele tivesse meu clitóris na boca, chupando e mordiscando, e me aproximando do clímax.

Ahhh, como eu senti falta disso... meu estômago se apertou com um inferno de paixão, me levando ao limite, mas se dissipou no instante seguinte quando Cam soltou meu pulso.

Meus cílios tremularam, a realidade se instalou ao meu redor quando percebi que apenas alguns segundos se passaram.

Aqueles olhos azuis e famintos capturaram e prenderam os meus, a alma de Cam parecia falar comigo diretamente através de seu olhar enquanto ele deixava meu sangue fluir em sua taça.

Engoli em seco, sentindo meu mundo girar na direção errada, me levando ao passado e me fazendo querer implorar por mais.

Mas esse não era o meu Cam. Não de verdade. Não até que eu rompesse as barreiras mentais entre nós e garantisse que ele se lembrasse de mim. Lembrasse de *nós*.

Seus dedos se moveram pela minha mão enquanto ele guiava meu pulso para longe da taça e de volta para sua boca. Luxúria e necessidade fermentaram em seus olhos sedutores enquanto ele lambia a ferida para fechá-la, enquanto segurava meu olhar.

Estremeci, sentindo meu interior preparado para mais, com minhas coxas tensas de desejo e meus mamilos intumescidos em antecipação a outra mordida. *Ali. Nos meus seios. Por favor...*

Seu foco mudou para baixo, como se tivesse ouvido meu pedido. O Cam que eu conhecia raramente se permitia me morder ali. Ele preferia meu pescoço e pulsos, principalmente porque temia que outros lugares pudessem me machucar.

O que tornou bastante estranho eu tê-lo imaginado mordiscando a área sensível entre minhas coxas. Ele nunca fez isso, com muito medo da dor que inspiraria.

Mas algo me disse que essa versão dele não se importaria nem um pouco com o meu desconforto.

Ele beijou a parte interna do meu pulso e me soltou.

— Você vai fazer esse som novamente para mim mais tarde, enquanto eu comer sua boca — disse. — Essa será a sua sobremesa. — Sua atenção foi para a comida. — Supondo que tudo isso me impressione, é claro. Caso contrário, faremos algo muito menos agradável. Para você.

Estremeci com a ameaça e também com a insinuação de que chupar seu pau só seria minha sobremesa se ele aprovasse. *Então, o que ele fará se desaprovar?*

Cam pegou o garfo e o levou para um prato de caprese, um dos aperitivos que sugeri.

— Recompensei você pelo vinho. — Ele olhou para meu pulso e depois para meus lábios. — Vamos ver se tenho vontade de recompensá-la pela comida também.

Fiquei imóvel enquanto ele levava um tomate à boca, com uma expressão pensativa enquanto mastigava.

Depois de engolir, pegou outro, mas desta vez o levantou para eu experimentar.

Eu não tinha certeza se essa era a maneira dele de me

recompensar ou de me fazer provar a comida com ele. Mas parei de me importar quando a explosão de sabores tocou minha língua e gemi em aprovação.

— Humm, acho que você gosta mais disso do que eu — ele comentou. — O que é dizer muito, porque também gostei do sabor. Mas os sons que você está fazendo me intrigam ainda mais.

Ele me alimentou com outra garfada deliciosa antes de passar para outro aperitivo: *bruscheta*.

Em vez de experimentar primeiro, ele cortou um pedaço e levou-o aos meus lábios.

— Abra.

Obedeci. Não apenas porque estava morrendo de fome, mas porque isso me lembrava do meu Cam.

Ele observou enquanto eu mastigava e engolia, seu olhar safira seguiu a base do meu pescoço antes de pegar seu próprio pedaço.

— Prefiro mais o outro — admitiu após terminar. — Mas é muito bom.

Contraí os lábios.

— Você já disse isso antes.

Ele arqueou uma sobrancelha.

— Já?

— Sim. Mas, ainda assim, você sempre pede bruscheta.

— Eu me pergunto por que — ele murmurou enquanto pegava outro pedaço de caprese com o garfo.

— Você gosta da maneira como combina com a berinjela — eu disse a ele, olhando para o prato principal.

Ele considerou minhas palavras enquanto saboreava outro tomate. Então mudou para a entrada e cortou um pedaço para experimentar.

Sua expressão não mudou nada enquanto ele comia, seus olhos azuis mais focados em mim do que na comida. Mas, quando ele pegou um pedaço de bruscheta para comer, eu sabia que ele estava satisfeito.

Felizmente, fui sincera sobre sua comida favorita. Pensei em mentir, caso ele me pedisse para prepará-la, o que teria sido um grande problema, mas deu tudo certo.

E eu tive algumas respostas sobre Cam.

Meu Cam.

Porque ele estava aqui. Na minha frente. Comendo comida italiana.

Meu coração acelerou quando permiti que essa compreensão tomasse conta de mim, meu interior aqueceu de excitação.

Finalmente estamos juntos.

Não era assim que eu esperava que nos encontrássemos novamente, nem era o ideal, mas eu aceitaria isso em vez de nunca mais vê-lo.

— Pode comer sua pizza, Ismerelda — ele me disse, com o olhar ainda fixo no meu.

— Obrigada, meu soberano — respondi, representando a obediente que ele obviamente esperava de mim.

Porque Lilith fodeu com a mente dele, pensei amargurada, enquanto comia a pizza.

Eu precisava descobrir exatamente o que Lilith fez para poder tentar reverter o dano.

Ou talvez fosse tão simples quanto quebrar o muro mental entre nós.

Bem, *simples* era um eufemismo. Nada com ele poderia ser simples.

Cam era o vampiro mais teimoso que já conheci, suas decisões eram resolutas e sem remorso. Uma vez que ele decidia algo, era basicamente impossível convencê-lo do contrário.

E eu não tinha dúvidas de que essa versão era exatamente igual.

O que significava que eu tinha que convencê-lo a ter a ideia sozinho, em vez de sugeri-la.

Isso levaria tempo, algo que eu esperava que tivéssemos, mas achava que não.

— Você não parece estar gostando tanto da pizza quanto do caprese — Cam disse, seu foco mudando da minha boca para os meus olhos enquanto ele falava. — O gosto está bom?

Tem um gosto bom, pensei. *Mas estou bastante distraída no momento pensando em como consertar você e não tão preocupada com a comida.*

Mas eu não poderia dizer isso.

Assim que terminei de engolir, contei-lhe outra verdade.

— Está um pouco seca, mas não está ruim. — Provavelmente ficou no forno por muito tempo ou talvez não tivesse sido feita no tipo certo de forno. O que era uma pena, considerando que estávamos na Itália, mas também estávamos em algum lugar subterrâneo e eu não tinha ideia de onde prepararam toda aquela comida.

Ele me considerou por um momento. Então pegou meu prato e trocou-o pelo caprese, colocando o aperitivo bem na minha frente e a margherita no centro, ao lado da bruscheta.

— Termine de comer isso. Prefiro seus gemidos ao silêncio.

Meus lábios ameaçaram se curvar com suas palavras, mas a fome sombria em seu olhar me impediu de mostrar minha reação.

Porque ele parecia pronto para me devorar.

E eu não tinha certeza se isso era uma coisa boa ou ruim. Ou um pouco de ambos.

Em vez de me perder em pensamentos novamente, peguei o garfo e voltei minha atenção para a salada caprese. Estava mesmo muito melhor que a pizza. Os sabores eram abundantes e puros. Percebi que foi usado um bom azeite, bem como temperos frescos.

— Muito melhor — Cam murmurou, seu olhar na minha boca.

Eu não pretendia gemer de novo, mas foi o que fiz. E não me preocupei em esconder meu prazer enquanto comia, algo que o deixou satisfeito.

Quando ele terminou a refeição, me observou comer, as pupilas cintilando com um aviso ameaçador. Ele parecia um predador se preparando para atacar sua presa.

Meus braços se arrepiaram. *O que ele vai fazer depois que eu acabar? Me fazer chupá-lo como sobremesa?*

Estremeci com o pensamento.

Já fazia muito tempo desde que fui tocada de forma adequada por esse homem.

Exceto que este não era meu Cam.

Este era um homem que sofreu uma lavagem cerebral para pensar que eu estava abaixo dele. Não sua companheira, mas uma bolsa de sangue. Foi por isso que ele me mordeu tão livremente ontem, permitindo que eu morresse.

E porque ele entrou mais cedo com a intenção de transar comigo, independentemente do meu humor ou vontade.

Eu queria entreter esse tipo de homem na minha cama?

Era errado fazer isso? O que *meu* Cam pensaria depois que suas memórias voltassem? Ele se sentiria traído?

Engoli em seco, sentindo o caprese pesado em minha garganta.

Essa última pergunta evocou uma resposta visceral dentro de mim, que dizia que Cam deveria se *sentir* traído.

Porque a ideia de ser tomada por esta versão do meu companheiro me deixou desconfortável... mas também intrigada.

Como seria ser tocada como se eu não fosse quebrável? Ser tomada pelo verdadeiro poder do seu espírito? Ser mordida em lugares que meu Cam nunca teria considerado porque eu era frágil demais para aceitar isso?

Era errado ponderar. Uma traição. Porque esta não era a versão do meu Cam. Esta era... uma versão quebrada. Uma figura sombria do homem que amei.

Mas talvez, o sexo o ajude a baixar os escudos.

A intimidade normalmente nos aproximava, nossas mentes se uniam da maneira mais antiga enquanto nossos corpos consumavam nosso amor um pelo outro. Isso alimentava nossas almas, reforçava nosso vínculo e...

— Ismerelda. — O tom suave de Cam me tirou dos pensamentos e me trouxe para o presente enquanto ele colocava sua taça de vinho vazia sobre a mesa. — Estou pronto para a sobremesa.

CAM

Um lindo rubor cobriu as feições de Ismerelda, criando um convite carmesim que eu ansiava por aceitar.

Isso foi muito melhor do que antes, seu perfume estava muito mais doce agora e servia como um farol para meu predador interior, em vez de um impedimento.

Inspirei profundamente, notando o cheiro de excitação sutil que acompanhava seu toque de medo.

Perfeição, quase ronronei em minha mente.

A refeição foi surpreendentemente agradável. As escolhas alimentares de Ismerelda eram diferentes de tudo que eu me lembrava de ter comido, o que me fez pensar que outras cozinhas ela recomendaria.

Mas, primeiro, senti um forte desejo de recompensá-la. Ela me agradou de uma maneira que eu não esperava, o que imaginei estar relacionado ao motivo pelo qual a mantive todos esses anos. Ela também foi lindamente subserviente durante toda a refeição, esperando permissão para comer e me agradecendo quando eu a concedia.

E esses gemidos...

Caramba, quase joguei todos os pratos no chão só para poder incliná-la sobre a mesa e estocar nela.

Seu cheiro agora me disse que ela estaria pronta.

E apertada também, pensei com um gemido mental.

Ismerelda não transava há mais de cem anos. Sua boceta não utilizada seria quase tão boa como uma virgem, apertando e pulsando ao redor do meu pau enquanto eu estocava nela sem remorso.

Doeria. Mas ela aceitaria porque precisava. Ela era minha.

E esse conhecimento me deixou ainda mais duro para ela.

Já fazia muito tempo que não sentia o prazer de penetrar uma mulher. Deuses, eu nem conseguia me lembrar da última vez, apenas que foi eufórico. Sobrenatural. Viciante.

Depois que eu começasse a transar com Ismerelda, provavelmente não conseguiria parar. Ela morreria com meu pau alojado dentro dela, me implorando para diminuir o ritmo ou conceder-lhe uma pausa.

Mas eu não conseguiria. Não com a fome selvagem que dominava meu predador agora.

Não com seu perfume doce me envolvendo e aquele rubor delicioso provocando seu pescoço.

Um grunhido saiu da minha boca, fazendo minha pequena *Erosita* estremecer. Não havia dúvida entre nós sobre qual sobremesa eu pretendia devorar.

No entanto, eu ainda queria elogiá-la de alguma forma. Talvez conceder um pouco de prazer a ela antes que eu a destruísse com as minhas necessidades.

Talvez isso garantisse que ela acordasse corretamente da próxima vez.

— Limpe a mesa — eu disse a ela. — Então vou te comer, exatamente como você disse que eu faria.

Porque o sorvete de chocolate não me atraiu tanto quanto sua doce excitação.

Eu abriria aquelas coxas atléticas, que eu admirava agora, enquanto ela permanecia sem dizer uma palavra para fazer o que eu exigia, e a saborearia. Eu a lamberia profundamente. Eu a morderia. Misturaria sua dor com seu prazer e beberia cada gota.

Seu perfume natural parecia florescer a cada passo que ela dava, seu interesse era um aroma inebriante que engrossava o ar entre nós.

Arrepios percorreram suas pernas, uma exibição intrigante que confirmou que ela estava excitada e assustada.

Uma bela combinação.

Ela se inclinou sobre a mesa ao meu lado para pegar a pizza descartada, fazendo com que a camisa subisse um pouco mais por suas coxas.

Meus dedos coçaram para explorar sua pele macia, mas me mantive imóvel, mesmo quando ela se endireitou e me permitiu um vislumbre tentador de seus mamilos endurecidos sob o tecido fino.

Ela não estava errada sobre minha preferência de guarda-roupa. Porque ela vestia minha camisa melhor do que eu.

Admirei seus movimentos enquanto Ismerelda pegava os últimos pratos, colocava a louça suja na pia e guardava o mínimo de sobras na geladeira.

Minha taça de vinho foi o item final, algo que ela caminhou e lavou antes de retornar para o meu lado. Seus olhos estavam baixos em clara submissão, suas bochechas ainda exibiam aquele sedutor tom rosado.

— Sente-se — eu disse, apontando para a mesa à minha frente. — E abra as pernas.

Ela engoliu em seco, piscando os olhos verdes até encontrar os meus antes de baixar novamente.

— Sim, meu soberano — ela sussurrou, sua confiança anterior parecendo ter desaparecido.

Essa reação sugeria que ela estava acostumada com meu tipo particular de brutalidade.

Bom.

Porque eu estava faminto por ela e não iria me conter, algo que ela obviamente sabia e aceitava.

Me recostei na cadeira, enquanto Ismerelda deslizava para cima da mesa, suas pernas pareciam ainda mais longas quando ela as posicionou para fora da borda e permitiu que ficassem penduradas em cada lado das minhas coxas.

— Mais abertas, Ismerelda. E puxe a camisa.

Seu pulso acelerou ao som da minha voz, seus olhos se arregalaram brevemente para os meus antes de baixarem mais uma vez. Em vez de responder verbalmente ao meu comando, ela levou as palmas das mãos pelas coxas até a borda do tecido e o puxou mais para cima para expor seu sexo nu.

Eu já vi isso antes, quando a despi antes de dar banho nela, uma tarefa que eu teria passado a outra pessoa, mas não queria que ninguém a tocasse. Não quando estava com tanta fome por ela.

Infelizmente, ela ficou inconsciente durante a experiência. Morta, na verdade.

No entanto, agora ela estava muito viva.

O que significava que eu poderia fazer a pergunta que já considerei antes, mas que não consegui expressar porque ela não estava viva o suficiente para responder.

— Você se manteve preparada para mim? — Eu não poderia imaginar para quem mais ela estaria preparada assim, mas uma parte possessiva de mim sentiu a necessidade de confirmar suas intenções.

— Não. Fiz isso por mim — ela respondeu em voz baixa,

sua resposta me surpreendendo. — Mantive os pelos aparados durante séculos, mas raspar tudo é... libertador. — Seu lindo rubor se espalhou pelo pescoço até o pedaço de pele revelado pela camisa. — Torna as coisas mais sensíveis.

— Humm — murmurei, intrigado com sua afirmação. Ela abriu as pernas, me permitindo uma visão irrestrita de seu calor escorregadio.

Tão molhada e pronta.

Toda minha.

— Vamos ver o quanto você realmente está sensível, Ismerelda. — Segurei suas coxas e as afastei ainda mais antes de me inclinar para inalar sua fragrância viciante.

Seus lindos olhos encontraram os meus, me permitindo ver a centelha de incerteza misturada com interesse em suas pupilas dilatadas. Ela não tinha ideia do que eu pretendia fazer. E eu não tinha vontade de explicar.

Esse era o meu playground. Minhas regras. *Minha escrava de sangue.*

— Se incline para trás e equilibre-se nas palmas das mãos — eu disse a ela, meu aperto indo para seus quadris. — E tente não...

Meu pulso vibrou com uma notificação recebida, provocando um grunhido em meu peito. Ismerelda tremeu em resposta, sua boceta necessitada a apenas um centímetro dos meus lábios.

Puta merda.

— É melhor que isso seja importante — respondi ao aceitar a chamada apenas no modo de voz. Eu não queria que ninguém visse minha *Erosita* assim. Ela era minha sobremesa, de mais ninguém.

— Você me pediu para notificá-lo quando os preparativos para o ritual estivessem concluídos — Mira respondeu, em tom neutro. — Estou pronta para começar.

Me endireitei, com o olhar ainda na visão deliciosa diante

de mim. Realmente não havia escolha sobre como proceder aqui, apesar de eu desejar ter uma. Mas perdi a maior parte da noite descontando minha agressividade em vampiros inferiores e oferecendo uma refeição a Ismerelda.

E agora eu ia pagar por atrasar minha gratificação.

Soltei um longo suspiro e fechei os olhos.

— Estarei aí em cinco minutos. Não comece sem mim. — Encerrei a ligação antes que ela pudesse responder e voltei a me concentrar em Ismerelda. A luxúria brilhou em seu olhar, seu interesse era palpável e muito bem-vindo.

Apenas algumas horas tarde demais.

— Espero que você esteja nua, molhada e esperando por mim na minha cama quando eu voltar — disse a ela. — Não me decepcione, Ismerelda. — Me movi antes que ela pudesse responder, e meus lábios encontraram sua coxa a caminho de seu clitóris, onde a mordi. *Com força.*

Ela gritou, seus receptores de prazer e dor ficaram sobrecarregados pelo súbito ataque de veneno misturado com endorfina dos meus incisivos.

Os vampiros poderiam ferir gravemente suas presas. Ou poderíamos apresentar à vítima um novo reino de êxtase.

Escolhi a última opção, principalmente porque queria ouvir mais um gemido delicioso antes de ir. Minha querida escrava não me decepcionou. Ela *cantou*, seu corpo estremeceu em um orgasmo que invejei e desejei replicar para mim mesmo.

Infelizmente, eu tinha trabalho a fazer.

Mas, assim que terminasse, voltaria.

E faria muito mais do que apenas morder Ismerelda; Eu a aniquilaria.

— Volto em breve — disse contra o ferimento que deixei em sua linda pele rosada. O sangue se misturou com sua excitação, me proporcionando a sobremesa perfeita, mas só me permiti uma longa lambida – uma que a levou para outro clímax, sua forma propensa devastadoramente preparada para o meu tipo de sexo.

Em vez de curá-la, eu a deixei exposta. A dor residual seria parecida com a minha, punindo-a junto comigo enquanto eu adiava o inevitável entre nós.

Meu sangue imortal correndo em suas veias garantiria que ela se recuperasse rapidamente; só não seria tão imediato quanto eu fechar a ferida.

— Em breve — repeti, experimentando em minha língua um sabor final antes de me afastar dela em direção à porta.

Não me virei para observá-la ou para garantir que ela seguiria meus comandos para ficar nua e pronta para mim na cama. Eu sabia que ela iria me obedecer. Ela era minha, afinal.

Saboreei seu gosto enquanto caminhava pelo corredor, enquanto ordenava que meu pau se acalmasse. Mas ter a essência dela em minha boca não ajudou.

Tudo que eu queria fazer era me virar e devorá-la. Estocar nela por horas. Liberar toda essa luxúria reprimida em sua boceta encharcada e sufocá-la com meu sêmen.

Eu a levaria de todas as maneiras que pudesse, repetindo até me cansar dela.

Então provavelmente faria tudo de novo amanhã.

Puta merda.

Passei a mão pelo rosto, sentindo o cheiro dela ainda fresco na palma da minha mão. E nem era de sua boceta, apenas de sua pele.

Foi por isso eu a mantive por perto. Tive que mantê-la. Ela era muito viciante.

Fechei os olhos e me forcei a me concentrar, depois segui pelo resto do corredor até o elevador.

Onde encontrei Michael esperando por mim como sempre parecia fazer.

Vá se foder, eu queria dizer. Não estava com disposição para formalidades. Só queria me virar e destruir minha *Erosita*.

Em vez disso, levantei uma sobrancelha, esperando que ele falasse.

— Meu soberano — ele cumprimentou, se curvando, o que me fez revirar os olhos. — As equipes técnicas me informaram que devemos recuperar o controle do nosso console de comunicações nas próximas seis a doze horas.

Bem, pelo menos, essa é uma informação útil.

— Determinaram uma causa?

— Ainda não, meu soberano. Mas é muito provável que seja interferência do Damien, como a Mira disse. Ele provavelmente está tentando localizar a irmã.

Uma teoria sólida, exceto...

— Se ele tinha o poder de se infiltrar em nossos sistemas anteriormente, por que não o fez depois de pegar o telefone da Lilith? Por que esperar até agora? — Porque isso não fazia sentido para mim. Ele estava mexendo em nossos sistemas há quase duas semanas. O que lhe permitiu romper nossa segurança agora?

— Não sou especialista técnico, mas acho que a melhor pergunta é: o que mudou que de repente lhe concedeu acesso para finalmente hackear nossos sistemas? — Michael rebateu. — Concordo que ele teve acesso inicial através do telefone da Lilith, mas não violou totalmente nosso servidor de comunicações até a chegada de sua *Erosita*.

Estudei sua expressão e decifrei o verdadeiro contexto de suas palavras.

— Está tentando insinuar que Ismerelda tem algo a ver com a capacidade dele de derrubar nossa segurança?

— Ela é uma das mudanças — Michael destacou. — Pode ser que ela tenha sido a inspiração de que ele precisava para entrar no sistema ou, mais provavelmente, ela fez algo que permitiu sua interferência.

Olhei para ele.

— Ela estava morta e presa quando ele violou nossos sistemas, Michael. Ela não o está ajudando, se é isso que está insinuando.

— Bem, talvez não de forma consciente ou ativa — ele reformulou. — Mas pode haver um chip implantado nela que permite...

— Um chip? — repeti.

— Sim, como num pequeno dispositivo que pode ser implantado sob a pele — ele esclareceu. — Um que poderia ser usado para rastreá-la ou talvez como uma forma de acesso remoto ao nosso sistema com base na proximidade.

Da mesma forma que eu sabia instintivamente tudo sobre computadores, eu também já sabia o que era um chip e não o questionei em busca de uma definição, mas sim para uma investigação incrédula.

— Duvido muito que o irmão dela tenha implantado um chip, Michael. Mas se tiver um scanner ou algum tipo de ferramenta para verificá-la, posso usá-lo mais tarde. — E se encontrarmos algum, o removeremos. — Agora, preciso me encontrar com a Mira.

Me virei em direção ao elevador mais uma vez.

— Ou eu posso verificá-la enquanto você trabalha com a Mira — Michael sugeriu.

Olhei para ele.

— Não.

Ele franziu a testa.

— Mas se houver um chip dentro dela, precisamos removê-lo imediatamente. Caso contrário, Damien vai frustrar nossos esforços e continuará mantendo nossas habilidades de comunicação reféns.

— Você disse que sua equipe não descobriu a verdadeira causa — apontei. — Se puder provar que é o Damien, então vou priorizar o escaneamento da minha escrava de sangue. Até então, preciso supervisionar o despertar de Fen.

— Mas se ela tiver um chip, saberemos que é o Damien — ele argumentou, sua atitude e mudança de tom me surpreendeu.

Ele estava questionando diretamente minha autoridade e, embora tivesse certa razão, não era boa o suficiente para eu permitir que ele se aproximasse de minha *Erosita* nua – um fato com o qual meu predador interior concordou imediatamente, rosnando no fundo do meu peito.

— Quem é o soberano aqui, Michael? — perguntei quando o elevador chegou. Ignorei a porta que se abriu e, em vez disso, encarei-o.

Ele engoliu em seco e baixou ligeiramente a cabeça.

— Você, meu soberano. — Uma resposta baixa, quase rouca, porque seus dentes estavam rangendo ao pronunciar as palavras.

— Eu sou o Soberano — repeti. — E estou dizendo para você encontrar um dispositivo para usar em Ismerelda quando eu tiver tempo. Nesse ínterim, trabalhe com as equipes técnicas na determinação de uma causa. Se puder provar que é o Damien, vou dar providência a sua solicitação.

Porque de jeito nenhum eu iria permitir que ele entrasse lá e colocasse as mãos em minha *Erosita* apaixonada. Ela era meu presente para devorar mais tarde, não o dele.

— Entendeu? — pressionei, e o elevador se fechou atrás de mim, enquanto eu olhava para o outro homem. Ou melhor, no topo de sua cabeça, já que ele não era forte o suficiente para me olhar.

Ele engoliu em seco de novo.

— Sim, meu soberano.

— Bom. — Digitei o código mais uma vez. — Agora, volte ao trabalho.

— Sim, meu soberano — ele repetiu, aquele tom irritado

ainda sublinhando cada palavra. Mas eu não me importava. Ele questionou meu comando. Ele era *meu* progênie e *meu* assistente. Era melhor que ele se lembrasse disso e me deixasse cuidar da minha *Erosita* sozinho.

Entrei no elevador e esperei que ele se juntasse a mim. Não havia razão para ele permanecer no meu andar, agora que lhe ordenei que ficasse longe de Ismerelda.

Ele me seguiu, mas senti que era um movimento relutante.

Felizmente, ele não disse nada e selecionou o andar que precisava ir, bem como aquele logo acima. Não falei nada quando ele saiu, simplesmente me permiti um último momento privado com o sabor doce de Ismerelda na língua.

Então me concentrei na tarefa em questão quando cheguei ao meu destino.

Era hora de acordar outro Abençoado.

Fen.

Izzy

Alguns minutos antes

— EM BREVE. — As palavras vibraram em meu calor escorregadio, seguidas pelo toque de uma língua quente bem contra meu clitóris latejante.

E então a fonte se foi, o som de uma porta se fechando ecoou pela sala enquanto meu coração batia forte nos ouvidos.

Ah, nossa...

Eu mal conseguia respirar. Não conseguia nem pensar. Eu... eu simplesmente existi. Eu vivi. Estremeci. Quase gozei de novo.

Tudo estava tão quente.

O beijo venenoso de Cam me deixou delirante. Quantas endorfinas ele colocou naquela mordida?

Minhas pernas ainda tremiam, meu interior se agitava com a intensidade de ser forçada ao orgasmo pelas presas de um vampiro.

Como...?

Por quê...?

Ohhhh... Apertei as pernas quando outro choque percorreu meus sentidos, a agonia de onde ele me mordeu dançando com o êxtase residual que corria em minhas veias. Foi uma sensação vertiginosa. Antinatural. Debilitante. *Terrível.*

Porque o meu Cam nunca fez *isso*. Ah, ele era um mestre com a língua, tendo me levado ao clímax inúmeras vezes.

Mas nunca dessa maneira.

Nunca tão rápido. Não, nem isso. *Imediatamente.* Ele afundou as presas em meu clitóris e me enviou imediatamente em espiral em um vórtice de sensação intensa.

Foi diferente de tudo que já experimentei.

E parte de mim odiava esse novo Cam por isso. Ele... ele me apresentou um prazer que não pude ignorar.

Me perguntei como seria ser mordida ali, ponderei sobre a ideia de ser tratada como inquebrável em vez de frágil...

E agora eu sabia.

Mas não *queria* saber.

Eu queria ser fiel ao meu Cam. Ser fiel à sua memória. Não ceder a essa versão vilã dele.

Estava errada.

Isso me fez sentir suja, como se eu o tivesse desrespeitado por... por aproveitar a experiência. No entanto, não tive escolha. Eu nem sabia o que Cam pretendia fazer. Ele não me deu um momento para pensar. Ele me jogou nas profundezas do clímax sem um bote salva-vidas e me deixou lá para me afogar em uma corrente interminável de êxtase.

Minhas pernas ficaram tensas mais uma vez quando outro choque percorreu meu ser, se estabelecendo bem entre minhas coxas.

Ele não me curou, percebi. *Ele queria que eu sentisse a agonia misturada com os tremores residuais do orgasmo.*

Não. Não é singular. *Plural.*

Eu gozei pelo menos duas vezes. Talvez mais. Tudo no que pareceram segundos.

Me enrolei em uma bola sobre a mesa enquanto superava os espasmos restantes em meu núcleo, e meu coração batia forte em meu peito.

Graças a Deus Mira o chamou. Porque eu não teria sobrevivido a essas sensações com ele fazendo tudo o que pretendia.

Morte por clímax, pensei. *Não é uma maneira horrível de se morrer. E ainda...*

Suspirei.

Esse não é o meu Cam.

Eu precisava encontrar uma maneira de ativar suas memórias.

O que significava fazer algo proativo, como sair da mesa. Mas, para fazer isso, eu precisava não estar com meu sistema nervoso abalado.

Gemi quando meu joelho tocou o peito, cada parte de mim incrivelmente sensível.

Respire fundo, me instruí. *Inale. Expire. Repita.*

Ah, mas queimou...

O ponto entre minhas pernas. Meus pulmões. Até minha garganta.

Por causa dos meus gritos, pensei. Fechei os olhos e me concentrei em acalmar meus batimentos cardíacos respirando devagar. Isso dói. Minhas entranhas protestaram.

E meu clitóris... *pulsava.*

Mordi a língua para não gemer.

Vamos, Ismerelda. Levante-se. Pegue o laptop. Se concentre em descobrir mais sobre Cam.

E o... o ritual que ela mencionou. Franzi o cenho. *Que ritual? Quais preparativos? O que eles estão fazendo? Por que Cam está...?*

Abri os olhos quando terminei meu pensamento.

— Por que ele está envolvido? — sussurrei para mim mesma, piscando. *Isso tem algo a ver com o motivo pelo qual fizeram lavagem cerebral nele?*

Me forcei a me sentar novamente quando outro choque de prazer e dor me fez estremecer. A mordida de Cam pulsou entre minhas pernas, servindo como um símbolo de sua reivindicação brutal. Mas me forcei a ignorá-lo.

Algo importante estava acontecendo.

Algo que eu... eu precisava... ver.

Olhei para o laptop descartado. Ele o deixou na cama, à vista da câmera.

Mas não disse exatamente que eu não poderia usá-lo. Em vez disso, acreditou em minha mentira sobre ser analfabeta digital, o que foi um dos meus primeiros testes. Se ele fosse o verdadeiro Cam, ou neste caso, um Cam com todas as suas memórias intactas, ele teria zombado dos meus comentários.

No entanto, ele não fez isso. Ele achou que eu nem consegui fazer login, apesar de já ter ficado um tempo no computador dele na frente daquela câmera. Ele achava que eu estava apenas tentando adivinhar senhas o tempo todo?

Ou ele não me viu?

Considerei a câmera e depois o laptop novamente.

Talvez ele estivesse ocupado demais para verificar as câmeras. O que significava que ele poderia estar ocupado demais para olhar novamente agora.

Mas por que teria uma câmera em seu quarto se é ele quem monitora o vídeo?, me perguntei, franzindo a testa novamente. *Isso parece... estranho.*

É verdade que nada disso fazia sentido. A perda de memória de Cam. Eu sendo trazida para cá. Porque Lilith fez uma lavagem cerebral em Cam. A traição de Mira.

Deslizei para fora da mesa e estremeci com a dor entre minhas pernas. Eu devia estar machucada lá embaixo. Mas, pelo menos, meus laços imortais com Cam me ajudariam a curar mais rápido.

Com passos desajeitados e cuidadosos, fui até a cama e subi nela enquanto minha metade inferior protestava.

Ai, ai, ai, murmurei em minha cabeça enquanto um gemido saía da minha boca. Era uma grande contradição, mas não pude evitar as sensações fluindo pelo meu sangue.

Por que Cam nunca me mordeu lá antes?, me perguntei enquanto me acomodava nos travesseiros. *Dói, mas também...* parei enquanto me contorcia, quando outra onda de êxtase inundou minhas veias. *Tão bom...*

Engoli em seco, fechando os olhos brevemente enquanto lutava contra a vontade de chegar ao clímax novamente. Provavelmente, seria mais doloroso do que prazeroso neste momento. E parecia errado tirar vantagem da situação, especialmente sabendo que meu Cam nunca teria me mordido daquele jeito.

Mas agora, eu meio que gostaria que ele fizesse isso, admiti para mim mesma. *O que provavelmente faz de mim uma péssima companheira.*

Pigarreei e peguei o laptop, determinada a fazer melhor. A deixar meu Cam orgulhoso. A respeitar suas verdadeiras memórias. A ser a companheira que prometi ser para sempre.

Mesmo quando ele...

Não. Não pense nisso.

Digitei a senha que Cam usou anteriormente, as teclas estavam à vista quando ele fez login para pedir o jantar.

Uma tela azul ganhou vida, seguida por uma série de aplicativos. Procurei por um que pudesse estar vinculado a transmissões de vídeo, esperando que talvez pudesse encontrar Cam e ver para onde ele estava e o que estava fazendo.

Mas não parecia haver nada relacionado a um sistema de

segurança em lugar nenhum. Não havia programas de vigilância. Nada relacionado a *streaming*. E nem ícones de vídeo.

— Isso é estranho. — Cliquei em todos os programas disponíveis e descobri que não eram apenas mínimos, mas também inúteis.

Os *Logs* foram um dos últimos itens que experimentei e estremeci quando o rosto de Lilith apareceu na tela.

— Registro do ano cento e doze, primeiro dia — disse uma voz. Parecia Lilith; no entanto, seus lábios não se moveram até que ela acrescentou: — Olá, meu soberano.

— Sim, não, obrigada — murmurei, minimizando a tela. Embora seus registros pudessem fornecer algumas dicas sobre o comportamento de Cam, não era isso que eu estava procurando no momento.

Saí da tela atual para examinar a lista de vídeos nesta pasta. Eram todos datados como aqueles que vi, sendo que estes tinham o rosto de Lilith anexado a eles em forma de miniatura.

Não são câmeras de vigilâncias atuais. Hum.

Saí do aplicativo e selecionei os restantes, um dos quais era um painel de comunicações que tinha as palavras *Não conectado* rolando pela tela.

Não havia senha nem nada, então presumi que se referia à falta de uma conexão externa com qualquer rede que este sistema usasse.

Ainda assim, se eu pudesse ligar para Damien...

Cliquei em alguns botões para tentar e, a cada vez, uma mensagem de erro aparecia com as mesmas palavras: *Não conectado.*

Respirando fundo, voltei a procurar as transmissões ao vivo.

Não havia nada aqui. O que era estranho, já que os vídeos

estavam hospedados na rede interna, algo que eu sabia desde que consegui obtê-las por meio de um dispositivo conectado ao sistema.

Então, por que o Cam não consegue vê-las? Ele não tem acesso?

Pode ser por isso que ele não comentou sobre eu estar em seu computador por tanto tempo, ele não sabia ou me viu usá-lo. Isso também podia explicar por que ele tinha uma câmera em seu próprio quarto.

Ele ao menos sabe que está aqui? Franzi a testa enquanto olhava para a câmera no teto.

Se eu estivesse certa sobre Cam não ter acesso a essas câmeras, então ele provavelmente não sabia que elas existiam.

Então, quem é você?, perguntei ao observador não identificado, ciente de que ele ou ela não conseguia ler minha mente. *Mira, talvez?*

Bem, quem quer que fosse, a pessoa claramente não estava preocupada com o fato de eu estar no laptop de Cam. Talvez porque o observador presumia que eu só tinha acesso aos mesmos arquivos que meu companheiro.

O que sugeria que meu método anterior provavelmente não foi detectado.

Ou quem está no comando não se importa.

Considerei a câmera mais uma vez, depois dei de ombros e comecei a trabalhar. Se o observador se importasse, talvez revelasse sua identidade.

Enquanto isso, eu investigaria esse ritual e veria o que Cam e Mira estavam fazendo.

Outro espasmo surgiu do meu centro, fazendo minhas coxas se apertarem enquanto uma onda de calor percorria meu ser. Engoli em seco, a pontada não tão arrebatadora quanto antes. Talvez porque eu estivesse começando a me curar, graças aos meus laços com a antiga genética imortal de Cam.

Era uma bênção e uma maldição, porque acelerava o processo, que às vezes poderia resultar em graus mais elevados de agonia.

Foi por isso que você não me curou?, me perguntei enquanto trabalhava no login através do protocolo *backdoor* em seu laptop. *Isso é algum tipo de preliminar distorcida?*

Cam sempre foi gentil comigo, seus toques mais reverentes do que apaixonados. Mas esta versão dele quase parecia predatória. Bestial, até. Como se ele não estivesse reprimindo seus instintos mais básicos e me permitindo testemunhar seu lado sombrio.

É assim que você sempre foi no fundo? Ou isso é resultado do nosso tempo separados? Do jeito que você acordou? A maneira como a Lilith te torturou? Havia tantas perguntas, tantas possibilidades, nenhuma das quais eu conseguia responder.

Mas a maior dúvida de todas permaneceu em minha mente, aquela para a qual eu não tinha certeza se queria uma resposta. *Esta sua versão é permanente?*

E se eu não conseguisse fazer com que ele se lembrasse de mim?

E se suas memórias estivessem perdidas para sempre?

O que isso significaria para nós?

Estremeci, minha mente correndo para a terra dos "E se". Era uma linha de pensamento perigosa, da qual me forcei a abandonar quando o painel do administrador apareceu na tela.

O cursor do *script* piscou, aguardando meu comando. Meus dedos voaram sobre o teclado, ansiosos demais para me distrair da minha montanha-russa mental.

Uma série de nomes de arquivos apareceu em seguida, me levando através de um catálogo de câmeras de vigilância. Cliquei nelas, procurando por Cam.

Eu me vi em uma, como da última vez, e ignorei a imagem.

Como parecia haver apenas uma câmera neste quarto, era impossível alguém saber exatamente o que eu estava fazendo na tela, a menos que tentasse se conectar remotamente ao computador. E, se isso acontecesse, eu deveria ser notificada, já que estava à espreita no modo administrador.

Seguindo em frente, encontrei várias outras do infame Coventus. Havia meninas e meninos em diversas salas, alguns sozinhos, outros em grupos, todos sendo ensinados sobre suas vidas futuras como escravos de sangue. As imagens fizeram meu estômago revirar, senti a bile subir pela minha garganta enquanto um vampiro de aparência sádica inclinava uma das mulheres mais velhas sobre uma mesa para fornecer uma demonstração prática para uma sala de aula de jovens mulheres. Seus pequenos olhos negros observavam a todas com interesse, mostrando suas tendências sob uma luz escura para que todas pudessem testemunhar.

Monstro, pensei, memorizando seu rosto. Se eu o encontrasse aqui, faria o possível para enfiar uma faca em seu coração.

Pena que eu não tivesse a infame adaga de Lilith em mãos. Aparentemente, não foi encontrado em seu cadáver depois que Ryder a matou. Provavelmente porque ela não queria que ele a encontrasse, caso conseguisse pegá-la.

Infelizmente para ela, ele improvisou acertando um machado em seu pescoço.

Uma lâmina envenenada seria muito mais fácil de manusear, pois duvidava que pudesse repetir as ações de Ryder com muita facilidade. Esse tipo de ato exigia força sobrenatural e precisão especializada ao lidar com um imortal.

Desliguei a tela, não querendo ver como a demonstração terminava, e continuei procurando por Cam.

Havia vários corredores, a maioria deles vazios, exceto por um guarda parado aqui ou ali. Apareceram mais duas salas, ambas vazias.

No entanto, a imagem que se seguiu continha várias pessoas. Uma montanha delas, ao que parecia.

Humanos mortos, percebi com um estremecimento.

Meus dedos se moveram para selecionar outra câmera, mas paralisei quando meus olhos se fixaram na parede atrás da pilha mutilada de carne.

Parecia haver uma mensagem escrita em vermelho – *não, isso... isso é sangue* – ali. Exceto que não estava em um idioma que eu pudesse ler. Era algo arcaico. Algo que Cam provavelmente poderia decifrar.

Ou escrever...

Ele... ele pintou isso na parede?, me perguntei, engolindo em seco. *Para qual propósito? Está relacionado ao ritual?*

Curvei os lábios enquanto examinava a sala, que na verdade era mais como uma cela – em busca de qualquer sinal de Cam. *Existe outro ângulo? Outro ponto de vista?*

Selecionei a próxima câmera e encontrei a visão de um corredor.

Hum.

Avancei mais um pouco, me perguntando se ele retornaria ao...

Meus olhos se arregalaram. *Oh. Oh, Deus...*

A tela diante de mim fez meu queixo cair em choque total. Havia dois homens nus acorrentados ao que pareciam ser tronos feitos de... carne e ossos humanos.

Levei as costas da mão aos lábios para não me engasgar com a visão. Era diferente de tudo que já vi.

Eles estavam claramente morrendo de fome. No entanto, estavam sendo alimentados por outros dois que seguravam sacrifícios humanos para serem devorados.

— O quê...? — Murmurei contra minha mão. — Por quê? *Por quê?* — E quem eram esses dois homens obviamente insaciáveis?

Uma sugestão de escrita na parede me disse que essa

câmera era da mesma sala de antes, sugerindo que aquela pilha de cadáveres era obra deles. No entanto, eles não pareciam estar saciados. Estavam loucos de fome. Podia ver isso em seus olhos, a maneira como brilhavam com traços de insanidade enquanto mordiam o pescoço de suas novas vítimas.

Não consegui ouvir nada, mas suspeitei que rosnavam como feras indomadas.

E os vampiros que os alimentavam... estavam... sorrindo?

Eles se divertiam com a visão.

Mas por quê? O que é isso? Quem são eles?

Tentei estudar suas feições, a pele cinzenta e longos cabelos brancos desconhecidos e decididamente não humanos. Eles estavam com as mãos livres, lhes permitindo agarrar melhor as vítimas. Suas unhas pareciam garras, crescidas demais e curvadas. Embora eles quase parecessem frágeis.

Na verdade, a maior parte da aparência deles era de natureza frágil. Como se estivessem fracos demais para realmente estarem vivos.

Como múmias, pensei, franzindo a testa e depois ergui a cabeça. *Como. Múmias.*

— Não — sussurrei, quando uma compreensão perturbadora alcançou minha mente. — Sem chance. De jeito nenhum.

Só que a prova disso estava na tela com cílios que pareciam cinzas, íris sem pigmentação e pele que claramente não via o sol ou qualquer outro elemento há algum tempo.

— Anciões — murmurei.

Estávamos na Cidade do Vaticano. *Não, estamos abaixo dela... onde descansam os Abençoados.*

Abençoados que só poderiam ser despertados por um ritual.

Um que exigia sangue real.

E havia um vampiro cujo sangue poderia ser usado para acordar todos os Abençoados existentes.

O mais velho da espécie vampírica.

Cam.

Izzy

É por isso que isso está acontecendo? Por que Lilith fez uma lavagem cerebral em Cam para acreditar que ele é o Soberano? Para fazê-lo cooperar com essa loucura?

Mas por que estou aqui? A que propósito devo servir?

E por que eles estão alimentando os Abençoados com humanos?

Os Abençoados não bebiam sangue. Eles eram imortais sem terem que absorver essências mortais. Todos os vampiros sabiam disso. No entanto, esses dois estavam devorando humanos como se fossem comida.

Que merda era essa?

Procurei uma maneira de ampliar a imagem da câmera, querendo ver se conseguia identificar algum traço que identificasse essas pobres almas.

Existiam vinte Abençoados.

Todos eles eram homens.

E todos se pareceriam com esses estados mumificados depois de serem acordados do repouso.

Embora também houvesse alguns vampiros que escolheram o descanso eterno, vampiros como o irmão de Cam, o Cane. O que significava que esses dois poderiam ser vampiros, não Abençoados.

Não. Isso não poderia estar certo. Porque se fossem vampiros e tivessem devorado todos os corpos daquela pilha, então o sangue já deveria tê-los ajudado a se curar.

Então, por que estão dando sangue aos Abençoados? me perguntei novamente, minha carranca se aprofundando.

Testemunhei o ritual quando Cane decidiu dormir. Não foi necessário nenhum sacrifício humano, apenas a essência de um membro da realeza de alto escalão ou de um Abençoado. Como Cam era o vampiro real mais antigo que existia, seu sangue foi mais que suficiente para a cerimônia de Cane.

Assim como seria mais que suficiente para a necessária cerimônia de despertar. Ou esse era o meu entendimento, de qualquer maneira. Cam me disse que eram processos semelhantes, chegando ao ponto de me ensinar as palavras antigas envolvidas, caso eu precisasse orquestrar tal ritual.

Não que meu sangue fosse suficiente.

Mas o de outro membro da realeza seria.

No entanto, em nenhum momento daquela conversa Cam mencionou isso.

Por que são eles...

As luzes se apagaram ao meu redor, me lançando na escuridão com o laptop sendo minha única fonte de luz.

Pisquei.

O quê...

Um alarme estridente soou, fazendo meus ouvidos zumbirem.

— Ai — murmurei, levando as mãos para cima assim que a tela mudou para uma estranha tonalidade vermelha. Então escureceu. Agora ficou vermelha. Escureceu de novo. Vermelha.

Fiquei olhando para a cena enquanto o movimento tremeluzia sob a iluminação estranha, os dois seres antigos desceram de seus tronos macabros e desapareceram de vista.

O que aconteceu com as correntes?, me perguntei, tentando focar na imagem. Mas a iluminação estroboscópica tornava muito difícil decifrar quaisquer detalhes.

Pulei quando um corpo voou pela transmissão ao vivo, a cor carmesim criando uma cena grotesca de brutalidade. Mais partes do corpo apareceram, me fazendo ofegar.

Basta disso. Troquei o vídeo, sentindo meus ouvidos ainda zumbirem por causa do alarme. Mais luzes estroboscópicas vermelhas iluminaram a tela, provocando uma sensação vertiginosa em minha mente.

Não posso continuar assistindo a isso no escuro.

Saí rapidamente do modo de administrador e me certifiquei de estar desconectada do perfil de Cam, mas não fechei a tampa. Porque se eu fizesse isso, o quarto ficaria completamente escuro.

Então o alarme soa aqui, mas não as luzes vermelhas.

Talvez porque fosse o quarto de Cam e não uma das áreas principais? Claro, aquela jaula que continha os dois Anciões provavelmente era mais uma cela do que um espaço público. Assim como algumas daquelas salas de aula pareciam mais um ambiente de prisão do que qualquer outra coisa.

Balancei a cabeça para limpar as imagens do meu cérebro. Eu precisava me concentrar. *Cam está aqui para ajudar a acordar os anciões.*

Então novamente me perguntei: *por que estou aqui?* Embora eu entendesse os costumes, meu sangue não poderia ajudar nos rituais. Portanto, não poderia ser por isso.

Talvez quem está no comando me trouxe aqui como forma de controlar Cam?

Não, isso não poderia estar certo. Ele não se lembrava de mim. E o muro entre nossas mentes o impedia de me reconhecer também.

A menos que essa fosse a preocupação: que ele pudesse tentar me localizar se não pudesse falar comigo pessoalmente.

Franzi a testa. *Então por que não me matar?* Eu era a melhor oportunidade que Cam tinha para se lembrar de tudo. Certamente isso era contra...

O som da porta se abrindo me fez paralisar, o brilho da tela de login era minha única fonte de luz.

Merda... engoli em seco, minha expiração pareceu parar na garganta. Nenhum outro ruído se seguiu. Nenhum passo. Nenhuma roupa farfalhando. Nem mesmo o leve indício de alguém respirando.

Mas predadores poderiam ficar em silêncio. E não precisavam de luz para ver.

Esperei. *Quieta. Muito quieta. E no escuro...*

Meus pulmões queimaram com a necessidade de ar, me forçando a inspirar profundamente. Minha espinha se arrepiou e a sensação de estar sendo perseguida era um medo visceral que me mantinha cativa na cama.

— Cam? — sussurrei, me perguntando se ele retornou durante o apagão.

Sem resposta.

Apenas um silêncio estranho que me deixou inquieta, fazendo meu pescoço se arrepiar de consciência.

A tela do laptop adormeceu, me lançando em um mar de escuridão perpétua, onde continuei sentada, imóvel. Alguma parte mórbida de mim pensou que talvez isso me marcaria como uma presa menos interessante.

O que era simplesmente ridículo.

Eu era humana. Meu sangue era ideal para todos os monstros que espreitavam na escuridão abaixo do Vaticano.

Faça alguma coisa, disse a mim mesma, irritada com minha

reação inata ao ambiente austero. Eu tinha uma luz muito boa no colo que podia confirmar se alguém estava ou não por perto. Eu tinha que usá-la.

Em vez de pensar demais, apertei uma tecla e inclinei o computador em direção à porta aberta.

Vazio.

Um rápido movimento pelo quarto mostrou que também não havia ninguém perto da cama.

Claro, poderiam estar escondidos em algum lugar, já que demorei tanto para responder de forma inteligente à situação, mas um mísero laptop não seria uma boa defesa contra alguém que quisesse me assustar.

Em vez de pensar nisso, deslizei do colchão enquanto segurava o laptop contra o peito com a tela voltada para fora como uma lanterna.

Fui em direção à porta, com os ouvidos atentos a qualquer possível movimento ao meu redor, e parei bem na soleira.

Isso é algum tipo de teste?

Fiz uma careta com o pensamento. Um teste não explicaria o que vi no monitor com os Abençoados nas catacumbas.

A menos que tudo tenha sido algum tipo de configuração bizarra. Mas com que propósito? Por que me deixar ver algo tão grotesco?

Não, isso não poderia ser um teste. Algo estava acontecendo aqui. Algo que eu não deveria saber. Algo que exigia que Cam pensasse que ele era o Soberano.

Algo envolvendo o despertar de seres anciões.

Saí para o corredor e apertei uma tecla para manter a tela ativa. Não era exatamente brilhante, mas foi o suficiente para lançar um brilho na minha frente.

Infelizmente, esse brilho fez com que as paredes rochosas parecessem bastante assustadoras por natureza. Como viver em uma caverna. Embora a textura parecesse suave, o que me lembrou mais concreto que uma pedra.

Parece mais uma prisão, concluí enquanto virava à direita e seguia em frente.

Não havia outras portas ao longo do corredor, apenas muito espaço vazio na parede até terminar. Me virei e caminhei na direção oposta, passando pela entrada dos aposentos de Cam e terminando em uma área espaçosa com um conjunto de elevadores e uma única porta aberta.

Usei o laptop para espiar este último e descobri que levava a um lance de escadas. Arqueei a sobrancelha. *Parece um teste agora.*

Mas não entendi o propósito.

E mesmo se eu subisse as escadas, para onde iria?

Estive nas catacumbas uma vez, quando Cane optou pelo descanso eterno, e não fiz exatamente um passeio. Além disso, isso foi há centenas de anos. Será que eu saberia como chegar até lá?

Ou fica lá em cima?, me perguntei, notando que as escadas subiam e desciam.

Quem sabia o que Lilith mudou por aqui? Claramente, ela construiu uma residência para Cam. Foi aqui que ela o manteve todos esses anos? De alguma forma, eu duvidava disso. Suas acomodações eram luxuosas demais para isso.

Então ela o manteve lá em cima ou embaixo?

Me lembrei do dia em que testemunhei o ritual de Cane e de como nos aventuramos no subsolo para isso.

As catacumbas pareciam uma caverna sinistra, as criptas eram todas feitas de rochas antigas e revestidas com metais preciosos. Era uma tumba projetada para a realeza, mas sem a manutenção habitual. Pelo menos naquela época, de qualquer maneira. Lilith provavelmente a remodelou em uma sala do trono glorificada centrada em seu ego excessivamente inflado.

Vadia, pensei, semicerrando os olhos. Graças a Deus, Ryder a matou. Eu só queria estar lá para testemunhar isso.

Então, para cima ou para baixo? ponderei. Porque teste ou não, eu pretendia explorar. Se Cam me encontrasse, eu diria que estava procurando por ele por causa do apagão.

Dando de ombros, entrei na escada. O piso frio e duro me lembrou instantaneamente que eu estava descalça, e a leve corrente de ar que subia pelas minhas pernas fazia cócegas na pele nua sob a camisa de Cam. Outro choque percorreu meu ser, cortesia da mordida dele.

Estremeci, mas me forcei a ignorá-lo enquanto me movia em direção aos degraus.

Para baixo, decidi, andando na ponta dos pés pelas escadas de cimento enquanto mantinha o laptop voltado para fora.

Me aventurei dois andares abaixo antes de descobrir outra porta aberta. Olhando para fora, avistei um corredor semelhante ao que acabei de sair.

Esta era provavelmente outra área residencial, algo que presumi já que os aposentos de Cam eram enormes. Parecia provável que todos os quartos fossem tão grandes. Não que isso fizesse muito sentido com a falta de janelas e móveis.

Continuei andando e me deparei com outro corredor semelhante, dois andares abaixo.

Hum. Dei mais alguns passos e parei para ouvir. *Até onde isso vai?*

Meus ouvidos não me disseram nada.

Nenhum alarme ecoou à distância. Nenhum sinal de passos. Nem mesmo o murmúrio de vozes.

Olhando por cima do corrimão, apontei a luz para baixo para tentar localizar o fundo e pulei para trás quando encontrei um par de olhos vermelhos brilhantes olhando diretamente para mim.

O laptop quase caiu das minhas mãos, mas consegui agarrá-lo contra o peito no último segundo.

Um grito ficou preso em minha garganta quando o ser de olhos vermelhos apareceu na minha frente, a velocidade indicando sua natureza sobrenatural.

Vampiro, percebi com um suspiro. *Lycans têm olhos amarelos por causa de seus lobos interiores.*

Embora, agora que ele estava perto, pude ver seus traços faciais na penumbra. Seus olhos não eram mais um brilho vermelho, mas um verde vibrante. E ele tinha longos cabelos loiros até os ombros.

Curvei os lábios.

— Michael? — Eu o conheci há mais de um século. Pouco antes de ele morrer.

— Ismerelda — ele respondeu, seu tom neutro. — Tentando escapar?

Pisquei para ele.

— O quê? — *Por que eu tentaria escapar?* Mas essa não era a questão mais importante. — Como você está aqui? — *Você deveria estar morto.* Os humanos o mataram. Isso foi parte do que levou Lilith a querer escravizar a humanidade.

Ou essa era a teoria, de qualquer maneira.

Mas se Michael está vivo...

— Vejo que nosso Soberano ainda não acabou com seus hábitos vulgares — ele falou com uma arrogância que me lembrou de Lilith. Ele pegou o laptop das minhas mãos e fechou a tampa, jogando-nos em um mar de escuridão perpétua.

Instintivamente tentei alcançá-lo e não encontrei nada além de ar. Meu equilíbrio mudou com o movimento, minhas mãos procuraram algo em que me segurar e não encontraram nada substancial.

Tentei agarrar atrás de mim, girando os braços enquanto meus pés se moviam para tentar permanecer na escada, mas não consegui ver.

Puta merda!

O mundo se inclinou.

Encostei o queixo e cobri a cabeça enquanto cedia à queda, ciente de que não havia como pará-la agora. O cimento áspero atingiu meus joelhos primeiro, depois meus cotovelos, provocando um grito enquanto eu me virava e girava, caindo de costas sem cerimônia.

O ar parou em meus pulmões, meu peito ficou momentaneamente atordoado e me esqueci de como respirar. Então ofeguei e me enrolei em uma bola de agonia, a pulsação começando entre minhas pernas e ecoando pela minha espinha para se juntar à cacofonia de sensações intensas que atingiam minhas terminações nervosas.

Eu claramente abri a ferida que Cam deixou para trás, só que agora não havia efeitos residuais agradáveis. Apenas dor.

Muita. Dor.

— Ah, me desculpe. A mortal superconfiante caiu de seu cavalo? — uma voz provocadora murmurou perto demais do meu ouvido. — Que vergonha.

Uma pontada aguda irradiou do meu tornozelo quando um peso pesado o pressionou.

É a mão ou o pé dele? Saliências de borracha perfuraram minha pele no momento seguinte, respondendo à minha pergunta mental. *Era o pé. Coberto por uma bota.*

Ofeguei e a pontada se transformou em uma sensação esmagadora que me fez esquecer todos os meus outros ferimentos e me concentrar inteiramente no meu membro inferior.

— Os humanos não têm direitos neste mundo. Até mesmo aqueles que pertencem ao ser supremo de nossa espécie. Se pretende viver, precisa aprender essa lição. E rápido.

Um grito ficou preso em minha garganta quando ele aplicou ainda mais pressão.

— Caso contrário, você será facilmente substituída. Especialmente porque estamos em um bunker cheio de virgens de sangue. Duvido que o Cam sinta sua falta. Afinal, não é como se ele se lembrasse de nada sobre você.

Ele torceu a bota, provocando sensações agonizantes em minha panturrilha. Mas suas palavras doeram mais e as implicações por trás delas.

Sou dispensável, porque Cam não se lembra de mim.

Ele... ele poderia me substituir.

— Ah, aí está — Michael comentou. — Você está começando a entender. Excelente. Agora seja uma boa prostituta de sangue e me diga como está ajudando Damien a desmantelar nossas operações técnicas.

Sua bota cravou em minha pele, me forçando a morder o lábio para não gritar. Me recusava a lhe dar essa satisfação. Tanto quanto me recusava a falar. Eu não lhe devia nada, muito menos uma explicação.

Embora eu adoraria saber como ele ainda estava vivo.

A pressão em meu tornozelo aumentou para um nível insuportável, forçando outro grito a se forma ainda mais alto em minha garganta.

Não o deixe vencer. Não gri...

— Me diga como você está ajudando o Damien. Se eu gostar da sua resposta, posso deixar você subir as escadas e voltar inteira para os aposentos de Cam.

Ele soltou meu tornozelo, me fazendo querer me encolher ainda mais enquanto uma nova agonia percorria minhas veias. Mas seus dedos em meu cabelo chamaram minha atenção enquanto ele arrancava as raízes.

— Fale, prostituta de sangue. — Sua respiração estava quente em meu rosto, confirmando sua proximidade.

Pisquei na escuridão, fechando os olhos com força quando todas as luzes se acenderam ao mesmo tempo. Foi ofuscante, cruel e inesperado.

Mas Michael não me deu um segundo para me acostumar, seus dedos se enroscaram com força em meus fios.

— Me responda, Is...

Ele me soltou de repente, fazendo meu mundo girar mais uma vez, quase como se tivesse me jogado escada abaixo. Mas apenas minha cabeça parecia girar, não meu corpo.

Meu estômago embrulhou em resposta. *Não. Não. Agora não.* Cobri a boca, me forçando a engolir enquanto o desconforto ameaçava me dominar.

Eu me sentia devastada.

Machucada.

Ferida.

— O que é que está acontecendo aqui? — A voz de Cam cortou minha mente, me enchendo com uma onda de conforto e segurança imediatos.

Até que a dureza de suas palavras se infiltrou em meus pensamentos.

Ele parecia irritado. Não, mais do que isso. A intenção letal espreitava sob sua pergunta. Um comando que exigia uma resposta.

Mas eu estava muito desorientada para explicar.

— Meu soberano — Michael murmurou, seu tom reverente não se parecia em nada com a voz sinistra de segundos... ou foi minutos? — Estava rastreando a origem do nosso distúrbio técnico quando encontrei sua *Erosita* tentando escapar.

Fiz uma careta.

— Eu não estava fugindo. — As palavras saíram roucas, tudo parecendo desorientado e errado. Tentei abrir os olhos para encontrar Cam, mas o brilho fez minha cabeça doer e me fez cair em uma espiral descendente mais uma vez.

Por que estou tão tonta? Não bati a cabeça durante a queda.

A menos que...

Eu bati?

Argh, não sei. Só sei que dói.

— Por que minha *Erosita* está sangrando? — Cam

perguntou, aquela sotaque nítido em seus tons acentuados ainda prevalecendo.

— Ela tropeçou e caiu da escada no escuro — Michael explicou. — Aparentemente, em sua pressa para escapar, ela esqueceu sua mortalidade e incapacidade de ver sem luz.

Sua descrição me fez querer grunhir.

— Eu não estava fugindo — repeti entre dentes, novamente tentando abrir os olhos.

— E por que você está com meu laptop? — Cam perguntou, me ignorando por completo.

— Porque é a fonte do nosso distúrbio técnico. Encontrei sua *Erosita* carregando-o, o que confirma que ela está trabalhando com Damien. Eles claramente causaram a violação de segurança.

O quê? Isso não faz sentido. Tentei e não consegui acessar uma rede externa. Apenas o sistema interno parecia estar funcionando. Então, como eu estava me comunicando com Damien?

E por que meu irmão estaria invadindo o sistema deles?

Bem, suponho que ele poderia estar tentando localizar Cam e eu. Mas...

— Entendo. — A voz de Cam interrompeu minhas divagações mentais, sua aceitação fácil das palavras de Michael fez com que eu franzisse ainda mais a testa. — E você tem provas de que meu laptop é o problema?

Bem, talvez ele não tenha aceitado totalmente sua explicação.

— Farei isso assim que levá-lo para a equipe de tecnologia — Michael respondeu.

— E eles poderão confirmar que foi Ismerelda quem ajudou Damien a obter acesso? — Cam pressionou. Suas palavras tinham um tom gelado, que provocou um arrepio na minha coluna.

Abri a boca para negar a acusação, mas Michael já estava dizendo:

— Não tenho certeza, meu soberano. Eu estava tentando questioná-la quando ela caiu. Mas ela não me respondeu.

— Portanto, ainda é possível que ela não tenha feito nada de errado.

— É possível, sim. Mas improvável, dado que a peguei tentando escapar com o seu computador — Michael apontou, mais uma vez me fazendo querer rosnar para ele.

— Por que eu escaparia descendo as escadas? — rebati, meus olhos finalmente parecendo focar no que estava ao meu redor.

Estava um pouco embaçado e muito claro, mas pude ver Cam parado trinta centímetros à minha frente. Michael parecia estar alguns passos abaixo, seu corpo escondido pela forma impressionante de Cam.

— Estamos abaixo do Vaticano — continuei antes que qualquer um dos homens pudesse me ignorar novamente. — Se eu quisesse escapar, subiria.

Nenhum deles respondeu, mas senti uma mudança no ar. Algo sutil. Algo que me deixou... inquieta.

— Ela tem razão, Michael — Cam murmurou, virando o corpo em minha direção enquanto ele enfiava as mãos nos bolsos. — Então o que você estava fazendo, Ismerelda? Por que estava carregando meu laptop na escada?

CAM

Foi necessário contenção física para não reagir à mulher ferida no chão.

Meu nariz me levou até ela quando saí do elevador e cheguei ao meu andar. Por alguma razão, eles começaram a funcionar antes de as luzes se acenderem novamente.

Estava indo verificar a porta dos meus aposentos quando o cheiro sedutor de Ismerelda me levou em direção à escada.

Seu sangue fresco foi como um farol, chamando meu predador interior e me levando para baixo.

Onde a encontrei caída no chão com a bunda exposta, graças à minha camisa amarrotada.

Não que ela parecesse ter notado sua posição precária. Estava enrolada em posição fetal, com dor evidente.

Seus joelhos e cotovelos esfolados perfumavam o ar com sua essência, mas esse não era o cerne do aroma que me chamava para ela.

A fonte da minha intriga estava entre suas coxas e o sangue sedutor que escorria da mordida que dei nela antes. A queda dela escada abaixo, se fosse possível acreditar na descrição de Michael do acidente, provavelmente piorou o ferimento.

— Tudo ficou escuro e a porta do seu quarto se abriu — ela disse, atraindo meu foco para seus lábios. — Peguei seu laptop para usar como lanterna e fui te procurar. Mas não havia nada no seu andar além das escadas, então comecei a descer.

Ela pronunciou as palavras com a convicção de uma rainha, sua dor parecendo ficar em segundo plano em relação à necessidade de se explicar. Quase me deixou orgulhoso, o que foi uma reação estranha. Sua ousadia arraigada era algo que eu precisava destruir, não elogiar.

E, no entanto, foi útil nesta situação.

— Então você não caiu no escuro? — perguntei, arqueando a sobrancelha.

Suspeitei que Michael não tivesse sido totalmente sincero, principalmente porque ele estava interessado em interrogar Ismerelda há apenas uma hora. E eu disse a ele para ficar longe dela, mas os encontrei sozinhos em uma escada.

— Caí — ela respondeu, seu olhar corajosamente preso ao meu. — Caí depois que Michael tirou o computador de forma abrupta de mim e me cegou no meio da escada.

— Porque eu queria acabar com qualquer jogo que você estava jogando com seu irmão — minha progênie afirmou de maneira categórica. — O que obviamente funcionou, já que as luzes se acenderam menos de cinco minutos depois que fechei o laptop.

Essa era uma evidência sugestiva. No entanto...

— As equipes de tecnologia confirmaram que o intruso do sistema perdeu a conexão? Ou o removeram com sucesso? —

Enfrentei Michael novamente. — E eles confirmaram que é, de fato, Damien invadindo nossa rede?

A tensão na mandíbula de Michael confirmou sua resposta antes que ele a expressasse.

— Não, meu soberano, eles não fizeram isso. Mas me enviaram aqui para rastrear a fonte usando isto. — Ele puxou um dispositivo quadrado do bolso. — E isso me levou ao seu laptop.

— Isso é um scanner? — perguntei, olhando para o item em sua mão.

— É um rastreador que pulsa com cores — ele explicou. — Os técnicos me disseram de que andar parecia vir a violação e me enviaram aqui para investigar. Quanto mais perto eu chegava do seu laptop, mais brilhante ficava o flash.

— Não está muito claro agora — eu disse, ainda olhando para a despretensiosa caixa preta na palma da mão dele.

— Desligou quando fechei o laptop.

— Entendo. — Mudei minha atenção para o computador em questão. — Então sugiro que você o leve à equipe técnica e peça que conduzam uma revisão completa.

— Sim, meu soberano. — Ele tentou olhar ao meu redor. — E quanto a ela?

— Eu cuidarei da Ismerelda — disse a ele, e meu tom não admitia discussão.

— Mas esta é a prova de que ela está trabalhando com Damien, meu soberano.

— Não consigo entender como o fato de ela usar meu laptop como lanterna é prova de outra coisa senão ela ser engenhosa ao explorar áreas que não deveria. — O que era tecnicamente culpa minha, já que não lhe disse de forma explícita para permanecer em meu quarto. Apenas insinuei.

— Talvez ela não saiba que o está ajudando — ele falou, seu tom me incentivando a reconsiderar. — Encontrei um scanner, meu soberano. Posso trazê-lo para você. Pelo menos, você pode ter certeza de que o Damien não implantou um chip dentro dela.

Ele deve ter levado essa acusação muito a sério para ter encontrado um scanner em tão pouco tempo.

Infelizmente, ele não estava exatamente errado ao fazer essas suposições. Ele queria proteger a operação, e alguém, possivelmente o irmão de Ismerelda, estava tornando isso muito difícil no momento.

Quem quer que tenha hackeado o sistema permitiu que os Abençoados escapassem de suas jaulas, assim como mais de uma dúzia de outros objetos de pesquisa.

Mira e os outros ainda estavam no subsolo, perseguindo todos eles.

Deixei que limpassem tudo, já que foram seus sistemas defeituosos que permitiram que essa confusão ocorresse. Porque, se um hacker solitário podia causar tanto caos, então a equipe que construiu esta instalação merecia aprender com sua própria inépcia.

Minhas palavras finais para Mira foram:

— Me encontre quando tudo estiver em ordem para abrigar nossos experimentos. Só então acordaremos Fen.

A última coisa que precisávamos era do pai inequívoco dos lycans para contribuir para esta catástrofe.

— Meu soberano — Michael começou, interrompendo meus pensamentos. — Eu...

— Leve meu laptop para ser inspecionado e me traga o scanner. Se a Ismerelda tiver um chip, eu vou encontrá-lo e podemos partir daí — disse a ele. — Mas ainda quero uma prova de que o responsável é o Damien.

O que talvez o chip demonstrasse.

No entanto, eu duvidava muito que encontraríamos alguma coisa. Principalmente porque não houve qualquer aviso de que Ismerelda seria trazida para cá. Implantar um chip exigia previsão, e eu duvidava muito que alguém tivesse previsto isso.

— Claro, meu soberano — Michael respondeu, se inclinando profundamente. — Volto em breve.

Ele saiu sem dizer mais nada, mas senti no vento um sopro de sua satisfação.

Ignorei o cheiro irritante e mudei para um muito mais intrigante: o sangue de Ismerelda.

Ela se moveu para apoiar as costas contra a parede, suas pernas estavam dobradas em um ângulo estranho. Lágrimas brilhavam em seus lindos olhos, e sua mandíbula tensionada.

Uma lutadora, pensei, compelido ao vê-la se recusar a demonstrar aquelas emoções traiçoeiras, apesar da agonia que claramente sentia.

Observei sua forma, notando os arranhões em seus joelhos e cotovelos. Ela tinha mais nos antebraços, mas a principal fonte de sua doce fragrância ainda vinha de entre as coxas.

Isso chamou minha atenção para suas pernas, a fera dentro de mim desejando abri-las e devorar uma esplêndida refeição de boceta e sangue.

Mas o hematoma em sua perna distraiu meu predador interior, provocando um grunhido de natureza diferente. Primitivo. Vicioso. *Furioso*.

Me agachei diante dela para ver melhor e notei o hematoma em seu tornozelo. As outras marcas eram claramente por ter caído em um degrau ou talvez nesta plataforma de cimento. Elas eram menores. Redondas. Empoladas de sangue.

Mas esta... era mais longa. Com impressões marcando sua pele. *Impressões que lembram uma pegada de bota...*

— O que aconteceu aqui? — questionei, flexionando os dedos com a necessidade de tocar sua pele delicada e traçar a marca estranha. Formaria um hematoma horrível, estragando suas feições impecáveis.

Só eu posso marcá-la, pensei. *E nunca assim.*

Pisquei, a reação foi tão profunda que mal reconheci minha própria voz mental.

Mas Ismerelda não me deu tempo para refletir e respondeu:

— O Michael queria me lembrar do meu lugar neste novo mundo.

Tensionei a mandíbula.

— O quê? — Ah, eu a ouvi muito bem. Mas precisava que ela dissesse isso novamente.

Ela soltou um suspiro.

— O Michael usou meu tornozelo como um lembrete da minha mortalidade. Ou talvez fosse sua maneira de provar sua própria imortalidade. — Ela ergueu um ombro e estremeceu. — A última vez que o vi, ele era humano. E pensei que ele estava morto. Acho que ele não gostou da minha curiosidade.

Estendi a mão para seu tornozelo, cedendo à minha necessidade de tocá-la.

E quase instantaneamente me arrependi, quando ela se afastou de mim com um silvo que terminou com ela apertando o lábio inferior.

Outra sugestão de sua essência aqueceu o ar, provocando minhas papilas gustativas e me fazendo desejar lamber o sangue de sua boca.

Mas uma parte mais forte de mim precisava recuperá-la.

Curá-la.

Vingá-la.

Como Michael ousa tocá-la? Especialmente depois do que eu disse a ele há apenas uma hora?

Ismerelda era minha para punir. Minha para controlar. *Minha para proteger.*

Engoli em seco e afastei esse último pensamento. Essa

necessidade de possuí-la, de reivindicá-la, vinha do vínculo entre nós.

Foi por isso que encarreguei Lilith de encontrar uma alternativa melhor do que tomar uma *Erosita*. Esses instintos possessivos eram perigosos e perturbadores.

Mesmo assim, não pude negar meu desejo de curar Ismerelda.

Não queria correr o risco de perdê-la para a morte e para seu bizarro estado de vigília novamente. Não quando ainda não transei com ela direito.

Ela era meu brinquedo.

Minha principal fonte de sustento.

E eu não poderia apreciá-la por completo nesta condição.

Em vez de pensar mais sobre isso, eu a levantei em meus braços, mal conseguindo ignorar sua respiração ofegante, e subi as escadas até o meu andar, depois diretamente para o meu quarto.

Foram talvez dois ou três segundos de viagem no total, mas o suficiente para que ela mordesse o lábio novamente e tirasse mais sangue enquanto lutava contra a vontade de reagir aos ferimentos. E o que devia ser uma dor insuportável entre suas coxas.

Mordi seu clitóris para mantê-la excitada.

Claramente, o tiro saiu pela culatra.

Eu me lembraria disso no futuro.

— Você não deveria ter saído vagando — disse a ela enquanto a deitava na minha cama. — Se algo assim acontecer novamente, espere por mim aqui.

Ela engoliu em seco e baixou o olhar.

— Sim, meu soberano.

Meus lábios ameaçaram se curvar para baixo ao sinal de sua submissão. O que era estranho, porque ela deveria estar se submetendo a mim, assim como todo mundo fazia. Mas eu preferi apreciar sua exibição de guerreira na escada. Foi muito mais atraente do que essa aparência dócil.

Interessante. A mulher que testemunhei no patamar era uma que eu consideraria transformar em vampira, pelo menos porque seu espírito era obviamente superior ao da maioria dos humanos.

No entanto, esta versão dela era fraca e exatamente o que se esperava de seres inferiores.

Talvez seja por isso que a mantive como escrava de sangue em vez de torná-la minha rainha, pensei. *E talvez eu a tenha mantido todos esses anos porque vi potencial para mais.*

No entanto, esta exibição provou que ela não conseguiria lidar com a verdadeira imortalidade.

Porque uma rainha nunca se curvaria tão facilmente. Nem mesmo para seu rei.

Suspirando, levantei o pulso até a boca e mordi.

— Beba — disse a ela enquanto colocava a ferida aberta em seus lábios.

Olhos verdes brilhantes olharam para mim, a emoção envolta sob um véu de lágrimas não derramadas. Por um momento, pensei ter percebido uma pontada de surpresa em seu olhar, mas desapareceu no instante seguinte, quando ela obedeceu ao meu comando.

Minha mão oposta foi para a parte de trás de sua cabeça, segurando-a contra mim enquanto ela se alimentava. Pretendia que fosse uma forma de controlar o quanto ela bebia, mas seus fios emaranhados me distraíram da tarefa.

Seu cabelo parecia desgrenhado. Como se os dedos de alguém tivessem se enroscado nos fios.

Ou as mãos de outro homem.

Semicerrei o olhar.

— O Michael te tocou aqui?

Aquelas lindas íris encontraram as minhas novamente enquanto ela abaixava o queixo em confirmação.

Tirei meu pulso.

— Por que os dedos dele estavam no seu cabelo?

Sua garganta se moveu em um gole final, suas bochechas estavam vermelhas – não por vergonha, mas pela excitação provocada por beber da veia de um vampiro.

— Ele estava me questionando sobre Damien — ela disse, com a voz confiante mais uma vez. — Perguntou como eu estava ajudando meu irmão.

— E o que você disse?

— Não tive oportunidade de responder. — Ela olhou para mim. — Mas, para que conste, não estou ajudando Damien a fazer nada. Eu precisaria conseguir entrar em algum tipo de rede externa para poder entrar em contato com ele, e não tive oportunidade de fazer isso.

— Você teve acesso ao meu laptop — apontei, estudando-a enquanto ela continuava a sustentar meu olhar com ousadia.

— E, de acordo com Michael, a equipe técnica atribuiu a interferência àquele laptop.

Ela deu de ombros.

— Não posso explicar isso. Também não saberia dizer para que serviria eu abrir todas as portas e apagar todas as luzes enquanto estivesse no subsolo. Não consigo ver no escuro. Obviamente.

Um ponto justo.

Eu também não consegui determinar o que ela teria a ganhar ao deixar os Abençoados saírem de suas jaulas. Ela provavelmente nem sabia que eles estavam acordados.

Mas sabia que estávamos abaixo do Vaticano, já que mencionou isso na escadaria.

— Você já esteve aqui antes? — Porque se se a resposta fosse sim, ela poderia saber o que fazer.

No entanto, ela desceu em vez de subir.

O que, como ela disse, não fazia sentido se estivesse tentando escapar.

E por que ela iria querer escapar de qualquer maneira? Eu era sua tábua de salvação imortal. Seu companheiro. Ela correu em minha direção naquela pista, e não para longe de mim.

Suas pupilas se dilataram quando ela respondeu:

— Sim. Com você. Quando o Cane escolheu o descanso eterno.

— Hum. — Não me lembrava disso. — Participamos de sua cerimônia. — Não foi uma pergunta, mas uma afirmação.

Porque é claro que participei do ritual. Eu teria participado para ajudar meu irmão a adormecer. Mas foi surpreendente saber que Ismerelda esteve lá comigo.

— Há quanto tempo meu irmão escolheu a noite eterna? — Não li sobre isso nos arquivos. Mas provavelmente não era muito relevante para o nosso mundo atual, já que meu irmão escolheu descansar durante tudo isso.

— Cerca de quatrocentos e cinquenta anos atrás. Então visitei apenas as catacumbas onde os anciões estão. Não — ela acenou ao redor do quarto — isso.

— E você testemunhou toda a cerimônia? — pressionei, ainda pensando que a levei comigo.

— Sim.

Semicerrei os olhos.

— Prove. Me conte parte de...

Uma batida interrompeu minha exigência. *Michael.*

Semicerrei os olhos quando meus dedos deixaram o cabelo de Ismerelda. Eu nem tinha percebido que ainda a estava segurando, com a mente muito cativada pela nossa conversa para considerar as ações da minha mão. Tocá-la parecia normal. Esperado. Calmante, até.

Balançando a cabeça, me afastei da cama e fui até a porta.

— O scanner, meu soberano — Michael disse a título de saudação, com a cabeça baixa.

Considerei-o por um longo momento, a fera dentro de mim guerreando com o estrategista dentro da minha mente.

Ele tocou minha fêmea.

Ele é meu assistente.

Ele machucou Ismerelda.

Ele só quer proteger a nossa missão. Se tivesse interrogado outra pessoa, eu não me importaria.

Ismerelda não é outra pessoa.

— Meu soberano? — ele perguntou quando não respondi de pronto. — Gostaria que eu demonstrasse como funciona?

Hum. Parte de mim queria pegar o dispositivo dele e usá-lo para espancá-lo.

No entanto, meu lado mais inteligente tinha outro pensamento.

Uma espécie de ideia.

Algo que se desenvolveu em um plano que não apaziguou o animal que rugia dentro da minha mente, mas acalmou a fera o suficiente para me permitir continuar.

— Imagino que simplesmente devo passar esse dispositivo pela pele dela, certo?

— Correto, meu soberano. Basta apertar esse botão — ele apontou para um botão na lateral — e prosseguir. Recomendo que escaneie cada parte dela, caso Damien tenha escolhido um local inventivo para um rastreador.

Balancei a cabeça, entendendo o que ele queria dizer: ele estava dizendo que Ismerelda deveria estar nua para o exame.

O que eu já havia previsto.

— Pode ficar enquanto eu a examino, Michael — disse a ele, fazendo meu predador interior rosnar com desaprovação. Mas saber por que eu pretendia permitir a presença de Michael durante todo esse procedimento íntimo pacificou a maioria dos meus instintos possessivos.

Os lábios de Michael se curvaram, mais daquele cheiro de satisfação emanou dele.

— Claro, meu soberano.

Me afastei para permitir que ele entrasse no quarto.

Então enfrentei minha *Erosita*.

Era hora de descobrir se meus instintos sobre ela estavam corretos. Ou se, de alguma forma, eu fiquei cego pelo vínculo milenar entre nós.

IZZY

— TIRE A CAMISA, Ismerelda — Cam ordenou enquanto pegava o dispositivo de Michael.

Estremeci, a intenção por trás de suas palavras se instalou profundamente dentro de mim. *Ele quer que eu me dispa. Fique nua. Exposta. Vulnerável. Na frente de outro homem.*

Meu Cam nunca teria permitido, muito menos considerado isso. Mas neste mundo – o novo criado por vampiros e lycans sedentos de sangue – os humanos eram gado.

E *esse* Cam pretendia me lembrar disso.

Exatamente como Michael tentou fazer na escada.

Certo. Se esses dois seres poderosos quisessem me submeter, eu aceitaria. Assim como fiz toda vez que me referi a Cam como Soberano.

Só preciso encontrar um jeito de fazer com que ele se lembre de mim, pensei enquanto começava a desabotoar a camisa. *O que é algo que não posso fazer na frente de Michael.*

Tinha que me entregar a esse comportamento, tratá-lo como um jogo e encontrar seu coração vulnerável sob todo aquele exterior endurecido de vampiro.

E se isso não der certo?, uma parte de mim se perguntou. *E então?*

Então farei com que ele se apaixone por mim novamente, decidi. *Ele é minha alma gêmea. Isso não pode ser apagado, pode?*

Me recusei a permitir que a voz cínica em minha cabeça respondesse e terminei de desabotoar a camisa.

Os olhos de Cam percorreram meu torso enquanto eu removia o tecido dos ombros. Em vez de deixá-lo cair, dobrei-o e o coloquei sobre a cama ao meu lado, e esperei pelo próximo comando.

Ele vai me pedir para ficar de pé? Porque eu não tinha certeza se conseguiria fazer isso agora. Embora eu tivesse engolido sangue dele o suficiente para iniciar o processo de cura, isso mal começou a fazer efeito, como evidenciado pela sensação de formigamento em meu tornozelo. Levaria mais uma ou duas horas para eu me sentir completa novamente. Talvez um pouco mais.

Mordi o lábio quando o ápice entre minhas coxas começou a arder novamente. *Não sou fã de ser mordida ali*, decidi. No começo foi divertido, até eufórico, mas agora... nem tanto.

Não quero ficar de pé. Mas se Cam exigisse isso, eu não teria escolha.

Em vez disso, ele apenas admirou meus seios por mais um momento antes de baixar o olhar para a marca que deixou em meu sexo. Suas narinas dilataram e ele se aproximou, com o scanner na mão.

Em vez de falar, se sentou ao meu lado na cama e usou a mão livre para afastar meu cabelo do rosto.

— Poderia ser mais fácil se ela se levantasse, meu soberano

— Michael disse enquanto se aproximava de nós. — Só para garantir que você possa digitalizar cada centímetro.

Cam me considerou por um instante, seu olhar oscilando entre minha boca e meus olhos. Prendi a respiração, esperando que ele desse a ordem e torcendo para encontrar o equilíbrio para segui-la.

— Mais fácil, sim — ele murmurou, as íris azuis girando de uma forma sombria que me fez estremecer sob sua leitura. — Mas prefiro um desafio.

— Claro, meu soberano — Michal respondeu.

Cam continuou a estudar meu rosto, desembaraçando meu cabelo com os dedos, com puxões suaves. Seu olhar parecia queimar o meu, seu poder era uma chicotada em meus sentidos que revitalizava minhas veias e fazia meu coração bater mais rápido.

Algo sobre isso parecia perigoso.

Hipnótico.

Aterrorizante, mas excitante.

Seu scanner não revelaria nada. Eu sabia. Mas havia um jeito violento em seus movimentos que me deixou incerta sobre o que viria a seguir.

Tenho medo dessa versão de Cam, percebi. O que fazia sentido, dado tudo o que ele fez. Mas me sentir assim em relação ao meu companheiro, ao amor da minha existência, era desconcertante. Ao mesmo tempo, perturbador e revigorante.

Porque eu não conseguia antecipar seu próximo movimento.

Ele não era a versão que eu conhecia e confiava. Ele era um ser antigo com um senso de humanidade reprogramado. Ou a falta dele. Cam não se importava comigo ou com a raça mortal.

No entanto, continuou a me acariciar com uma ternura que me lembrou do meu Cam. Sendo que o homem que eu amava nunca teria permitido que outro me visse dessa forma.

Para degradar meu senso de privacidade. Para me forçar a me submeter tão completamente.

Engoli em seco quando seus dedos se aventuraram até meu pescoço, roçando seu polegar em meu pulso acelerado.

— Humm, você está com medo. — Ele inclinou a cabeça. — Por que estou prestes a descobrir que você está mentindo sobre trabalhar com seu irmão?

— Não. — Eu tinha certeza de que ele não encontraria nada.

— Então por que seu pulso está acelerado, ratinha? — ele perguntou, com a voz suave e cheia de intenção letal.

Mas eu estava muito presa ao apelido para permitir que a ameaça subjacente ao seu tom me perturbasse. *Ratinha?* repeti mentalmente, contorcendo meus lábios.

— Você geralmente me chama de *pequeno cisne*.

Ele olhou para mim por um instante.

— Pequeno cisne?

— Ou doce cisne — disse a ele.

Ele se concentrou em minha boca, envolvendo minha nuca com a palma da mão.

— Suponho que você tenha algumas características de cisne. — Sua atenção mudou para meu pescoço enquanto ele o apertava de leve. — Se me disser onde escaneá-la primeiro e ajudar a acelerar esse processo, posso estar inclinado a diminuir sua punição.

Semicerrei os olhos.

— Você terá que escanear cada parte de mim, meu soberano. Porque não estou escondendo nada.

Bem, isso não era inteiramente verdade. Eu estava escondendo toda uma história dele. Mas isso não era culpa minha. Lilith fez algo com sua mente, o que fazia dela a culpada em vez de mim.

E eu não poderia jogar a verdade nele. Pelo menos não

nestas circunstâncias. Ele não acreditaria em mim. Eu era apenas um brinquedo para ele agora.

Um pelo qual ele parecia muito intrigado no momento enquanto passava seu olhar sobre mim novamente, com os lábios curvados apenas uma fração.

— Ouviu isso, Michael? Ela insiste que não fez nada de errado.

Michael grunhiu.

— Nossos problemas técnicos atuais sugerem o contrário.

— Foi por isso que você tentou interrogá-la? — Cam olhou por cima do ombro para o homem loiro parado perto da cama. — Porque não me lembro de você ter trazido provas de que a interferência foi obra de Damien.

— Fiz algumas perguntas a ela, meu soberano. Depois de frustrar sua tentativa de fuga. Foi uma reação apropriada às ações dela.

Tensionei mandíbula, mas não me incomodei em corrigi-lo novamente. Michael sabia que eu não estava tentando escapar. Ele só queria exercer sua imortalidade sobre mim.

— Então suponho que veremos se sua reação foi justificada — Cam respondeu, voltando sua atenção para mim enquanto movia a mão da minha nuca para a minha garganta. A violência dançou em seu olhar safira, me fazendo engolir em seco.

Ele esperava encontrar algo dentro de mim.

Pude ver isso na maneira como ele me estudou tão atentamente, como se mal pudesse esperar para torcer meu pescoço por desafiá-lo.

Este era um lado de Cam que nunca testemunhei antes: o verdadeiro predador sob a pele. Ele normalmente escondia essa parte de si, escolhendo sua máscara humana em vez de seu lado vampírico.

Agora ele parecia mais selvagem. Em contato com sua fome. Não se importando mais que os mortais ao seu redor pudessem temer sua verdadeira natureza. Exigindo que todos aqueles abaixo dele se curvassem.

Em algum lugar dentro de você está o meu Cam, pensei para ele, meus olhos encontraram os dele. *Encontrarei uma maneira de trazê-lo de volta à vida. Eu juro.*

Seus lábios se curvaram como se estivessem intrigados com minha promessa mental, mas eu sabia que ele não poderia me ouvir. Existia uma barreira entre nossas mentes – uma que ele controlava, não eu.

Porém, eu saberia se ele a derrubasse porque eu seria capaz de ouvir as palavras alimentando aquele olhar perigoso em seu rosto lindo demais.

O que significava que aquele bloqueio entre nós ainda estava em jogo.

— Um cisne, humm? — ele comentou, roçando o polegar em meu pulso enquanto se referia ao apelido que mencionei. — É interessante. Acho que combina com suas características mais delicadas. — Ele olhou para mim. — Mas seus olhos são muito mais felinos do que aviários agora.

Ele apertou minha garganta, me impedindo de responder... não que eu soubesse o que dizer, e me soltou de maneira abrupta.

— Segure o cabelo — ele ordenou, ligando o scanner com o polegar. — Vou começar pelo seu pescoço.

Juntei meus fios em um rabo de cavalo, meu olhar felino prendendo o dele.

Desde quando sou felina? me perguntei. Cam sempre me viu como um cisne.

— Tão frágil, mas linda — ele costumava dizer.

Nem uma vez ele me descreveu como *felina*.

E ele nunca me chamou de *rata*.

Ouvir aquelas palavras carinhosas – *ou insultos, talvez* – de sua boca quase fez parecer que esse homem estava possuído.

Ou que nunca conheci Cam.

Mas isso não era verdade. Estávamos juntos há mil anos antes de sua captura. Eu o conhecia melhor do que qualquer outra pessoa.

No entanto, esta versão... pensei enquanto ele colocava o scanner na minha garganta. *Esta versão não reconheço de jeito nenhum.*

Suas pupilas brilharam quando ele se concentrou no dispositivo, o zumbido baixo da eletricidade era o único som entre nós.

Ele se moveu lentamente, verificando com cuidado cada centímetro do meu pescoço antes de mover o item para cima, em minha nuca e no meu cabelo.

Segurei o rabo de cavalo com uma única mão, paralisada sob seus cuidados. Ele passou em volta da minha mão, verificando o topo da minha cabeça e as laterais antes de dizer:

— Solte e pressione as duas palmas nas coxas.

Obedeci enquanto estudava sua expressão ainda sombria e ele continuava seu caminho ao longo da parte de trás do meu crânio.

O zumbido elétrico vibrou em meus ouvidos, provocando um arrepio na espinha. Então ele começou a scanear meu rosto.

Me recusei a fechar os olhos, não que ele tivesse me pedido. Ele sustentou meu olhar por um longo momento, e aquela contração em seus lábios aconteceu mais uma vez antes de ele mudar o foco para meus ombros e parte superior das costas.

Ele usou uma mão para me puxar para frente, pela nuca, pressionando seu peito em meu braço nu, enquanto a mão oposta examinava minha coluna até o topo da minha bunda.

Eu esperava que ele me dissesse para ficar de quatro, assim como fez quando quis me comer antes, mas não disse nada. Em vez disso, basicamente me segurou contra si enquanto me examinava, usando a mão para me manobrar conforme necessário.

Cam verificou as laterais do meu corpo e braços, depois continuou com meu torso antes de voltar para meus seios.

Foi tudo muito clínico e, ainda assim, havia algo inegavelmente sensual na maneira como ele me movimentava para atender às suas necessidades. Seu toque não era áspero, apenas robusto. Confiante, até.

Mas quando alcançou minhas pernas, ele pareceu vacilar um pouco. Principalmente quando aproximou o scanner da parte interna das minhas coxas.

O sangue de seu ferimento secou na minha pele, meu corpo já havia curado a mordida, graças à sua essência correndo dentro de mim.

Ele a estudou por um longo momento, a fome pareceu escurecer suas íris em um azul profundo e oceânico. Me perguntei se ele queria me lamber e não pude deixar de imaginar isso.

Sua língua contra meu clitóris. Sua boca aquecendo aquela parte íntima de mim. Seus dedos...

Engoli em seco, os pensamentos fizeram meus membros inferiores tensionarem no momento em que o dispositivo mergulhou entre minhas coxas. Mas o metal não era o que eu desejava. Não era o que eu precisava ou desejava.

E a leve contração nos cantos da boca de Cam me disse que ele também sabia disso.

Ele examinou minha carne íntima, me levando mais profundamente a um estranho estado de necessidade.

Isso não deveria estar me excitando. Eu... eu não quero aproveitar...

Engoli em seco, minha mente parecia se dividir entre lembrar da minha realidade e me perder no toque do meu companheiro.

Mas ele não é o meu Cam. Ele é... ele é alguém... alguma coisa...

Sua mão agarrou meu quadril antes de descer pela minha

perna para continuar me guiando como uma boneca. Cada toque foi proposital e eficiente, mas quando ele se aproximou do meu tornozelo machucado, seu aperto diminuiu.

Seus dedos roçaram a pele, me fazendo estremecer ligeiramente, porque o toque leve fez cócegas.

— Dói? — ele perguntou, com a voz enganosamente suave.

Considerei meu tornozelo, surpresa ao descobrir que não doía mais.

— Está quase totalmente curado — admiti. O que significava que ele estava me examinando há muito mais tempo do que eu imaginava.

Dado quanto ele estava sendo meticuloso, fazia sentido. Fiquei mais surpresa com a facilidade com que caí sob seu feitiço e esqueci o que estávamos fazendo.

Em vez de responder verbalmente, ele assentiu e terminou de examinar meus membros inferiores.

O dispositivo não emitiu nenhum som, exatamente como eu esperava. O que tornou satisfatório manter o olhar fixo quando ele finalmente olhou para mim de novo.

— Monte em mim, leoa — ele disse, sua escolha do apelido quase me surpreendendo tanto quanto sua exigência. — Agora.

Ele virou o corpo para longe do meu, plantando os pés no chão.

A ação me forçou a rastejar ao redor dele para me sentar em seu colo, algo que eu normalmente não teria me importado, mas o movimento me lembrou da presença silenciosa de Michael. Ele estava a poucos metros de distância da cama, o que lhe deu uma visão completa da minha forma nua enquanto eu separava as pernas sobre as coxas musculosas de Cam.

Meus braços se arrepiaram e minhas costas pareciam totalmente expostas à visão do outro homem.

Mas então Cam passou a palma da mão em volta da minha nuca novamente e de repente ele era o único que eu conseguia ver. Suas lindas íris. Mandíbula bem formada. Lábios cruelmente bonitos. Tão completo e perfeito. As maçãs do rosto definidas. Seu cabelo grosso e escuro.

Eu podia sentir sua força debaixo de mim, sua alma presa à minha.

Estou segura.

Exceto que eu não estava nada segura. O perigo praticamente emanava dele em ondas sombrias e tóxicas, me afogando em um mar de malícia.

Não entendi. Passei no teste dele. Não fiz nada de errado.

E, ainda assim, podia sentir sua intenção de punir. Magoar. Matar.

Seu aperto aumentou, me puxando para cima e me forçando a equilibrar meu peso sobre os joelhos enquanto ele expunha meu traseiro inteiramente para Michael.

Um arrepio percorreu meu corpo, me fixando na realidade e me fazendo pensar no que ele pretendia fazer a seguir. Me oferecer ao outro homem? Permitir que ele me bata? O que fiz errado? Por que ele está...

O metal tocou a parte de trás da minha coxa.

O scanner. Pisquei. *Ele está verificando minha bunda em busca de um implante.*

Oh.

Esse era o último lugar para ele examinar. *Claro.*

Respirei fundo, me acalmei e me concentrei nos contornos nítidos de seu rosto enquanto ele trabalhava. As linhas intimidadoras definiam suas feições, sua ira era palpável. Ele parecia querer me punir, mas o dispositivo não emitia nenhum som.

Porque sou inocente. Pelo menos, parcialmente.

Se eu tivesse conseguido falar com Damien, teria feito isso. Mas não tinha motivos para disparar aqueles alarmes, abrir portas ou fazer o que quer que tivesse acontecido naquele curto espaço de tempo. O que eu teria a ganhar?

E por que eu tentaria escapar?

Passei mais de um século ansiando pelo meu companheiro perdido. Ele pode não ser o homem que conheci, mas ainda era Cam. Eu tinha a responsabilidade agora de salvá-lo e fazê-lo se lembrar de sua própria mente. Partir não me levaria a nada.

Ele soltou meu pescoço e jogou o scanner na cama ao nosso lado.

— Ela está limpa, Michael. — As mãos de Cam foram para meus quadris quando ele me puxou para pousar perto do dispositivo no colchão. Estremeci um pouco, mas foi o tom dele que realmente chamou minha atenção.

Porque ele parecia incrivelmente calmo. Não combinava com o brilho sombrio que rodopiava em seu olhar ou com a forma rígida como ele se movia enquanto se levantava.

Algo vai acontecer, meus instintos sussurraram. *Algo ruim.*

— Isso não a torna inocente, meu soberano — Michael respondeu, seu rosto comprido e vazio de emoção. Ou ele estava alheio à hostilidade que fervia sob a fachada serena de Cam, ou sabia que não era para ele.

Estremeci. *Será que só eu posso sentir isso por causa do nosso vínculo?*

Cam nunca foi um homem zangado, mesmo quando se deparou com as mudanças propostas por Lilith para a sociedade. Ele sempre foi estratégico e composto, optando por usar palavras para lidar com os assuntos em vez de lutar.

Mas esta versão dele não parecia oposta à última opção.

A menos que eu esteja lendo isso totalmente errado, pensei.

— Ela ainda pode estar trabalhando com Damien — Michael continuou. — Rastreei a interferência no seu laptop. É bem possível que ele a tenha ensinado como fazer contato com ele ou derrubar o sistema de segurança dentro do complexo. Ela precisa ser interrogada.

— É por isso que você decidiu começar a questioná-la? — Cam perguntou, aquela calma misteriosa ainda prevalecendo em suas palavras.

— Comecei a questioná-la quando a encontrei vagando pela escada com seu laptop, meu soberano. Ela não foi acessível.

— Talvez porque você escolheu a violência primeiro. — Cam passou as mãos nas calças enquanto se movia na frente do meu campo de visão, bloqueando Michael. — É por isso que você decidiu esmagar o tornozelo dela?

Michael bufou.

— Ela torceu na queda. Apenas apliquei um pouco de pressão para fazê-la falar.

— E funcionou?

— Não. Ela se recusou a me dizer qualquer coisa, o que prova ainda mais que ela é culpada. Ou, pelo menos, que está escondendo alguma coisa.

Bem, ele não estava errado nisso.

— Então você acha que ela é capaz de usar laptops e derrubar nosso sistema de segurança? — Cam pressionou. — Você acha que foi ela quem despertou Sota e Troph?

Olhei para suas costas enquanto repetia esses nomes em minha mente. Eram dois Abençoados. Pais de Saara e Lajos. Foi quem eu vi no vídeo?

— O que ela teria a ganhar interrompendo a lição deles? — Cam acrescentou, seu tom escorregando um pouco para revelar a escuridão. — Você está sugerindo que ela está aqui para desmantelar toda a operação? Isso implicaria que ela sabe o que estamos fazendo. É de conhecimento público?

— Bem, não, mas...

— Por que minha *Erosita* escolheria desafiar seu soberano?

— Ele deu um passo à frente. — Você está sugerindo que não a treinei adequadamente para me servir?

— C-claro que não, meu...

— Então eu pergunto novamente, o que ela ganharia nesta situação, Michael? Por que ela tentaria derrubar nossa operação?

— Porque ela não quer ser substituída — Michael disse rapidamente. — O objetivo é fabricar bolsas de sangue imortais. Quando esse processo for aperfeiçoado, você não precisará mais manter o vínculo com ela.

Entreabri os lábios. *O quê? Isso é... é isso que eles estão...? Mas... mas como?*

Pisquei, minha mente rapidamente respondeu ao que Michael acabou de falar: *criando mais Abençoados.*

Os Abençoados não precisavam de sangue para sobreviver, apenas seus filhos precisavam. E, ainda assim, os Abençoados eram imortais.

Isso os tornava a fonte de alimento perfeita para vampiros.

Porque eles não podem morrer.

E então... *então Cam não* precisará *mais se vincular a mim.* Sua *Erosita.* Sua companheira. Sua fonte imortal de sangue, mas com vínculo espiritual.

Ah, merda...

CAM

A FORTE INSPIRAÇÃO de ar atrás de mim me disse tudo que eu precisava saber. Ainda assim, olhei por cima do ombro para perceber a traição chocada que coloria as feições da minha *Erosita*, principalmente para garantir que Michael pudesse ver também.

— A expressão dela parece a de uma mulher que já sabia de nossas intenções, Michael? — perguntei de maneira categórica. — Porque ela certamente parece surpresa para mim.

Michael pigarreou.

— Ela poderia estar atuando.

Eu zombei.

— Duvido. — Aquelas lágrimas em seus olhos eram genuínas demais para serem falsas, algo que eu só sabia por causa da maneira como elas mexiam com minha alma.

Ironicamente, foi por isso que precisei cortar relações com essa humana.

Ismerelda inspirava desejos irracionais dentro de mim, como aquele que ainda domina meu espírito até agora. Aquele que me dizia para *matar* Michael por tocar na minha *Erosita*.

— Você está... criando... e substituindo... — Ismerelda parou, e seus cílios tremularam enquanto ela tentava controlar suas emoções.

Arqueei uma sobrancelha, esperando para ver se ela tentaria dizer mais alguma coisa. Mas minha querida leoa desapareceu atrás de uma nuvem de dúvida, e sua parte felina e confiante não estava mais no controle.

Uma pena, realmente.

Fiquei incrivelmente intrigado com esse lado dela enquanto usava o scanner. Ela foi ousada e assertiva, seu olhar se fixou o meu sem vacilar enquanto me dizia sem palavras que não me traiu.

Então, algumas palavras descuidadas de Michael afastaram a leoa feroz, deixando o cisne em seu lugar.

Um enigma tão inebriante, pensei maravilhado, ainda olhando para ela. *Deve ser por isso que a mantenho... por sua complexidade.*

Bem, isso e sua deliciosa essência.

E talvez para sexo também. Embora eu ainda não tivesse experimentado essa parte.

Em breve, pensei. *Depois que eu terminar de lidar com Michael.*

— Então, que outro motivo ela teria para interferir em nossos planos? — perguntei, focando novamente no homem em questão. — Porque ela claramente não estava ciente do nosso objetivo até você mencioná-lo.

Os olhos verdes de Michael semicerraram ligeiramente.

— O irmão dela é um ator conhecido na revolução e é tecnologicamente experiente.

— Estou ciente — falei.

— E ela — ele apontou para Ismerelda — é irmã dele e vive com um clã que também é conhecido por ser contra nossos princípios. Faz sentido que ela ajude o irmão a tentar acabar com nossas operações, independentemente de nossos objetivos.

Essa era uma razão muito melhor para acusá-la de ajudar o irmão. Exceto...

— Ainda não sabemos se Damien é o culpado.

— Quem quer que seja claramente quer sabotar o nosso trabalho aqui, e os únicos com motivo para isso são os membros da revolução do seu primo. — Michael cruzou os braços. — E esses problemas começaram depois que ela chegou.

— Ela estava inconsciente — eu o lembrei. — O que significa que não poderia ter hackeado nada para abrir um canal de comunicação com o irmão, mas ele, ou outra pessoa, teve acesso aos nossos sistemas durante esse tempo.

A mandíbula de Michael tremeu, mas ele não falou nada.

O que foi bom porque não terminei.

— Usei o scanner nela, que está limpa, refutando assim a sua teoria de que o Damien implantou um chip, que ele de alguma forma usou para se conectar aos nossos sistemas.

Michael ainda não fez comentários, nem assentiu em reconhecimento. Apenas olhou, esperando por mais.

— Então, mesmo que Ismerelda tenha se conectado milagrosamente com Damien esta noite, usando meu laptop, ainda não explica como alguém invadiu nosso sistema antes — continuei. — Nem explica por que ela precisou ajudá-lo esta noite.

Porque, mais uma vez, não havia outro motivo além de querer desmantelar as nossas operações.

Contudo, Ismerelda precisava saber que prejudicar nossos objetivos também a prejudicaria. Ela era minha. Se eu falhasse, ela falharia. Não fazia sentido ela tentar lutar comigo quando eu já a possuía.

— Talvez ela tenha entrado em contato com ele esta noite para fornecer uma atualização e é por isso que o rastreador me levou ao seu laptop — Michael propôs.

— Meu laptop não tinha capacidade de comunicação externa devido ao problema de rede — apontei. — A menos que você esteja sugerindo que ela conhece uma solução alternativa que toda a nossa equipe técnica não conseguiu inventar?

Isso parecia muito improvável para mim. Olhei para ela, curioso para ler sua expressão, e me assustei com o brilho feroz em seus olhos.

A leoa voltou e está chateada, pensei maravilhado. *Excelente.*

— Você sabe mais sobre computadores do que me fez acreditar? — perguntei a ela.

— Você vai me substituir por uma bolsa de sangue imortal? — ela rebateu, aparentemente ainda presa a essa revelação.

— Hoje, não — eu disse a ela. — Nem em breve, dado que Lilith falhou comigo.

Ela bufou com isso, fazendo aquele som que eu não gostava muito. Era rude e inaceitável.

Eu a encarei.

— Você está se esquecendo do seu lugar, pequeno cisne? — Dei um passo em direção a ela. — Devo forçá-la a ficar de joelhos e lembrá-la do seu propósito aqui?

Seu olhar felino cintilou com raiva, me deixando duro em um instante.

Esta fêmea não estava destruída. Ela estava cheia de fogo e vida, o que a tornava mais intrigante a cada segundo.

Não admira que ela seja minha. Mil anos e ela ainda me olha assim? Com toda essa paixão e confiança?

E ela provou saber quando se curvar também. Como se submeter.

Tão deliciosa.

Eu queria mordê-la. Dominá-la. Fazê-la minha e ouvir seu rugido.

— Sei um pouco sobre computadores, meu soberano — ela disse, me assustando com meus pensamentos famintos. — O suficiente para que sim, consegui fazer login depois que você me mostrou a senha. Mas não há conexão com uma rede externa, então mesmo que eu quisesse enviar uma mensagem para meu irmão, não teria conseguido.

— Então você admite ter feito login no laptop dele? — Michael pressionou, interrompendo o momento e esquecendo seu lugar naquele quarto.

— Fiz login para ver se poderia enviar um e-mail apenas para avisar ao Damien que estou bem — Ismerelda respondeu, seu olhar ainda no meu.

— Sem minha permissão?

Ela franziu a testa.

— Você sempre permitiu que eu falasse com ele antes. Não percebi que precisava de permissão.

— Porque você ainda não aprendeu seu papel neste novo mundo — Michael resmungou atrás de mim.

Sim, falando em papéis...

Me virei para ele mais uma vez.

Hora de soltar minha fera.

— Ismerelda é minha *Erosita*, Michael. Não sua. — Dei um passo em sua direção. — Já afirmei que serei eu quem vai cuidar dela. Não você.

Ele deu um passo para trás.

— Claro, meu...

— Não — interrompi. — Essa resposta não é aceitável, Michael. Porque você já demonstrou que não respeita nem entende minha posição.

Avancei e o segurei pelo pescoço antes que ele pudesse tentar responder, a força do meu movimento o mandou de volta contra a parede ao lado da porta.

Ele arregalou os olhos, moveu os lábios silenciosamente enquanto eu apertava. Ao contrário de como lidei com Ismerelda momentos atrás, não me preocupei em controlar minha força com Michael. Ele merecia sentir meu poder, perceber quem ele contrariou com suas ações descuidadas.

— A Ismerelda pode ser humana e, portanto, estar abaixo de você em posição, mas você não tem o direito de treiná-la. Ela é *minha*. Se eu quiser que ela seja disciplinada ou interrogada, eu cuidarei disso. Não você. *Porque você não tem minha autorização para tocá-la.*

Eu o levantei contra a parede, fazendo suas pernas balançarem.

— Eu te avisei antes para ficar longe da minha *Erosita*, mas você deixou marcas em sua pele delicada. Contusões. Tudo porque sentiu que tinha direito de fazer isso.

Ele começou a balançar a cabeça, o que só me enfureceu ainda mais.

— Eu vi a marca, Michael. Não há como negar o que você fez, nem há desculpa para isso. Fui claro e você me desobedeceu.

Sua mão cobriu a minha e seus olhos começaram a lacrimejar por falta de oxigênio. Mas também não havia tristeza em sua expressão, nem indício de remorso ou pedido de clemência.

Em vez disso, tudo que vi foi raiva. Provavelmente porque ele não conseguia acreditar que eu o puniria por causa de uma humana. Era depreciativo e cruel, mas essa arrogância era precisamente a razão pela qual isso precisava acontecer.

— Ela não é apenas humana — eu o lembrei. — Ela é *minha* humana. Minha escrava. Meu animal de estimação. Meu encargo. Isso a torna superior de uma forma que outros mortais não são, porque *eu sou seu rei*. E não se toca na propriedade de um rei sem permissão.

Eu o soltei pouco antes de ele desmaiar, seu suspiro de dor ecoou pela sala enquanto seus joelhos cederam.

Ele caiu no chão e começou a tossir enquanto seus longos cabelos loiros cobriam seu rosto.

— Não toque nela novamente, Michael. Ou vou tirar seu dom imortal mais rápido do que você consegue piscar.

Prendi seu tornozelo sob meu sapato de couro e o pressionei com todas as minhas forças. Ele gritou, o som rouco e nem de longe tão alto quanto o estalar de seus ossos.

Mas minha fera interior não estava satisfeita.

Eu precisava de *mais*.

Ele me desobedeceu. Tocou minha fêmea. *Marcou-a.*

Quebrei seu outro tornozelo no instante seguinte, depois me inclinei para agarrar seu pescoço e abri a porta com a outra mão.

— Considere este o seu único aviso, Michael. Não me desrespeite novamente tocando em minha propriedade. — Deixei-o cair no corredor e bati a porta.

Era isso ou acabar com ele.

Infelizmente, ele foi útil nas últimas semanas, enquanto eu acordava do meu sono prolongado. Por isso, eu estava disposto a lhe dar essa chance.

Embora isso fosse durar pouco, se ele voltasse a olhar para Ismerelda.

Passando a mão pela camisa, encarei a mulher em questão e encontrei seu olhar felino me observando atentamente.

Havia uma sugestão de algo em suas feições que eu não conseguia definir. Não era medo ou repulsa, nem nasceu de choque ou surpresa.

Inclinei a cabeça, curioso.

— Você não está com medo. — Não era uma pergunta,

mas uma afirmação. — Mas está me olhando de forma estranha. Por quê?

Ela não disse nada por um longo momento, me fazendo querer lembrá-la de nossos papéis aqui. Mas de uma forma muito diferente de como acabei de colocar Michael em seu lugar.

Dei um passo à frente, pronto para começar uma nova lição, quando ela disse:

— Você acabou de me lembrar da noite em que nos conhecemos.

— A noite em que nos conhecemos? — repeti, franzindo a testa.

Ela curvou um pouco os lábios.

— Sim.

— Como nos conhecemos? — Eu não tinha certeza de porque isso importava, mas estava ansioso para saber.

— Você me salvou de ser estuprada por uma gangue — ela respondeu, me chocando profundamente.

— Eu o quê? — Franzi a testa. — Não parece meu estilo. — Eu não era um herói. Também costumava evitar interações humanas, deixando-as entregues à própria sorte sempre que possível. — Por que foi que fiz isso?

Ela riu um pouco e balançou a cabeça.

— Porque você estava me caçando, e eles estavam prestes a contaminar sua refeição.

— Ah. — Isso parecia muito mais razoável.

— Mas eu não senti medo de você — ela continuou. — E isso o intrigou.

Olhei para ela. *Claro. Porque vi a leoa no seu olhar.* A mesma que notei esta noite.

— Eu já sabia sobre vampiros por causa do meu irmão — ela continuou. — Então eu sabia o que você era. Ou o eu pensei que você fosse, pelo menos. Então mencionei o Ryder.

Me aproximei da cama enquanto ouvia, fascinado por aquele encontro do qual não me lembrava.

— E isso mudou tudo — ela concluiu.

— Porque eu não queria prejudicar a propriedade de outro membro da realeza — supus, ciente de como lidaria com uma situação semelhante agora.

Não importava que eu fosse mais antigo e, portanto, tivesse uma classificação mais alta na linhagem do que Ryder. As altercações com outros membros da realeza eram demoradas e sangrentas. Eu não gostaria de arriscar algo assim durante uma refeição.

— Mesmo assim, obviamente fiquei com você. — Enfiei as mãos nos bolsos ao parar ao lado da cama, com as coxas a poucos centímetros do colchão. — Então o que aconteceu?

— Eu te contei sobre minha conexão com Damien e Ryder. E então implorei para você me morder. — Suas bochechas ficaram um pouco vermelhas com suas palavras. — Eu queria saber como seria.

— E eu atendi ao pedido?

Ela bufou, o som me irritando menos do que antes.

— Por muito pouco. Acho que você tomou dois goles da minha veia antes de insistir que eu bebesse de você para me curar.

— Por que eu faria isso?

Ela deu de ombros.

— Porque você estava com medo de me machucar.

— Entendo. — Devo ter tido medo das repercussões com Ryder. Ele transformou o irmão dela, tornando-a parente de sua árvore genealógica. Ele teria sido bastante protetor com ela.

Caramba, provavelmente ainda era, apesar de ela ser minha.

— Então você ficou comigo por meses enquanto esperávamos que Ryder e Damien voltassem. Foi em uma época anterior à existência da tecnologia, por isso não tínhamos muita escolha.

— Eu fiquei com você? — Isso era surpreendente. Talvez eu quisesse discutir algo com Ryder.

— Sim. E continuamos trocando sangue, o que levou a outras coisas. — Seus olhos verdes claros cintilaram com conhecimento íntimo. — E então você me reivindicou.

— Antes de Ryder e Damien retornarem? — Imaginei.

— Sim. Cerca de três semanas antes de eles voltarem para uma visita.

— Como eles reagiram? — Porque eu poderia imaginar que Ryder não ficou satisfeito.

— Como irmãos mais velhos superprotetores — ela murmurou. — Eles ainda agem dessa maneira.

O que implica que matá-la na frente deles seria uma punição adequada por tudo o que fizeram.

Claro, isso também podia me machucar.

Humm, eu teria que repensar isso mais tarde. De preferência, depois de ter desfrutado adequadamente de Ismerelda.

Admirei seus seios nus antes de observar a cintura esbelta e continuar até suas coxas bem torneadas. Meu sangue a curou rapidamente, como deveria, deixando para trás uma mulher renovada, esperando para ser devastada.

Mas como devo tomá-la primeiro? ponderei, minha fera interior ronronando com intenções maliciosas. Ela não absorveu muito da minha essência, mas já tinha o suficiente para atender às minhas exigências.

Era o que eu esperava, de qualquer maneira.

Ela engoliu em seco, chamando minha atenção para sua garganta delicada e de volta para seus olhos. A dilatação de suas pupilas confirmou que ela podia sentir minha fome crescente. E o doce aroma da excitação induzida pelo medo me disse que ela também previu isso.

Eu disse a ela o que esperava quando voltasse para buscá-la. Mas isso aconteceu mais cedo do que eu esperava, com um ligeiro desvio envolvendo um progênie desobediente.

Ele a tocou, pensei, furioso de novo. *Ele tocou minha fêmea.*

Bem, agora eu o apagaria por completo.

Recuperaria cada centímetro dela, por dentro e por fora.

Eu a comeria até que ela não pudesse andar.

Faria com que ela gritasse por horas a fio até ficar rouca.

Queria provar suas lágrimas. Me deleitar com o prazer dela. Forçaria Ismerelda gozar para mim mesmo quando ela não pudesse mais.

E então eu iria destrui-la.

Eu a preencheria com minha essência e garantiria que ela nunca mais pudesse ser tocada por outra pessoa.

Apenas para fazer tudo de novo até que ela sufocasse no meu pau, se afogasse no meu sêmen e acordasse comigo enterrado dentro dela. Transando com ela. Tomando-a. Reivindicando-a.

Era uma necessidade visceral que permiti que ela visse em minha expressão, o predador dentro de mim estava pronto para atacar sua presa desejada.

Isso iria doer.

Porque eu não tinha intenção de me conter.

— Fique de quatro, Ismerelda — disse a ela, pronto para começar. — E é melhor você estar molhada para mim. Porque, pronta ou não, vou pegar o que é meu. Agora.

A mudança chocante na conversa e no tom não pareceu afetar Ismerelda. Porque ela obedeceu, me apresentando a visão sedutora de sua bunda bem torneada enquanto se equilibrava sobre as mãos e os joelhos.

Eu a admirei por trás enquanto desabotoava a camisa, sentindo a boca salivar por prová-la. Meu pau também.

O tecido sussurrou em meu torso quando o puxei dos ombros e o deixei cair no chão. Meus sapatos foram os próximos, depois o cinto, mas parei quando cheguei ao botão da calça.

Algo não está certo.

A posição era perfeita e exatamente o que eu desejava. Ela tinha um cheiro delicioso, como luxúria induzida pelo medo. O vislumbre de sua boceta me disse que ela estava brilhando para mim também.

No entanto, senti um estranho aperto em meu estômago que me impediu de tirar a calça.

Não fazia sentido. Minha besta estava praticamente ofegante por ela, meu pau estava duro e pronto, mas aquela sensação de erro incomodava meus instintos.

Dei um passo para o lado, observando seu corpo de um novo ângulo.

Seus seios estavam firmes e cheios, à espera de que eu os segurasse. Os mamilos também estavam intumescidos e rosados.

Definitivamente excitada. Muito diferente da primeira vez que exigi que ela assumisse essa posição. O que era bom porque eu a queria ansiosa para ser comida. Ansiosa para ser minha. Ansiosa pela minha mordida.

Continuei me movendo, circulando-a como um predador deveria fazer, e parei quando cheguei ao lado oposto da cama.

Os olhos dela.

Era disso que eu precisava.

Aquelas lindas íris verdes, de natureza tão felina e cheias de intenção calculista. Quase como se ela soubesse de algo que eu não sabia. Algum tipo de segredo.

Não, não um segredo.

Um desafio.

Um que o olhar dela me disse que ela pretendia vencer. Sendo que eu não sabia que jogo estávamos jogando. Mas fiquei intrigado em descobrir.

— Venha aqui e tire minha calça — eu disse a ela, querendo seus olhos em mim quase tanto quanto suas mãos.

Ela rastejou para frente e se sentou sobre os calcanhares com os joelhos ligeiramente abertos. Admirei suas coxas e a sugestão de seu monte raspado antes de mudar a atenção de sua barriga lisa para seus seios.

E terminei minha leitura naquelas íris viciantes.

Me senti hipnotizado por ela, totalmente encantado pelo brilho astuto que espreitava naquelas profundezas esmeraldas.

Como não vi isso antes?, me perguntei, fascinado por seu olhar agora. Nem mesmo os dedos dela na minha calça conseguiram me distrair. *Tão encantadora...*

Era por isso que o vínculo *Erosita* era perigoso. Porque tinha que ser destruído. Isso enfraquecia até mesmo os seres mais antigos, como eu.

Mas Ismerelda não venceria esta partida entre nós.

Eu a lembraria de seu lugar – *abaixo de mim*. E olharia para aqueles olhos sedutores enquanto fazia isso.

O som do zíper descendo fez o sangue correr para minha virilha, me deixando incrivelmente mais duro para a mulher diante de mim.

Definitivamente perigoso. Viciante também.

Não fui capaz de tocar em outra mulher desde que acordei. Ismerelda era a única que eu desejava. E não foi por falta de ofertas. Eu tinha um bufê inteiro de virgens de sangue para escolher, e nenhuma me atraiu como ela.

Parte disso era nosso vínculo. Mas eu suspeitava que fosse muito mais profundo que isso. Escolhi essa mulher por um motivo. E mal podia esperar para descobrir o porquê.

Ela avançou, com as mãos nas laterais da minha calça, enquanto a empurrava para baixo até minhas coxas, revelando meu pau à sua vista. No entanto, seus olhos permaneceram nos meus, seu corpo atlético se moveu para o chão para se ajoelhar aos meus pés enquanto ela agia.

Puta merda.

A visão dela ajoelhada diante de mim assim era muito mais atraente do que ela estar de quatro, principalmente porque eu podia ver seu rosto. Sua expressão. E aqueles olhos incríveis.

Era como se eu tivesse sido drogado, minha obsessão por ela aumentava a cada segundo. A cura era simples: comê-la.

Mas não queria me apressar. Queria saborear isso. Satisfazer meus desejos ao máximo. *Finalmente me sentir vivo.*

A expectativa foi inesperada, mas bem-vinda. Assim como o toque suave de Ismerelda em meus membros inferiores enquanto ela puxava minha calça social, junto com minhas meias.

Meu foco foi para sua boca, me fazendo visualizar aqueles lábios carnudos e úmidos em meu pau. Ela me chuparia profundamente enquanto me olhava com aquelas íris felinas. *Sim. Sim, eu quero isso.*

No entanto, também queria prová-la. Corretamente desta vez. Não apenas uma mordida, mas uma amostragem completa.

Temos o resto da noite e o dia todo, pensei, levando a mão à sua cabeça para acariciar seus cabelos macios. *Não há necessidade de apressar nada. Posso transar com ela o quanto quiser de todas as maneiras imagináveis.*

E não tinha que parar.

Ela era minha.

Meu brinquedo.

Minha eterna fonte de sangue.

Minha *Erosita.*

— Você ainda me deve sobremesa — disse a ela, decidindo que esse era o melhor lugar para começarmos. — Quero te devorar você até que você não consiga mais andar.

— E em troca, eu te daria algo para engolir. — Volte para a cama, pequena leoa. Quero que você monte no meu rosto.

Izzy

Apertei as coxas, senti meu sangue esquentar em minhas veias enquanto eu absorvia as palavras de Cam.

— *Quero que você monte no meu rosto.*

Em todo o nosso tempo juntos, Cam nunca disse nada assim. Eu nem percebi que gostaria até que ele pronunciou o comando.

Agora, eu não conseguia parar de repetir isso na minha cabeça enquanto ele deslizava para a cama. Seus músculos flexionavam enquanto ele se movia, me proporcionando uma exibição atraente do homem atlético.

Tanta força e coragem.

Tanta beleza.

Tanta *letalidade*.

E ele queria que eu pressionasse a parte mais delicada de mim contra a parte mais brutal dele.

Engoli em seco.

Cam pretendia me morder novamente. Pude ver isso em sua expressão faminta enquanto ele posicionava a cabeça contra os travesseiros.

Ele vai fazer isso doer? Vai me deixar curar sozinha de novo?

— Quero te devorar até que você não consiga mais andar — ele disse.

Um arrepio percorreu minha espinha. Até onde ele levaria isso?

Seria suficiente para que eu encontrasse uma maneira de quebrar as barreiras mentais entre nossas mentes? Eu duvidava disso.

Mas que escolha eu tinha?

Ele planeja me substituir. Semicerrei os olhos. *Porque foi o que Lilith o programou para fazer.*

Bem, eu o reprogramaria e faria com que ele se lembrasse de mim. Mesmo que doesse fazer isso.

Me levantei e coloquei o joelho na cama, com o olhar fixo no dele. *Você vai ser meu novamente. Eu juro.*

Seus lábios se contraíram, quase como se ele achasse meus pensamentos divertidos. Se ele pudesse realmente ouvir o que eu tinha a dizer, eu o deixaria completamente louco.

Era por isso que eu tinha que tentar quebrar as barreiras entre nós, encontrar um momento de fraqueza no meio da paixão e forçar meu caminho.

Sua expressão me dizia que não seria tão fácil, o predador já preparava sua batalha contra mim quando nem sabia que luta estávamos prestes a vivenciar.

Ele poderia me destruir. Eu sabia disso. Mas me recusava a aceitar seu estado atual. Meu Cam existia em algum lugar dentro deste homem, e nada me impediria de encontrá-lo.

Seu olhar rastreou meus movimentos enquanto eu rastejava em direção a ele na cama. Me senti como uma presa perseguida, plenamente consciente de que estava prestes a ser devorada por um vampiro com dentes afiados.

Meu pulso acelerou a cada centímetro à frente, e minhas

mãos estavam escorregadias de suor. Eu não sabia se estava excitada, com medo ou alguma combinação maluca das duas coisas.

Parei ao lado dele, determinando a melhor maneira de montá-lo.

Uma sobrancelha perfeita se ergueu quando ele perguntou:

— Nervosa, *pequeno cisne?*

Esse carinho sempre soou doce em seus lábios, mas de alguma forma essa versão dele fazia com que parecesse um insulto.

Ou talvez ele quisesse dizer isso como um desafio.

Segurei a cabeceira acima dele e comecei a me mover, mas suas mãos em meus quadris me impediram.

— Vire-se, Ismerelda. Você vai chupar meu pau enquanto bebo da sua boceta.

Pousei as mãos na cama de cada lado dele enquanto ele puxava minha metade inferior para cima. Abri automaticamente os joelhos sobre ele, os travesseiros amortecendo minha postura. Mas nada disso interrompeu as batidas erráticas do meu coração.

Cam nunca me tratou assim.

Ele sempre me dava tempo para me adaptar, para me sentir confortável, para...

Sua língua traçou meu sexo, me fazendo estremecer de surpresa.

— Deliciosa — ele murmurou, deixando meus joelhos fracos.

Era como estar com um novo homem. Alguém que nunca conheci antes. Um *estranho*.

Isso conta como traição? pensei, atordoada acima dele. *Não. Ainda é o Cam. Só... não é a versão que conheço.*

— Humm, talvez você seja mesmo um cisne. — As palavras foram um sopro contra meu clitóris enquanto ele forçava minhas pernas a se abrirem ainda mais, o que me fez montar de verdade em sua boca. — Uma leoa já estaria chupando meu pau.

Ele espalmou minha bunda e passou os dedos pela minha coluna.

— Devo guiá-la? — Seu tom baixo continha uma provocação sutil que parecia ainda mais ameaçadora com sua boca tão perto da minha carne íntima. — É isso que você precisa?

Cravei os dedos na cama de cada lado de seu abdômen enquanto seu toque continuava subindo em direção às minhas omoplatas.

Isso não é novo, eu disse a mim mesma. *Já fizemos isso antes.*

Sendo que eu confiava em Cam para não me machucar. Agora... agora, eu não tinha tanta certeza.

No entanto, algo nisso me excitou. Talvez porque parecesse tão novo. A incerteza da nossa situação acendeu um fogo dentro de mim, me fez querer experimentar esse novo lado de Cam e abraçar seu lado sombrio.

Ser tratada como alguém forte, não delicada.

Ser igual.

Uma ideia maluca, dada a sua idade e existência sobrenatural, mas aqui, no quarto, eu poderia me virar. Poderia deixar esse rei de joelhos.

Porque ele estava realmente permitindo isso, não ditando nosso ritmo ou garantindo que eu me sentisse bem a cada passo do caminho. Esta versão de Cam me dizia o que queria e não media palavras.

Achei sua franqueza quase reconfortante, embora aterrorizante.

Ele quer minha boca nele, pensei enquanto sua mão alcançava minha nuca. *Eu posso fazer isso.*

E o deixaria louco no processo.

Me inclinei antes que ele pudesse me forçar a me mover,

roçando meus lábios na ponta de seu comprimento grosso antes de passar a língua até a base.

Seu corpo flexionou sob o meu, seus dedos apertaram meu pescoço enquanto ele grunhia contra meu centro pulsante.

— *Mais.*

Sorri, a necessidade daquela única palavra encorajou minha confiança.

Isso eu sabia fazer.

Porque embora Cam pudesse não ser o mesmo agora, já dominei seu corpo milhares de vezes antes. E já fazia mais de um século desde que ele experimentou meu toque, minha língua, meus dentes.

Mordi sua carne dura, arrancando um silvo dele – algo que senti bem contra meu ponto sensível. Seu aperto aumentou ainda mais, sua antecipação alimentou meus movimentos e desejo. Eu podia me sentir pingar em sua boca, meu corpo pronto para mais, apesar do prazer que ele me infligiu há poucas horas.

Já faz tanto tempo. *Tempo demais.*

Este podia não ser o reencontro que eu ansiava e fantasiava, mas não impediu meu corpo de reagir ao meu companheiro.

Meu Cam.

Passei os dentes pelo seu pau, de volta à cabeça, e lambi o líquido pré-ejaculatório que esperava por mim ali. Seu gosto era familiar, seu gemido, ainda mais.

Desse ângulo, eu não conseguia ver a crueldade em seu olhar ou as expressões estranhas em seu lindo rosto. Então imaginei os olhares que conhecia e adorava, aqueles que me diziam que eu pertencia a ele para sempre, não importava o que acontecesse.

Essa devoção alimentou o fogo dentro de mim, fazendo minhas coxas apertarem ao redor dele. Ele ainda não tinha me mordido, apenas continuou respirando contra minha pele encharcada, me provocando com a promessa de mais.

Eu o coloquei na boca, decidindo aumentar a aposta neste jogo. O xingamento resultante de Cam vibrou em minha umidade, me fazendo gemer contra seu comprimento duro enquanto o engolia profundamente.

Sim, pensei, me deleitando com o movimento natura, que já fiz tantas vezes antes.

Cam sempre se encaixou perfeitamente em mim. Ou talvez ele tenha ensinado meu corpo a aceitar o sei. Independentemente disso, eu *o* conhecia.

E provei isso com cada toque da minha língua.

— Puta merda, Ismerelda. — Ele entrelaçou os dedos de maneira dolorosa em meu cabelo e levou a mão oposta para minha bunda enquanto sua boca cobria meu clitóris.

Ofeguei com sua espessura, e meu corpo estremeceu em resposta ao seu beijo quente. Eu estava antecipando isso, mas não era nada comparado a sentir.

Ele não se conteve. Me chupou como se eu fosse sua sobremesa. Foi mais forte que o normal, intenso e pontuado pela ameaça de suas presas.

Seu aperto aumentou ainda mais em meu cabelo enquanto ele me forçava a levá-lo mais fundo, sua ansiedade e necessidade eram palpáveis. Não houve cuidado aqui. Nenhuma preocupação em não me machucar. Apenas luxúria pura e não adulterada.

Este era o lado de Cam que ele escondeu de mim, o monstro interior que ele temia que pudesse me machucar.

Liberar aquela parte cruel dele deveria ter me aterrorizado, mas tudo que pude fazer foi abraçá-lo.

Permiti que ele me empurrasse em seu pau, levando-o além do ponto de conforto e tentando não me engasgar com sua dureza.

Estar à sua mercê parecia... natural.

Como se tivéssemos sido feitos para nos encaixarmos dessa maneira, para que eu desse a ele o controle e seguisse sua liderança.

No entanto, isso era diferente de tudo que já fizemos antes, aquela sensação de novidade provocou uma sensação de formigamento dentro de mim.

Uma sensação de formigamento que Cam aprofundou a cada golpe de sua língua.

Os músculos das minhas coxas ficaram tensos, meu foco se dividiu entre dar prazer a ele e o êxtase que estava desencadeando sobre mim.

— Você é viciante, pequena leoa. — Suas palavras reverberaram em meu centro, provocando uma pulsação em minhas veias.

Como já estou perto? pensei.

Então me lembrei do sangue dele.

Ah, caramba...

O sangue vampiro aguçava os sentidos humanos, tornando os mortais ultrassensíveis a tudo. Não admirava que eu estivesse em chamas por ele. Não era apenas o tempo que se passou desde a última vez que experimentei isso, mas o quanto meu corpo estava preparado e pronto estava para explodir por ele.

— Vou passar a noite toda estocando em sua boca. — Ele se moveu para cima para enfatizar seu argumento, fazendo com que eu quase me engasgasse. — Então vou tomar sua boceta. — Ele puxou meu cabelo com força nas pontas. — E depois disso, sua bunda.

Cam mordiscou meu clitóris, provocando um grito meu, um que saiu abafado contra sua excitação quente e foi silenciado quando ele estocou profundamente de novo.

— Cada parte de você pertence a mim — ele ofegou, levantando os quadris da cama enquanto forçava minha cabeça para baixo, estocando minha boca como ele disse.

Relaxei a garganta o melhor que pude, determinada a tomá-lo, a tentá-lo a desmoronar. Porque eu sabia o quanto sua mente se tornava frágil no auge do clímax, o quanto a nossa conexão poderia ser aberta.

Volte para mim, Cam, sussurrei para ele. *Desmorone por mim e lembre-se de mim.*

Seus dentes roçaram meu núcleo.

— É melhor você engolir, Ismerelda — ele ronronou. — Mesmo enquanto grita.

Ele mal me deu um segundo para respirar antes que suas presas afundassem em minha carne delicada, me enviando em espiral para um orgasmo enquanto seu pau estocava em minha boca.

Oh, eu... eu vou... me afogar...

Não havia nada de compassivo nisso. Foi animalesco. Feroz. *Violento*. Porque ele continuou estocando em minha boca enquanto gozava, me deixando sem escolha a não ser engolir enquanto o êxtase roubava minha visão e pensamentos.

Não pude fazer nada além de aguentar, recebendo isso de uma forma diferente de tudo que já experimentei antes. Porque isso... isso não éramos nós. Não era o que fazíamos. Não era como costumávamos fazer amor.

É assim que sua fera transa.

O predador que nunca conheci de verdade.

O vampiro no fundo de sua alma.

Meus pulmões gritavam enquanto eu continuava engolindo, sem ar. Não havia como inspirar, sua cabeça sufocava minha garganta a cada estocada violenta. Sua mão segurou minha cabeça enquanto seus quadris subiam, e meus olhos se encheram de lágrimas.

Eu estava cega.

Perdida em uma nuvem de prazer.

E me afogando em um mar de pecado.

Cam, murmurei, tentando desesperadamente passar pela parede entre nós. Mas era muito espessa, impenetrável.

Isso não é... Nós normalmente não... ofeguei, apenas para ser forçada a engolir mais.

Ele ainda estava gozando.

Assim como eu, suas presas se alojaram profundamente em minha carne e exigiram que eu me submetesse mais. Outro clímax. Uma penetração mais profunda. Sem oxigênio.

Minha visão ficou turva.

Meus pulmões queimaram.

Meu estômago se apertou quando o êxtase seduziu meu ser.

Nada fazia sentido, meu controle desapareceu quando ele assumiu o comando. Eu era apenas um brinquedo. Um ser para ele transar. Usar. E ele era um animal que liberava mais de um século de *necessidades*.

Ofeguei quando minhas costas bateram no colchão e meu mundo mudou inesperadamente. Meu peito chorou de alegria pela fonte de vida recém-descoberta, minha garganta se moveu com avidez a cada inspiração forte. Mas então tudo mudou mais uma vez, minha cabeça virou de cabeça para baixo...

Não, não de cabeça para baixo. Não exatamente.

Logo ao lado do colchão.

Eu não...

O pau de Cam penetrou minha boca novamente, entrando e fazendo minha respiração falhar mais uma vez.

Puta merda... Ele me deixou pendurada na lateral da cama, com os pés no chão enquanto estocava minha boca com vigor renovado.

Me engasguei, o ângulo era demais, e meu corpo ainda não estava pronto para mais.

Mas não havia como pará-lo, nem mesmo com as unhas cravadas em suas coxas – algo que não percebi que estava fazendo até agora. Na verdade, isso só o deixou mais agressivo, sua voz pairou sobre mim enquanto ele pronunciava tudo o que queria fazer comigo.

— Você vai engolir mais — ele me disse. — Muito mais. — Sua boca estava no meu sexo novamente, fazendo com que me contorcesse em protesto, meu interior não estava pronto.

— E eu também. — Suas presas me morderam novamente, me enviando em uma espiral profunda de obscuridade.

Foi... foi bom.

Mas doeu.

Era demais.

Ainda não.

Seu sangue, pensei, delirante. *Seu sangue está me curando mesmo enquanto ele está me matando.*

Isso me manteve consciente. Desperta. Me torturando com lambidas de extrema gratificação seguidas de uma agonia deliciosa.

Tentei dizer seu nome, implorar por um minuto para que ele se recuperasse, mas saiu distorcido em seu comprimento longo, a cabeça alojada profundamente em minha garganta a cada estocar de seus quadris.

Isso mataria uma humana normal, pensei. *Ou pelo menos quebraria algo dentro dela.*

Mas eu... eu não era uma humana normal. Minha alma estava ligada a um ser antigo, e esse ser antigo me deu um pouco de sua essência há cerca de uma hora.

Isso contaminou tudo.

Me tornou mais durável.

No entanto, não impediu que sentisse dor.

Não me impediu de ficar com medo, preocupada com as maneiras terríveis pelas quais esse homem poderia realmente me prejudicar. *Ele não é meu Cam, mesmo que seja ele.* Era uma ideia aterrorizante, que me deixou tonta quando seu pau começou a ter espasmos novamente.

Já? pensei. *Ou já passou muito tempo?*

Eu não conseguia acompanhar nossos movimentos, minha mente estava perdida em uma nuvem orgástica. Ainda assim, tentei engolir. Ou pensei que sim. Meu corpo não tinha muita escolha. Era isso ou me afogar em seu sêmen.

Cam...

Nada, ainda. Aquela parede... ela... nunca seria violada.

Passei mais de cem anos tentando falar com meu companheiro. Mas nada funcionou.

Nem mesmo isso.

Uma lágrima escapou dos meus olhos, esta nascida de uma dor emocional e não física. Porém, desapareceu entre as outras, meu rosto encharcado de tanto chorar enquanto ele usava minha boca como se fosse um buraco sem fim, sem se importar com o fato de que eu precisava dela para respirar.

Meus membros estavam dormentes por falta de oxigênio. Ou talvez devido a sua violência.

Posso sangrar assim? me perguntei. Ele não estava se alimentando da minha artéria, mas certamente estava se alimentando entre minhas coxas.

Eu não conseguia mais sentir meu clitóris.

Uma bênção, imaginei.

Exceto que este era Cam. O amor da minha existência. Aquele que deveria me proteger. Me valorizar. Me fazer sentir como uma rainha.

Mas não havia nada de *majestoso* nisso.

Ele está me matando de novo. Seu sangue permitiria isso? Ou me levaria ao limite e me forçaria a uma recuperação difícil enquanto estivesse acordado?

Estremeci com o pensamento, fechei os olhos e imaginei a possibilidade mórbida.

Tudo parecia frio. Muito pesado. *Isso dói.*

Meus pulmões pareciam gelo, o ar escorria através de

pontadas agudas de dor que me faziam estremecer a cada inspiração. Então algo quente tocou minha garganta.

Cam está gozando de novo? pensei, desorientada e quase destruída.

Eu queria encontrar um caminho para sua mente. Em vez disso, ele fodeu com a minha. Me fazendo pensar que seria muito fácil inspirar suas memórias sobre mim, tirar meu Cam de qualquer buraco em que Lilith o enterrou.

Eu estava errada. Muito errada.

Talvez tenha sido vê-lo machucar Michael que inspirou minha confiança. Ele me defendeu de certa forma, mostrando seu lado possessivo por tempo suficiente para despertar um toque de otimismo em meu coração.

Mas esse otimismo desapareceu.

Perdido no mar com minha dignidade.

Eu o encontraria novamente, presumindo que sobrevivesse.

A dormência assumiu o controle, me jogando em um mundo de escuridão. *Sim, ele está me matando.* Eu tinha mais alguns minutos antes do final.

Então eu acordaria.

Só para experimentar esse inferno novamente...

CAM

— Você é INCRÍVEL — murmurei, roçando os dedos no cabelo de Ismerelda enquanto mantinha a outra mão perto de sua boca, com o pulso aberto pressionado contra seus lábios.

Ela não conseguia me ouvir, principalmente porque eu a persuadi a entrar em estado de sono para ajudá-la na cura.

Não sabia por que me senti compelido a fazer isso, mas parecia certo. Ismerelda não merecia sofrer, ainda mais depois do imenso prazer que acabou de proporcionar ao meu ser.

Havia também o benefício de ela se recuperar mais rápido para que pudéssemos continuar transando... e foi por isso que continuei a dizer a mim mesmo para consolar a parte de mim que se preocupava em ser muito indulgente com minha *Erosita*.

Ela era minha por um motivo.

Garantir a sua reabilitação completa fazia sentido, pois me

beneficiava. Quanto mais saudável minha *Erosita* estivesse, mais eu poderia brincar com ela.

O fato de curá-la também me fazer sentir bem não vinha ao caso.

— Eu deveria ter lhe dado um minuto para se recuperar — admiti, analisando nosso reencontro inicial e determinando onde cometi o erro. — Já faz um tempo desde a última vez que transei com uma humana. Obviamente. E me esqueci do quanto sua espécie pode ser vulnerável.

Se Ismerelda fosse verdadeiramente mortal, eu a teria matado com algumas dessas estocadas, seja quebrando seu pescoço de maneira acidental ou fazendo-a sufocar em meu pau.

Já fiz isso várias vezes na minha juventude. Antes de aprender como lidar com minha força.

Mas já fazia muito tempo que não experimentava os prazeres de uma fêmea, da *minha* fêmea, e o controle que eu tinha sobre minha besta se rompeu no momento em que entrei em sua boca. Precisava marcá-la de dentro para fora, derramar minha essência dentro dela e exigir que ela aceitasse tudo o que eu tinha para dar.

O que ela fez.

— Porque você é perfeita — pensei em voz alta. — É por isso que te mantive. — Pelo fato de que ela poderia lidar com meu tipo de brutalidade repetidas vezes. — Uma verdadeira leoa.

Afastei o pulso de sua boca, certo de que lhe dei sangue mais do que suficiente para acelerar sua recuperação.

— Durma — murmurei, meu comando a embalou em um estado mais profundo de inconsciência.

Eu a mantive propositalmente no limite da consciência para garantir que ela engolisse minha essência sem se engasgar, mas agora, queria que ela realmente descansasse.

Pelo menos até que meu sangue agisse.

Depois disso, eu transaria com ela novamente.

E de novo.

Até que ela não pudesse andar.

Me afastei da bagunça de cobertores, e fui até a cozinha para me servir de uma bebida. O vinho tinto carecia do toque especial de Ismerelda, o que me fez olhar para ela na cama.

Eu montei um quarto só para ela, mas não tinha vontade de exigir que ela o usasse. Estranho como um dia podia mudar minha perspectiva. Mas ela ficava bem nos meus lençóis, com o cabelo loiro espalhado sobre o tecido preto, a tez macia corando com os efeitos do meu sangue.

Humm, deliciosa, pensei, admirando seus seios expostos. *Se cure mais rápido, pequena leoa. Estou com fome de...*

Uma batida ecoou, a fonte vindo da porta da frente.

Curvei os lábios com a intrusão. Fui muito claro com Michael: nada de interrupções. Então, ou minha progênie desejava morrer ou alguém decidiu enfrentar minha presença.

Coloquei o vinho na mesa, voltei para a cama para pegar a boxer do chão e vesti-la. Depois, puxei o cobertor sobre os seios de Ismerelda, não querendo que mais ninguém apreciasse a vista.

Quando fui em direção à porta, contraí o nariz com o cheiro familiar da mulher esperando no corredor.

Não era Michael.

Mas eu não tinha certeza se a permanência da intrusa era muito melhor.

Abri a porta para revelar Mira. Arqueei a sobrancelha em questão e entreabri a boca. Disse a ela para não me procurar até que tivesse um novo plano de segurança em vigor para garantir que os Abençoados não pudessem escapar.

E eu duvidava muito que esse plano já estivesse em vigor.

Me encostei na porta e cruzei os braços, deixando claro com minha postura que Mira não foi convidada a entrar.

— Sinto muito incomodá-lo, meu soberano — ela

começou. — Mas precisamos discutir a reunião que Lilith marcou. Será dentro de três dias e, para ser franca, meu rei, não estamos prontos para abordar a aliança. Não com todos os problemas de segurança e conectividade.

Bem, pelo menos ela foi direto ao ponto.

— Presumo que você tenha uma sugestão?

— Tenho. Acho que você deveria pré-gravar um anúncio sobre seu retorno e avisar a aliança que vamos remarcar a reunião para a próxima semana. Levarei pessoalmente essa mensagem para a Cidade de Lilith, onde ela poderá ser divulgada para a aliança.

— Entendo. — Eu a considerei por um momento, ainda não compreendendo sua lógica. — Existe um plano para resolver nossas atuais preocupações de segurança?

Porque eu duvidava muito que isso fosse resolvido nas últimas horas.

Caramba, eles provavelmente nem tinham terminado de capturar todos que escaparam durante o apagão. E mesmo que tivessem concluído essa parte, ainda estariam ocupados tentando conter todos eles.

Mira tensionou a mandíbula.

— Não, meu soberano. Não existem protocolos para essa falha, pois não foi prevista pela gestão anterior.

— Você quer dizer Lilith.

— Sim. — Uma resposta direta, com uma pontada de aborrecimento.

Provavelmente porque encarreguei Mira de resolver as questões deixadas pela outra mulher.

Ou talvez ela estivesse tão irritada com as falhas de Lilith quanto eu.

— Mas é por isso que estou sugerindo adiarmos a reunião — ela continuou. — Dado tudo o que testemunhei lá embaixo, não estamos prontos para abordar a aliança.

Normalmente, eu salientaria que não cabia a ela tomar

essa decisão. Mas, neste caso, concordei com ela. E apreciei sua avaliação franca.

Contudo, discordei de um ponto.

— Por que você precisa ir à Cidade de Lilith para divulgar a mensagem? Certamente você poderia trabalhar com Helias, Sofia ou Hazel, certo?

Todas as suas regiões faziam fronteira com a antiga Itália, tornando-as muito mais próximas do que a Cidade de Lilith, anteriormente conhecida como Chicago.

Ela pareceu pensativa por um momento, depois assentiu.

— Acredito que sim. — Ela pronunciou as palavras lentamente, me fazendo arquear uma sobrancelha.

— Você parece insegura.

Ela deu de ombros.

— Passei mais de um século desempenhando o papel de companheira obediente de Luka. Realmente não me ocorreu que eu poderia me aventurar no território de outro membro da realeza em seu nome, ou que poderia permitir que minha verdadeira identidade se tornasse conhecida.

Hum, pensei.

— Todos pensam que você é uma lycan normal.

— Sim, verdade. — Ela franziu a testa. — Embora, a notícia da minha verdadeira natureza provavelmente esteja se espalhando agora que Jace e Darius descobriram meu segredo.

— Mais uma das falhas de segurança de Lilith — murmurei, pensando na facilidade com que Jace e sua nova *Erosita* violaram os protocolos de segurança nos vários bunkers.

Claro, Damien os estava ajudando. Mas ele teve sucesso principalmente porque conseguiu invadir o telefone de Lilith.

O que sugeria que seus protocolos não eram tão robustos.

Ou ele é simplesmente bom.

Independentemente disso, confirmou que as operações de Lilith tinham pontos fracos.

E eu não gostava de fraquezas.

No entanto, dado que não havia muito que eu pudesse fazer sobre as falhas dela, optei por usar a situação a meu favor e permiti que a curiosidade de Jace se manifestasse. Esperava que isso o ajudasse a entender nosso propósito aqui, e talvez o convencesse a ficar do nosso lado.

Só que ele permitiu que *Calina*, sua *Erosita*, dirigisse a busca.

A fêmea se concentrou principalmente em sua história de origem, aquela que a informava que ela era o produto do espermatozoide de Michael e do óvulo de Mira, tornando-a assim uma raça única de ser humano imortal.

Pena que Lilith não tenha conseguido replicar esse experimento em outros testes.

Algo sobre a substituta de sangue dourado foi fundamental no nascimento de Calina.

Infelizmente, meus irmãos mataram todos os mortais de sangue dourado restantes no mundo. Os únicos que restaram com uma disposição genética semelhante eram as virgens de sangue.

Saborosas, sim.

Candidatas apropriadas para nascerem imortais, não.

Daí a razão pela qual passamos para os Abençoados.

— Se eu for acima do solo, poderei me conectar a um satélite e abrir comunicações com um dos membros da realeza próximos. Gostaria que eu fizesse isso? — Mira perguntou.

— Qual membro da realeza você contataria? — perguntei, curioso para saber quem ela consideraria confiável nesta situação. Eu tinha minhas próprias opiniões baseadas nos registros de Lilith, mas Mira poderia ter uma perspectiva revigorante.

— Helias — ela respondeu sem hesitação. — Ele vai apreciar o golpe em seu ego.

— E Hazel? — pressionei.

— Hazel nunca aprovou o reinado de Lilith — Mira respondeu. — Eu não confiaria nela para isso.

— E quanto a Sofia?

— Ela é uma desconhecida. Semelhante a Khalid e Naomi.

Assenti. Isso correspondia à minha compreensão dos relatórios de Lilith. Claro, eu precisaria me reunir com todos os outros membros da realeza para avaliar adequadamente sua lealdade. Apenas a lealdade de Kylan, Ryder e Jace era verdadeiramente conhecida, seus laços com a mentalidade revolucionária eram absolutos.

Os lycans exigiriam outra avaliação.

Incluindo a que está na minha frente, pensei, meu olhar vagando pela forma atlética de Mira. Em vez de comentar, me afastei da porta e entrei, deixando a entrada aberta para ela me seguir.

Ela provou ser um tanto útil, sua perspectiva e abordagem rivalizavam com as minhas. *Talvez eu a teste um pouco mais*, pensei, entrando na cozinha para me servir de outra taça de vinho tinto. Era a marca que Ismerelda alegou que eu gostaria e, bem, ela não estava errada. Tinha um toque que eu preferia.

Embora não fosse nada comparado ao sangue dela. Esse era um sabor totalmente diferente. *Doce. Intoxicante. Meu.*

Suspirando, levei a taça aos lábios e olhei para a loira sedutora na minha cama. Sua respiração regular me disse que ela ainda estava descansando, mas senti uma ligeira mudança em seus batimentos cardíacos, o que sugeria que ela estava prestes a se mexer.

Bom. Podemos continuar de onde paramos.

Mas, nesse ínterim, eu jogaria um jogo com a lycan parada na minha sala.

— Você preparou um discurso para mim? — perguntei a ela, me referindo à mensagem que ela propôs que divulgássemos para a aliança.

As sobrancelhas claras de Mira se abaixaram, seus olhos gelados semicerraram.

— Não. Só vim para expressar minha sugestão, meu soberano. Eu nunca teria a pretensão de falar em seu nome.

Hum.

— Certo — murmurei. — No entanto, a Lilith faria isso.

A lycan se irritou com isso.

— Eu não sou Lilith.

— Não, você certamente não é Lilith. — Tomei outro gole do vinho, com o olhar fixo no da lycan, enquanto considerava nossa situação atual e seu valor potencial.

Até agora, ela provou ser útil. Ela manteve minha *Erosita* segura e a entregou a meu pedido. Mira também conseguiu manter sua lealdade em segredo por mais de cem anos, alimentando Lilith com detalhes dignos da crescente rebelião, mantendo sua posição sem falhar.

E agora ela estava parada em silêncio na área de estar, aguardando orientação como um bom soldadinho.

No entanto, pude ver o brilho calculista em seu olhar gelado.

Algo nela incomodava meus instintos, tornando difícil confiar, apesar de todas as evidências favoráveis que indicavam sua lealdade inquestionável.

Hum. O quanto ela será sincera comigo? Será direta ou irá jogar jogos de palavras?

Só há uma maneira de descobrir...

CAM

— Me dê sua avaliação franca sobre a operação aqui e o que você faria de diferente. — Expressei as palavras como uma exigência, não como um pedido.

Mira não reagiu à minha ligeira mudança de assunto, sua expressão ficou pensativa.

— Bem, a infraestrutura é sólida.

Arqueei uma sobrancelha.

— Que significa?

— Que foi inteligente construir todos os túneis de pesquisa sob as catacumbas. Este não é apenas considerado território neutro, mas também sagrado. Ninguém pensaria em procurar aqui. E, mesmo que o fizessem, seria difícil arrombar fisicamente sem que ninguém percebesse.

— É verdade — concordei. Era um local estratégico, mas também significativo, pois era onde todos os Abençoados descansavam. Mas não estávamos aqui para celebrar o seu sono eterno. Estávamos aqui para garantir nossa existência eterna.

Ainda assim, era um local simbólico, fundado no poder.

Assim, fazia sentido fazermos desta a nossa sede de investigação.

— Dito isso, Lilith empregou Vigílias humanos. — Mira expressou a declaração com uma pontada de aborrecimento.

Bebi o vinho, esperando que ela continuasse enquanto o predador dentro de mim monitorava a frequência cardíaca da *humana* na sala.

O pulso de Ismerelda acelerou um pouco mais, confirmando que eu estava certo sobre ela começar a se mexer. Eu poderia obrigá-la a continuar dormindo, mas queria que ela acordasse o mais rápido possível.

Porque, acordada ou não, eu pretendia transar com ela assim que Mira saísse do quarto.

Fiz um gesto para que Mira continuasse, ansioso para ouvir sua avaliação completa. Rápido, de preferência, pois eu tinha planos mais intrigantes para realizar.

Mira me lançou um olhar que me disse que achava que sua afirmação deveria ser mais óbvia. E embora fosse, eu queria que ela explicasse de qualquer maneira.

— Entendo o uso da posição de Vigília para dar aos mortais uma meta competitiva a ser alcançada — ela afirmou.

— Mas os humanos são frágeis demais para serem usados como guardas nos bunkers e aqui no centro da nossa operação.

Em vez de concordar, simplesmente terminei o vinho.

— Além disso, o empreendimento depende muito de tecnologia — acrescentou. — Como estamos descobrindo, essa tecnologia pode ser facilmente manipulada. Também pode revelar muito. Quero dizer, todas as facetas da infraestrutura estão sendo gravadas em logs. E se Damien os acessou?

— Ainda não sabemos se é o Damien — lembrei a ela.

— É o Damien — ela respondeu, seu tom confiante. — Estou certa disso. Mas quem é realmente não importa. O cerne da questão aqui é até que ponto nossa segurança depende da tecnologia para funcionar corretamente. E como dependemos dos *humanos* para nos protegermos adequadamente. É uma grande deficiência que precisa ser corrigida.

Hum. Era uma avaliação lógica. E franca também.

— Então, o que você sugeriria, Mira?

— Diminuir a vigilância, por exemplo — ela respondeu de pronto. — Monitorar as virgens de sangue faz sentido. Monitorar nossos experimentos com os Abençoados, não. Esse é um segredo que não queremos revelar tão cedo. Então, por que estamos gravando? Por que nos tornarmos vulneráveis dessa forma?

— Porque a Lilith documentou tudo. — Principalmente para me manter informado quando eu acordasse, mas Mira certamente tinha razão sobre a vulnerabilidade de confiar na tecnologia para proteger nossos segredos.

— Talvez ela não devesse ter documentado tudo — Mira murmurou. — Se aqueles vídeos do que ela estava fazendo com os lycans forem divulgados...

Balancei a cabeça, ciente do que ela queria dizer.

— Será uma reunião muito estressante com a aliança.

Claro, Jace e Darius já viram algumas dessas gravações. Seria apenas uma questão de tempo até que compartilhassem com outras pessoas, algo que provavelmente levaria a mais rebeliões.

A menos que eu pudesse convencê-los a apoiar a nossa causa, de qualquer maneira.

Um feito que exigirá alguma persuasão.

Felizmente, a maioria dos meus irmãos vampiros não se

importaria com os experimentos com lycans. Os lobos, no entanto, sim. E ficariam furiosos.

O que resultaria na necessidade de lembrar aos lycans de seu lugar em nossa hierarquia sobrenatural.

— Você pediu minha avaliação e o que eu faria. — Mira prendeu seu olhar no meu. — Eu diminuiria a vigilância, especificamente em torno dos nossos experimentos mais sensíveis. Pararia de depender apenas da tecnologia para fornecer segurança. E traria recursos sobrenaturais confiáveis adicionais para ajudar a proteger as instalações.

Todas essas eram boas ideias, exceto...

— Esse último ponto não será fácil de fazer até que examinemos adequadamente nossos aliados.

Ela inclinou a cabeça concordando.

— Sim. E para adquirir esses aliados, precisamos apresentar resultados positivos.

— O que não temos.

A lycan inclinou o queixo mais uma vez.

— Infelizmente, não acho que isso vá mudar nos próximos dias. Também não poderemos acordar o Fen até que tenhamos uma cela adequada para colocá-lo, uma que tenha porta de verdade, e que não seja controlada por tecnologia insegura.

Concordei com tudo o que ela estava dizendo, mas em vez de demonstrar, fui até a cozinha para colocar a taça de vinho vazia na pia.

— É por isso que recomendo adiar a reunião. Precisamos de uma apresentação mais forte para a aliança, meu soberano. Uma que ajudará a explicar alguns dos experimentos mais desagradáveis de Lilith.

— Como os testes dos lycans — traduzi.

— Sim. — Foi uma resposta contundente, mas aquela única palavra continha uma pontada de desgosto. —

Precisamos de algo para mostrar, algo que valide nossos esforços aqui.

— Algo que eles possam apoiar, mesmo ao custo de vidas de lycans — concluí. — Sim, eu concordo.

— Então você concorda que uma mensagem de vídeo deve ser divulgada?

— Não acho que um vídeo seja necessário. Uma simples comunicação escrita deve ser suficiente. — Inspiraria curiosidade e medo, duas emoções que serviriam bem para o meu reencontro com a aliança. — Basta enviar um aviso de que a reunião foi adiada por uma semana. Isso nos dará dez dias para resolver nossos problemas aqui. A menos que você ache que precisamos de mais tempo?

— Dez dias deveriam ser suficientes para reforçar as nossas operações, mas duvido que até lá teremos uma solução viável para a questão da imortalidade humana. No entanto, nos dará tempo para apresentar nossas descobertas de uma forma mais construtiva.

— Ou não vamos apresentá-las — retruquei. — O foco da reunião será o meu despertar e o retorno ao poder. Eu poderia afirmar que ainda estou revisando o trabalho de Lilith em minha ausência e apresentarei seus esforços posteriormente.

— E como você lidaria com os rebeldes, como Ryder e Jace?

Sorri.

— Tenho cuidado do meu primo há milênios. Quanto a Ryder... — Olhei para Ismerelda. — Suspeito que o relacionamento dele com o irmão da minha *Erosita* irá me proporcionar uma vantagem no que diz respeito a ele.

A mulher na cama não se moveu nem respondeu, mas sua frequência cardíaca aumentou um pouco mais nos últimos minutos, confirmando que ela estava prestes a acordar.

Hora de ir, pensei enquanto voltava meu foco para Mira.

— Há mais alguma coisa que você deseja discutir?

Ela me considerou por um momento, seu olhar me dizendo que havia vários itens em sua mente. No entanto, ela balançou a cabeça, agindo de maneira inteligente.

— Não, meu soberano. Aguardarei sua comunicação e depois marcarei uma visita ao Príncipe Helias.

— Bom. Vou redigir algo para você até meia-noite. Planeje partir então. — Isso lhe daria metade do dia para tomar providências enquanto eu me familiarizava com minha *Erosita*.

Um anúncio sobre uma mudança de data não exigiria muita atenção para ser preparado.

O que significava que eu poderia passar a maior parte do dia transando com Ismerelda.

— Quanto aos nossos procedimentos aqui, delete as transmissões que monitoram os Abençoados e realoque os guardas vampiros para proteger nossos bens. Os Vigílias podem vigiar as virgens de sangue e garantir que permaneçam na linha. Apenas mantenha alguns de nossa espécie no local para supervisionar a operação.

Não era uma solução perfeita, já que não tínhamos muitos guardas vampiros, mas teria que ser suficiente por enquanto.

Fui em direção à cama, dispensando Mira sem dizer mais nada. Mas a lycan permaneceu perto da porta, seu cheiro irritando meu predador interior. Principalmente porque eu não estava com disposição para uma audiência. Queria brincar com minha *Erosita* em particular.

— Sim? — perguntei, parando ao lado da beleza escondida debaixo das cobertas.

— Eu tenho uma questão. — A curiosidade no tom de Mira me fez girar parcialmente em direção a ela e arquear a sobrancelha em interesse silencioso. — O objetivo da nossa operação é criar brinquedos de sangue imortais que possam substituir o vínculo *Erosita*. E sei que você passou algum tempo com as candidatas em potencial, as virgens de sangue, logo após acordar.

Me encostei no poste da cama, esperando que ela respondesse à sua suposta pergunta.

— Então agora que você se familiarizou com sua *Erosita*... — Ela parou, seu foco mudando de mim para a loira na cama. Talvez porque ela tenha ouvido a leve inspiração como eu acabei de ouvir, um sinal que confirmou que Ismerelda estava acordada ou começando a despertar.

Já era hora, pensei, seu pulso estava estável pelo que parecia ser uma hora agora.

Mira pigarreou.

— Bem, estou me perguntando, como as virgens de sangue se comparam à sua *Erosita*? Sexualmente, quero dizer.

Isso me fez arquear mais a sobrancelha.

— Você está curiosa sobre minha gratificação?

Os batimentos cardíacos de Ismerelda aumentaram ainda mais. *Definitivamente acordada. E provavelmente agora pensando em nossa gratificação mútua de uma hora atrás.*

— Não. — Os lábios carnudos de Mira se torceram para o lado. — Estou curiosa para saber se o programa de virgem de sangue é adequado ou se precisa de melhorias. Elas são treinadas para se destacarem além do conjunto de habilidades de *Erositas*. Então estou perguntando se as virgens de sangue que você provou atendem ou superam as capacidades da sua *Erosita*, ou elas precisam de trabalho?

Ah. Isso fazia mais sentido.

Infelizmente, não consegui dar uma resposta razoável, pois não tinha provado as ofertas na semana passada. Apenas usei as virgens de sangue para sustento, não para sexo. Elas não me atraíram.

Pelo menos, não como a beleza em minha cama.

Provavelmente foi uma consequência do nosso antigo

vínculo. Meu corpo parecia ser incapaz de atuar fisicamente perto de qualquer pessoa que não fosse Ismerelda.

Infelizmente, eu não poderia admitir isso em voz alta.

Minha atração pela minha *Erosita* era uma fraqueza, que eu pretendia matar. Mas não ainda.

O que significava que eu tinha que agir com cuidado agora, já que não podia permitir que ninguém descobrisse essa falha.

— Ainda estou avaliando — disse a Mira. — Depois que eu me familiarizar completamente com minha *Erosita*, contarei a você como as virgens de sangue se comparam.

Mira me considerou por um momento e assentiu, aparentemente satisfeita com minha resposta.

— Por favor, faça. Enquanto isso, trabalharei com nossas equipes técnicas e de segurança para fazer as alterações apropriadas.

— Bom. — Eu a dispensei novamente em favor da loira na minha cama.

Desta vez Mira não fez comentários, ela simplesmente saiu.

Esperei que Ismerelda se movesse, mas ela permaneceu imóvel.

— Humm — murmurei, intrigado com o jogo que ela estava tentando jogar. Ela parecia estar fingindo dormir. Mas eu não tinha ideia do porquê.

— Posso ouvir seu coração bater — murmurei enquanto tirava a cueca. — Sei que você está acordada.

Silêncio.

Curvei os lábios.

— Quer que eu prove o quanto você está acordada, *pequeno cisne*? — perguntei enquanto me deitei na cama atrás dela.

Nada ainda. Nem mesmo a provocação em meu tom

quando pronunciei aquele apelido ridículo – ou talvez *apropriado* – provocou uma reação.

Pressionei a ereção crescente em seu traseiro, amando a forma como suas curvas naturais amorteciam minha dureza. *Tão perfeito.* Eu mal podia esperar para tomá-la aqui. Incliná-la, possuir cada pedaço dela, reivindicá-la como *minha.*

Mas primeiro eu queria a sua boceta.

Em inúmeras posições.

Por trás. Pela frente. De lado.

Se ela quisesse fingir que estava dormindo, eu permitiria. Porque fazê-la gritar seria muito mais emocionante.

— Vamos ver quanto tempo você consegue ficar quieta — sussurrei em seu ouvido, levando a mão ao seu quadril. — Quanto mais você fingir, mais te recompensarei.

Meus lábios desceram até seu pescoço, meus incisivos afiados roçando seu pulso agora acelerado.

O cheiro do medo aqueceu meus sentidos, me fazendo querer morder. Provar. *Marcar.*

Havia algo mais naquele aroma. Algo afiado. Uma emoção que não consegui definir. Não exatamente excitação, mas perto. Paixão. Intensa. *Sedutora.*

Inspirei profundamente, fechando os olhos.

Segurá-la assim me deu muitas ideias. Tomá-la enquanto ela dormia. Acordá-la com um orgasmo para transar com ela até gozar mais uma vez.

Deuses, eu precisava dessa mulher. Doía, esse desejo era tão avassalador que quase quis desistir do controle e deixar minha fera dominar.

Ela é minha, meu predador interior parecia sussurrar. *Me deixe ficar com ela. Me deixe transar com ela.*

Mordi o pulso furioso de Ismerelda, com meu pau rígido e pronto contra sua bunda.

Prepará-la seria inútil. Seu corpo foi feito para o meu,

escravizado às minhas necessidades, moldado para suportar meu tipo de agressão.

Além disso, já havíamos feito um aquecimento com a boca.

Agora era hora de *transar*, de senti-la por dentro, de vencer essa tola batalha silenciosa, fazendo-a gritar.

Passei o braço por baixo dela e alcancei sua garganta enquanto minha mão oposta deslizava de seu quadril para seu calor escorregadio. Ela já estava molhada para mim, seus intermináveis orgasmos anteriores a deixaram preparada e pronta para meu pau. Assim como ela deveria estar.

Seu pulso cantava sob minha boca, mas ela não emitiu nenhum som. Ela nem se mexeu.

Testei sua determinação pressionando o polegar contra seu clitóris. Sua bunda flexionou sutilmente contra mim, mas fora isso, ela não reagiu.

Meu predador interior rosnou em aprovação, esse jogo lembrava a busca de uma presa. Caçando uma marca. *Forçando* uma reação. Jantando com o medo e a excitação de uma vítima.

Deuses, eu estava tão duro para ela. Pronto para tomar. Marcar. *Reivindicar*.

Tudo nela me chamava, desde seu perfume até suas curvas deliciosas, até a maneira como ela parecia desejar desafio e sua subserviência agradável.

Eu estava bêbado por ela.

Tão perigoso.

Tão consumidor.

Tenho que matá-la.

Mas ainda não...

Eu poderia jogar. Provar. *Comer.*

Já me entreguei a ela há mil anos. O que seriam mais alguns dias, semanas ou meses? Nada. Apenas uma maneira de tirá-la de mim para sempre.

E potencialmente usá-la para ensinar uma lição a Ryder e sua progênie.

Mantê-la era prático. Uma decisão que me proporcionou algum prazer nesse ínterim, ao mesmo tempo que serviu a um propósito a longo prazo.

Afastei a mão de seu sexo para agarrar sua coxa, puxando sua perna para trás sobre a minha.

— É hora de você rugir, pequena leoa — sussurrei para ela, movendo os quadris contra os dela para me alinhar com sua entrada molhada.

Sua boceta parecia um beijo quente contra meu pau, fazendo com que minhas bolas apertassem enquanto eu a penetrava, a sensação que ameaçava meu autocontrole. Instintos selvagens agarraram minha restrição, me incitando a deixar meu predador interior livre.

Me deixe ficar com ela, a fera rosnou. *Me deixe pegar o que é meu*.

Sua boceta era tão boa. Boa demais. Eu não conseguia pensar. Eu só poderia estar. Só poderia reivindicar. Profundamente. Por completo. De um jeito *delicioso*.

E, *puta merda*, ela estava apertada. Moldada perfeitamente para mim. Apertando meu pau com uma agressividade que admirei. Me possuindo por inteiro. Me permitindo sentir em paz pela primeira vez desde que acordei.

Deve ser por isso que a mantive, pensei, totalmente perdido no prazer que subia e descia pela minha espinha. Eu mal estava me movendo, apenas abraçando o calor, me entregando à sua perfeição.

Enterrei minha cabeça em seu pescoço, com os lábios pressionados firmemente em seu pulso agora acelerado.

Se Ismerelda se encolheu quando entrei nela, eu não tinha certeza. Estava muito consumido pela nossa conexão íntima para perceber. Mas, além de um pequeno suspiro, ela permaneceu quieta, a forma tensa pressionada firmemente contra a minha.

Sua coxa apertou sob minha palma. Minha leoa queria que eu me movesse, sentisse meu poder, me perdesse em um prazer que não experimentávamos há mais de cem anos. Eu podia sentir isso na maneira como ela se apertava ao meu redor, exigindo ação.

Exigindo que eu atuasse.

Exigindo que eu a possuísse. A marcasse. Lembrasse de seu lugar em minha vida. Reacendesse nosso vínculo. *A tomasse.*

Meus incisivos roçaram sua pele macia, minha mão ainda estava em volta de sua garganta enquanto a oposta segurava sua perna.

— Isso vai doer, Ismerelda.

Porque uma vez que eu começasse, não seria capaz de me conter.

Pressionei os lábios em sua orelha, acrescentando:

— Mas prometo recompensá-la por aceitar.

E então deixei minha fera livre.

Para transar.

Marcar.

Para fazer o que ele desejasse.

Porque esta mulher pertencia a mim. Ela foi construída para isso como minha *Erosita*. Meu brinquedo de sangue imortal. *Minha.*

Izzy

Minhas mãos bateram no colchão enquanto um grito escapou da minha garganta. Esse grito foi quase imediatamente abafado por um travesseiro que encontrou meu rosto.

Mãos violentas agarraram meus quadris, forçando-os para cima enquanto Cam investia em mim, seus movimentos beirando a selvageria.

Cravei as unhas na cama, me esforçando para me manter na posição em que ele me maltratava.

— Isso vai doer — ele avisou. — Mas prometo recompensá-lo por aceitar.

Não tive tempo para considerar o que isso significava antes de ele rolar nossos corpos e me forçar a ficar nesta posição submissa na cama.

Afundei os dentes em meus lábios, enquanto eu tentava inutilmente não choramingar, sentindo meu coração se partir.

Eu acordei com vozes. Uma conversa sobre nossa localização. Segurança. Tecnologia e câmeras. Algo sobre experimentos com lycans.

No começo, pensei que fosse um sonho. Então a realidade se estabeleceu ao meu redor, uma memória de Cam estocando em minha boca. quase me fazendo ficar de pé.

Mas então reconheci a voz de Mira.

— *Foi inteligente construir todos os túneis de pesquisa sob as catacumbas. Este não é apenas considerado território neutro, mas também sagrado. Ninguém pensaria...*

Sua voz desapareceu então, a inconsciência tomou conta de mim por um longo momento antes de me permitir ressurgir.

Embora eu estivesse focada nos detalhes sobre nossa localização, que não ouvi por completo, apenas captei pedaços dela até o final.

— *Estou me perguntando, como as virgens de sangue se comparam à sua Erosita? Sexualmente, quero dizer.*

Essas palavras perfuraram meu peito e se prenderam em minha mente.

Por que Cam saberia disso? me perguntei.

Mas Mira me respondeu menos de um minuto depois.

— *Estou curiosa para saber se o programa de virgem de sangue é adequado ou se precisa de melhorias. Elas são treinadas para se destacarem além do conjunto de habilidades de* Erosita. *Então estou perguntando se as virgens de sangue que você provou atendem ou superam as capacidades da sua* Erosita, *ou se elas precisam de trabalho?*

Parei de respirar naquele momento e não consegui inspirar direito desde então.

Cam provou as *virgens de sangue.*

E eu sabia que Mira não se referia apenas ao sangue delas, mas também ao *sexo.*

Ele estocou em mim, me prendendo ao momento e

exigindo que eu prestasse atenção. Mas de que outra forma eu poderia me sentir?

Traída? pensei. *Destruída? Lívida?*

Seus quadris encontraram os meus, seu pênis estava alojado profundamente.

Ele esteve dentro de outra pessoa.

Outra mulher.

Talvez várias mulheres.

Esse vínculo entre nós não exigia a fidelidade dele, apenas a minha. Eu nunca entendi a magia, apenas que ela existia. E havia regras.

Regras que eu segui.

Regras que levei a sério.

Regras que pareciam naturais e corretas.

Mas Cam...

Engoli um grito agonizante quando suas presas cravaram em minha garganta, as endorfinas me inundaram e me levaram a um clímax indesejado.

Cam rosnou em aprovação, levando a mão da minha garganta para minha nuca. O travesseiro sob meu rosto ameaçava me sufocar, minha capacidade de respirar estava restrita pelo tecido sedoso.

Era demais.

Muito opressor.

Muito *errado*.

Não era assim que Cam e eu fazíamos amor. *Porque esse não é o meu Cam.*

Ele me sufocou com seu pau.

E agora, iria me quebrar ao meio com suas estocadas duras.

Meu quadril estava doendo.

Minhas entranhas doíam.

Meu coração... *batia forte.*

Porque alguma parte proibida de mim parecia prosperar com as sensações que sua brutalidade me despertava.

Isso não está certo. Esse não é meu Cam.

Ele traiu nosso vínculo, uma voz afiada ecoou em minha cabeça. Minha voz.

E outra parte de mim argumentou: *Ele não sabe quem somos. Suas memórias sobre nós se foram. Ele não queria nos machucar.*

Lágrimas se formaram em meus olhos, minhas emoções guerreando enquanto o prazer lambia minha pele e incendiava minhas veias.

— Você é incrível — Cam sussurrou em meu ouvido. — Vou te forçar a gozar o dia todo enquanto eu te como. Deixar você tão apertada que será um desafio te penetrar.

Nossa, quando Cam falou assim comigo durante o sexo?

Ao ouvi-lo agora, ao senti-lo assim, eu... comecei a me perguntar sobre o nosso passado. Sobre porque ele manteve essa parte de si escondida.

Eu realmente o conhecia?

Mas é claro que sim. Estávamos juntos há mil anos. Eu o conhecia melhor do que qualquer outra pessoa.

E ainda assim... nunca experimentei esse lado dele. Ele o manteve enterrado lá dentro, trancado onde eu não pudesse alcançá-lo.

O quanto a vida tinha sido gratificante se ele precisou lutar contra essa parte de si mesmo?

Ou essa parte normalmente não existia ao meu redor?

Minha cabeça girava com incertezas, me deixando tonta.

Eu queria provocá-lo a se soltar, tornar sua mente vulnerável à minha, e de alguma forma, acabei ainda mais em conflito. Ainda mais *ferida*.

— *Puta merda*, posso viver dentro de você para sempre. — A respiração de Cam estava quente contra meu pescoço. — Você vai adormecer no meu pau e acordar comigo te tomando. Várias vezes.

Ele ofegou as palavras, seu corpo duro e dominante sobre o meu enquanto uma mão continuava a segurar meu quadril. Mas a outra estava se movendo, indo da minha nuca até a garganta mais uma vez, depois subindo até o meu queixo.

— Me beije — ele exigiu, seu aperto firme enquanto puxava minha cabeça para o lado e se inclinava sobre mim para reivindicar minha boca.

Ele me deu uma pausa no orgasmo que rasgava meu ser, mas puxou minha cabeça para trás em um ângulo desconfortável, que eu temia que pudesse acabar quebrando meu pescoço.

Mas sua língua estava quase reverente contra a minha, seus movimentos desaceleraram um pouco enquanto ele saía quase totalmente de dentro de mim.

Então ele me penetrou com uma força que me fez gritar contra seus lábios.

Ele sorriu, repetindo o movimento e atingindo aquele ponto bem no fundo. Me apertei em torno dele de maneira impulsiva, meu corpo reagindo aos seus movimentos selvagens.

Eu me senti possuída.

Domada.

Encurralada.

Todas as emoções que não experimentei com Cam. Possuída, talvez. Mas as outras, não.

Isso... era novo. E eu odiava como me fazia sentir. *Desperta. Preparada. Implorando por mais.*

Estou destruída, decidi. *Esta versão de Cam me destruiu.*

Não posso deixá-lo vencer esta batalha. Tenho que lutar.

Pelo quê?

Pelo nosso futuro. Pelo bem da humanidade. Pelo nosso vínculo!

Minha mente guerreou consigo mesma enquanto meu corpo sucumbia ao turbilhão quente que se formava dentro de mim.

Tão bom. Tão intenso. Tão avassalador.

Sua língua dançou com a minha, seu aperto em meu queixo era implacável enquanto ele me forçava a tomá-lo por inteiro. Profunda. Completamente. Atingindo meu centro dolorido.

Quase mordi sua língua, a vontade de gritar me dominava com força.

Nasceria da frustração e da agonia. *E prazer.*

Uma mistura fodida.

Meu companheiro foi infiel.

Ele não percebe o que significamos um para o outro.

Isso torna tudo melhor?

Isso explica tudo.

Foda-se. Foda-se. Foda-se.

Eu precisava que ele permitisse que suas paredes mentais desmoronassem. Chupá-lo não funcionou, mas talvez isso funcionasse. Talvez estar dentro de mim enfraquecesse sua mente o suficiente para que eu pudesse acessar seus pensamentos.

Algumas lembranças eram tudo que eu precisava.

Ele entenderia. Perceberia seus erros. *Seria meu novamente.*

Não de alguma virgem de sangue.

Meu.

Sempre fomos fiéis um ao outro. Sempre fomos um par. Parceiros.

Até ele sumir para enfrentar Lilith, me lembrei de maneira sombria, o incidente ameaçando consumir meus pensamentos.

Pare. Não há como mudar o passado, apenas o futuro.

O que, ironicamente, significava que eu precisava que Cam relembrasse o passado.

Puta merda.

Estremeci quando ele inclinou meu quadril para entrar ainda mais firmemente dentro de mim, seu comprimento me surpreendendo. Era como se ele tivesse crescido.

Isso é impossível.

A menos que ele realmente não seja o Cam.

Não. É o Cam. Só não é o meu Cam.

Puta merda, pare de pensar, ordenei a mim mesma, minha necessidade de focar no meu companheiro superando todo o resto.

Eu queria que ele gozasse. Fosse superado por seu orgasmo. *Que me deixasse entrar.*

Minha língua encontrou a dele enquanto eu tentava assumir o controle pela primeira vez desde que ele me beijou.

Ele rosnou, o som me lembrou sua aprovação anterior, e imediatamente me dominou com a boca.

Não é bom o suficiente, pensei, a raiva alimentando minha rebelião. *Você brincou com outra mulher. Provavelmente mais de uma. Vou lembrá-lo de porque você é meu.*

Eu não compartilhava. E ele também não.

Quer fosse falta de memórias ou não, seu corpo deveria saber disso. Mas como ele precisava desse lembrete, demonstraria toda a extensão do nosso vínculo.

Meus dentes afundaram em sua língua. *Com força.*

E então eu paralisei.

Porque não era *isso* que eu pretendia fazer.

Nós não transávamos assim. Fazíamos amor. No entanto, ele me mordeu tantas vezes hoje que eu simplesmente... reagi.

Eu estava tão... tão... *furiosa.*

Como você pôde? eu queria exigir. *Você quer me substituir? O que há de errado com você?*

Mas eu já sabia as respostas para isso. *Lilith* era o que havia de errado com ele. Ela bagunçou a cabeça dele.

Porque Cam foi até ela na tentativa de argumentar.

Ele me abandonou para bancar o herói.

Ele fez isso consigo mesmo.

Não. Não pense assim. Não o culpe...

Minha visão girou quando Cam nos rolou de forma brusca na cama, fazendo com que minhas costas se encontrassem com o colchão. Mal tive um momento para respirar antes que ele estocasse em mim novamente, desta vez com ainda mais força.

Gritei quando ele mordeu meu lábio, a dor foi rapidamente substituída por sua língua.

E então ele estava me devorando. Me possuindo de maneira tão severa com sua boca que tudo que pude fazer foi aguentar.

Assim como meu corpo era seu para usar.

A cama rangeu com os movimentos, seus quadris batiam nos meus enquanto sua mão se fechava em minha garganta mais uma vez. A outra mão estava em meu peito, apertando minha carne e beliscando meus mamilos.

Um gemido escapou de minha garganta, essa versão violenta dele me levou a alturas que eu nunca soube que existiam.

Foi como ser fodida pela primeira vez, e não apenas por Cam.

Ele não foi gentil ou persuasivo. Era duro e exigente.

Agarrei seus ombros e cravei as unhas em sua pele, precisando marcá-lo. Reivindicá-lo. Deixar algo que dissesse *meu*.

Aquelas virgens de sangue não poderiam tê-lo.

Não haveria como me substituir.

E que se *fodesse* o que Lilith fez com sua mente.

Este homem pertencia a mim e eu iria alcançá-lo. Encontraria uma maneira de lembrá-lo de nós, do nosso passado, do nosso futuro prometido.

Ele poderia ter tomado uma decisão fatídica sem mim, uma que mudou tudo entre nós, mas eu não permitiria que isso acontecesse novamente.

Eu não era a mulher dócil de seu passado. Cresci nos últimos cem anos. E não ficaria sentada esperando que ele resolvesse todos os problemas do mundo.

Você. Vai. Se. Lembrar. De. Mim. Gravei essas palavras em sua boca enquanto o fazia sangrar com minhas unhas. *Você. É. Meu.*

Ele rosnou, apertando minha garganta com mais força enquanto se afastava para olhar para mim.

— Linda pra cacete — ele sibilou. — Goze para mim agora mesmo, gatinha infernal. Preciso sentir sua boceta apertando meu pau.

Gatinha infernal era novo. Assim como *leoa*.

Mas eu não me importei.

Os dois pareciam muito mais ferozes que cisne.

Se era assim que essa versão de Cam me via, então ótimo. Porque eu queria ser feroz. Uma força a ser reconhecida. *Sua companheira.*

Toda esta operação sob as catacumbas ia por água abaixo. Lilith pode estar morta, mas não deixaria seu legado sobreviver.

— Agora, Ismerelda — ele rosnou, levando a boca para meu pescoço.

Ele penetrou fundo no momento em que suas presas afundaram em meu pescoço, e a combinação de sensações e endorfinas forçadas me levaram em espiral em um mar de felicidade sombria.

Ondas arrebatadoras inundaram minhas veias, me forçando a entrar em um redemoinho sombrio sem fim.

Meus pulmões queimaram.

Minhas pernas ficaram dormentes.

Minhas entranhas se apertaram.

Meu corpo não era mais meu.

Cam soltou um som estrondoso que era mais bestial que

humano, seu corpo destruiu o meu enquanto ele me comia sem restrições.

Eu podia sentir a parte interna das minhas coxas doendo enquanto minhas pernas permaneciam gelatinosas em resposta.

Eu era um brinquedo. Uma boneca para ser tomada. Abusada. *Usada.*

Enquanto isso, continuei me afogando em um poço sem fim de êxtase.

Agarrei suas costas, desesperada para respirar, para ressurgir, mas ele não parava de beber. Cada estocada me empurrou mais fundo naquele vórtice perigoso.

Seu nome me deixou em um sussurro.

Ele está me matando. De novo.

E ele não deu sinais de parar.

Como vou entrar na cabeça dele se continuo morrendo?

Meus dedos estavam ficando frios, minhas unhas não estavam mais presas em sua pele.

Eu preciso que ele volte.

Meus quadris estavam doendo com o ataque de suas estocadas.

Por favor, Cam. Venha até mim. Volte para mim!

Meus braços caíram no colchão, minhas mãos pareciam gelo.

Puta merda... isso está... começando a doer...

Ele não parou. Nem parecia consciente. Ou talvez ele não se importasse.

Cam...

Ele rugiu, suas presas finalmente deixaram minha pele delicada. No entanto, não porque ele tivesse me ouvido.

Lá. Ele está... ele está gozando.

Seu sêmen deveria estar quente dentro de mim, mas eu não conseguia sentir. Não conseguia senti-lo. Não conseguia mais ver.

Cam! gritei, desesperada para entrar em sua cabeça.

Mas uma parede de silêncio encontrou meus esforços. Escuro. Frio. Solidão.

Cam!

Nada.

Apenas um vínculo morto. Um do qual ele me cortou.

Gritei mentalmente, furiosa com ele por esta situação, por tudo que ele decidiu sem mim, por tudo que ele fez agora porque não me conhecia mais.

Eu não vou desistir. Não posso desistir.

E, ainda assim, eu não tinha certeza do que fazer agora.

Transar com ele de novo? Tentar derrubar a barreira mais uma vez?

O que mais eu posso fazer?

Estremeci, perdida no feitiço sombrio da morte. Mas uma sensação aqueceu a parte interna das minhas coxas.

Uma língua?

Não. Muito... firme.

Um dedo?

Não. É muito grosso.

Cam...?

Abri os olhos e vi o quarto ao meu redor. Minha cabeça estava em um travesseiro e Cam estava atrás de mim, novamente com minha perna estendida sobre sua coxa.

Minha garganta estava seca. Mas fora isso, me senti bem. Sem pulmões agonizando. Sem dor. Apenas a pressão sutil de seu pau entrando e saindo do meu calor úmido.

— Hora de rugir de novo, gatinha infernal — ele me disse, com os lábios contra minha orelha.

Izzy

Ah, Deus.

Por quanto tempo eu apaguei?

E ele realmente me acordou enquanto me penetrava?

Suas palavras de antes voltaram, suas ameaças sobre me fazer dormir com ele dentro de mim giraram em minha mente.

Ele fez isso? Manteve o pau aquecido enquanto eu estava me recuperando?

Estremeci e gemi quando ele me mordeu *de novo.*

Lágrimas nublaram minha visão quando um orgasmo me atingiu sem aviso, me jogando em um poço de desespero delirante.

Eu não estava pronta.

Não poderia fazer isso.

Eu... eu precisava... descansar.

Mas ele claramente me alimentou com seu sangue porque eu estava totalmente curada.

O que significava que ele poderia começar de novo. Assim como me disse que faria.

E foi o que ele fez. De modo carnal. Sem cuidados. Por trás e depois de frente.

Bebendo de mim até secar.

Me arrastando para outro coma.

Apenas para me acordar mais uma vez, agora com minha parte inferior pendurada para fora do colchão enquanto ele se levantava e me atacava com estocadas significativas.

Desmaiei antes de poder gozar.

Apenas para ser acordada por suas presas e um clímax vicioso que apagou minha mente.

Lutei através da neblina, determinada a encontrá-lo, *meu Cam*, mas continuei a acordar para esta versão predatória dele.

Parecia que dias se passaram.

Ou talvez fossem horas.

Mas ele saiu algumas vezes. Uma para entregar uma mensagem, algo que me lembrava apenas vagamente de sua conversa fria com Mira.

Outra, ele voltou com um laptop novo, que nem me preocupei em tocar porque estava exausta demais para tentar.

O ciclo continuou interminável, me deixando cada vez mais perdida quando desmaiava.

Ele finalmente percebeu depois... eu não tinha certeza de quanto tempo. Colocou um frasco de sangue e me pediu para beber.

Eu bebi.

Isso aconteceu mais algumas vezes, mas fez pouco para amenizar a dor que ecoava dentro de mim. Não era apenas emocional, mas também física.

Quando foi a última vez que comi ou bebi alguma coisa?

Acabei expressando uma versão dessa preocupação em

voz alta algum tempo depois, quando Cam mencionou minha energia em declínio.

— Você está começando a me entediar — ele disse. — O que aconteceu com minha leoa?

Suas palavras acenderam um fogo dentro de mim. Porque, caramba, ele estava me culpando por não ter um desempenho adequado.

— Até leões precisam de comida — murmurei. — Ou você se esqueceu de que eu como?

Fui rude. Demonstrei minha irritação por ser usada como um brinquedo.

Eu meio que esperava que ele me inclinasse e me comesse como punição. Mas em vez disso, ele inclinou a cabeça por um momento, ficou pensativo e depois assentiu.

— Gostaria da mesma comida da semana passada? Ou devemos tentar algo novo?

Semana passada? repeti para mim mesma. *Puta merda...*

Concordei com a comida italiana, porque estava morrendo de fome.

Então comi apenas uma parte, porque meu estômago estava pequeno demais para aproveitar a refeição por completo.

— Você provou com esta refeição que conhece meus gostos mais modernos — Cam falou depois que terminamos. — Me diga mais, começando pelo café da manhã. Me diga o que pedir para amanhã.

Fiquei momentaneamente surpresa com seu pedido, e uma pontada de esperança aqueceu meu coração. *Ele quer que eu o lembre do passado.*

Mas assim que terminei de listar os alimentos, ele fez o pedido em seu novo laptop e me arrastou para o chuveiro para me comer contra a parede.

Acordei novamente com ele dentro de mim, seu apetite insaciável.

Mas pelo menos, ele começou a me alimentar.

Embora ele tenha feito de mim sua sobremesa pessoal depois de cada refeição.

Gozei inúmeras vezes nos últimos − *sete? Talvez oito? Ou foram nove?* − dias. Mas a experiência não foi para mim, foi para ele e para seu prazer.

Ele gostava de me deixar apertada. Molhada. De me fazer gemer.

Embora tenha parecido incrível, não era. Porque cada clímax me levou um pouco mais a um poço de desespero.

Não consegui romper suas paredes mentais. Elas eram impenetráveis. E o sexo não estava ajudando.

Nem mesmo quando ele me deixou ficar acordada por tempo suficiente para vê-lo desmoronar.

Como agora.

Ele me colocou sentada em seu colo, me penetrando bruscamente com cada movimento de quadril. Seus dedos estavam presos em meu cabelo, sua boca possuindo a minha, enquanto a mão oposta segurava minha bunda.

Eu estava dolorida.

Cansada.

Usada.

Mas ele me acordou com seu pau, seguido rapidamente por suas mãos e uma exigência para que eu montasse nele.

Obedeci, atordoada, minha última lembrança era dele me comendo no colchão.

Dias de sexo não eram exatamente raros para nós. Cam sempre gostou de passar longas horas e noites no quarto. No entanto, isso era algo completamente diferente.

Parecia que eu tinha sido apresentada ao lado predador do meu companheiro.

Sem limites. Sem regras. Não havia como recuar. Apenas uma fera tomando sua fêmea de todas as maneiras imagináveis.

Suas presas roçaram meu lábio, sua mordida iminente. Era sua maneira favorita de me forçar a gozar. Não só era bom para ele, mas também lhe dava uma desculpa para beber de mim.

O que me deixava sem escolha a não ser beber mais do seu sangue em troca.

Ele começou a deixar frascos para mim na mesa de cabeceira. Outras vezes, ele me dava comida enquanto eu dormia. Ou presumi que sim, de qualquer maneira. Essa era a única explicação para a rapidez com que me regenerava.

Esperei por sua mordida, com o coração batendo muito forte no peito, ciente de que isso iria arrancar toda a energia das minhas veias, me tornando inútil o dia todo.

De novo.

Só que... a dor não veio.

Apenas a língua dele.

Um beijo gentil.

Um truque, pensei, confusa com essa mudança de ritmo depois do que pareceu uma eternidade sendo mordida e comida até a beira da morte.

Ele passou a mão da minha bunda até meu quadril antes de deslizar entre nós. Estremeci quando seu polegar encontrou meu ponto sensível, seu toque inesperado e muito desejado.

O que eu odiei.

Odiei como reagi a ele. Odiei como eu amava seus toques suaves. Odiei como ele incendiava meu sangue com alguns toques simples.

Meu corpo pertenceu a esse homem por tanto tempo, que meu coração e minha alma eram dele em todos os sentidos.

Mesmo quando ele quebrava minha confiança.

Mesmo quando ele me machucava.

Mesmo quando ele não agia mais como o homem que eu conhecia.

Eu ainda o queria. Eu o desejava. Eu o amava.

Lágrimas se formaram em meus olhos enquanto eu diminuía o ritmo acima dele, nossa sessão se transformou em uma lembrança feliz de paixão e ternura. Era assim que nos abraçávamos, como demonstrávamos nossas emoções e adoração.

Ele está começando a se lembrar? me perguntei, com uma centelha de esperança queimando dentro de mim. *Ele está finalmente voltando de seu auge do acasalamento?*

Era como se ele tivesse caído em uma estranha espécie de rotina, com seus instintos exigindo que ele recebesse em vez de dar.

Mas agora... *esse*... parecia... *meu Cam*.

Ele se sentou, fazendo com que seus músculos flexionassem contra mim, seu corpo todo selvagem e masculino.

— Envolva suas pernas ao meu redor — ele sussurrou contra minha boca.

Obedeci, me deleitando com o ângulo desta posição. Era um dos meus favoritos. Apreciei a proximidade, a forma como o abraço me fez sentir querida.

Seus braços me envolveram, sua boca reverente enquanto nossos corpos dançavam em movimentos hipnóticos.

Esse. Esse é o meu Cam.

Quase suspirei, o contentamento enchendo meu ser.

Como senti falta disso, pensei para ele, desejando que ele pudesse me ouvir. *Senti tanto sua falta.*

Também senti sua falta, ele murmurou, sua voz na minha cabeça me fazendo paralisar.

Cam?

Ele sorriu. *Quem mais poderia ser?*

Eu me afastei para procurar seu rosto, mas ele me perseguiu com a boca, seus lábios quentes contra os meus.

Espere...

Shh, ele me silenciou. *Me deixe te amar.*

Meus lábios se curvaram. Isso parecia muito com meu antigo Cam. Mas como ele poderia simplesmente reverter sem conversar? Sem sequer abordar o que fez? O que passamos?

Tentei me mover novamente, mas seus braços me seguraram contra ele, sua boca ainda mais exigente. Quase como se ele estivesse desesperado para me manter aqui. Para me abraçar por toda a eternidade. Para me tornar sua novamente.

Agarrei seus ombros, em conflito e exultante ao mesmo tempo.

Meu Cam... ele...

Ofeguei quando suas presas afundaram em meu lábio, e abri os olhos.

O que...?

Eu não estava mais montada nele, mas de costas. Minhas coxas estavam embalando seus quadris. Minhas unhas estavam cravadas em seus ombros.

E suas íris pareciam piscinas escuras de intensa necessidade.

Estremeci quando ele estocou em mim, seu ritmo brutal, sua ternura inexistente.

Porque nada disso foi real.

Foi um sonho.

Esta é a minha realidade.

Eu tremi, meu coração se partiu enquanto ele me estocava com força total.

Não houve palavras suaves ou toques ternos. Nenhum pensamento mental de amor. Nenhuma gentileza.

Apenas um predador capturando sua presa.

Eu queria gritar. Bater nele. *Lutar.*

Mas sua boca reivindicou a minha no instante seguinte, sua língua emitindo comandos bruscos para que eu me rendesse. Para abraçá-lo. Para deixar isso acontecer. Para aceitar a nova versão do meu companheiro.

Não! gritei. Não vou aceitar nada disso. *Você. Não. É. Meu. Cam.*

Ele rosnou contra meus lábios, seus movimentos se tornando ainda mais selvagens.

— Adoro como você luta comigo, leoa — elogiou. — Você é perfeita.

Como isso é perfeito? Eu queria exigir. *Isso é um desastre.*

Mas não podia negar o quanto era bom tê-lo dentro de mim, como a mordida de suas endorfinas acendia um fogo dentro de mim que só queimava por ele.

Eu odeio isso.

Eu amo isto.

Eu o odeio.

Eu o amo.

Tão conflitante. Tão confuso. Tão errado!

Ele fez um som de aprovação enlouquecedora enquanto minhas unhas cortavam sua pele, suas estocadas brutais e constantes enquanto ele nos levava a um ápice sombrio de dor e prazer.

Aguentei, meu coração partido batia em um ritmo instável em meu peito.

Por favor, não me morda. Por favor, me deixe ficar acordada um pouco mais.

Mas os apelos foram inúteis. Cam faria o que quisesse porque isso era para ele e não para mim.

Tão diferente do nosso passado, quando ele sempre me colocava em primeiro lugar.

Ou ele fazia isso? me perguntei. *Ele me abandonou para salvar o mundo, e agora olhe para nós.*

Afastei esses pensamentos, irritada comigo mesma por culpá-lo por um ato tão altruísta. Mas estar nesta posição com ele agora tornava difícil para mim respeitar a sua escolha.

Porque era o que era: a escolha dele. *Não* nossa.

Grunhi de aborrecimento, o que me rendeu um rosnado do predador acima de mim. Ele entendeu mal o som, em vez disso traduziu-o como excitação e me estocou ainda mais forte.

Meus quadris iam quebrar embaixo dele. Não que isso importasse. Ele acabaria me curando com seu sangue.

Como vou consertar isso?, me perguntei, tonta. *Como faço para recuperar meu Cam?*

Sua língua acariciou a minha, suas mãos seguravam minha cintura enquanto ele mantinha um ritmo furioso. Ele agarrou meus seios. Apertou meus mamilos. Mordeu minha língua. Meus lábios. Então enterrou o rosto no meu pescoço.

Eu me preparei.

Mas ele não me mordeu.

Em vez disso, chupou meu pescoço, provocando a pele, e continuou a estocar. Mas sua mão deslizou entre nós, seu polegar encontrou meu clitóris. Semelhante ao meu sonho.

Ele fez isso comigo enquanto eu dormia? Foi por isso que sonhei com isso?

Estremeci, a sensação extra era o que meu corpo desejava.

— Goze para mim, gatinha infernal — ele exigiu em meu ouvido. — Quero sentir você apertar meu pau com essa sua boceta deliciosa.

Engoli em seco, suas palavras acrescentaram combustível às chamas que dançavam dentro de mim.

Não importava o quanto eu estivesse chateada, perdida ou me sentisse derrotada. Meu corpo ainda respondia ao dele. Sempre responderia. Mesmo quando doesse.

Eu me arqueei contra ele, meu interior se contraiu sob um ataque de sensações enquanto meu centro aquecido se apertava ao redor dele.

Um xingamento ameaçou escapar de minha língua,

lágrimas nublaram minha visão, meus membros estavam tensos.

Estava bem ali. Tão perto. Tão intenso. Tão *desgastante*.

Choraminguei.

E Cam... pressionou o polegar... Com força.

Eu gritei.

Foi... demais. Muito cansativo. Muito bonito. Muito errado.

Nadei em um mar turbulento, cheio de ondas de êxtase induzido pela agonia.

Nada disso fez sentido. Meu cérebro não funcionava mais. Meus pulmões choraram. Meu coração batia descontroladamente. Meus membros eram inexistentes. Meu corpo parecia um recipiente destinado exclusivamente ao prazer de Cam.

Seu sêmen aqueceu meu interior, seu rosnado apaixonado vibrou em meu peito.

Minha cabeça caiu automaticamente para o lado, consciente do que viria a seguir. *Uma mordida que me mandaria de volta ao meu sono interminável.*

No entanto, tudo o que ele fez foi beijar meu pescoço.

Eu esperei.

Então fiz uma careta.

E, eventualmente, olhei para ele. Ele ainda estava dentro de mim, a parte superior do corpo apoiada nos antebraços.

Mas, em vez de olhar para meu pescoço como se fosse sua comida favorita, ele me observou.

Olhei para ele, notando os vários tons de azul em seus olhos. Não era mais uma cor profunda do oceano, mas sim uma camada que me lembrava a costa. Escuro para claro. Tudo rodeado de suas pupilas negras.

— Preciso me preparar para a reunião de amanhã com a aliança — ele me disse. — Então, ficarei fora a maior parte da noite.

Franzi a testa. *Ele está falando comigo sobre seus planos?*
E ele vai se encontrar com a aliança?

— Preciso que você beba dois frascos do meu sangue para se preparar para quando eu voltar — ele continuou. — Porque suspeito que estarei com um humor brutal e não quero te matar acidentalmente antes de terminar com você.

Ah. Se havia alguma dúvida sobre com qual versão de Cam eu estava lidando, essas palavras finais confirmaram que era o novo Cam.

Os vestígios do meu sonho se fundiram na minha dolorosa realidade.

Aquelas paredes em sua mente estavam tão impenetráveis como sempre, mesmo com ele alojado profundamente dentro de mim e tendo acabado de gozar.

Como vou rompê-la? me perguntei pela milésima vez. *Isso é possível?*

Pelo menos, nosso vínculo ainda estava intacto. Isso eu pude sentir em minha alma.

O que significa que ele é Cam e não um clone perigoso dele, pensei comigo mesma com um bufo sarcástico.

— Venha — ele disse, saindo de mim. — Quero te comer de novo no chuveiro antes do café da meia-noite.

CAM

Sou viciado nessa mulher.

Suas curvas.

Seus gemidos.

Seus olhos.

Puta merda. Não importava que eu a tivesse tomado duas vezes antes do café da meia-noite. Simplesmente vê-la com minha camisa de botão à mesa me deixou duro de novo.

Eu queria devorá-la como sobremesa, o que fiz várias vezes na última semana.

Mas não poderia esta noite.

Havia muito a fazer antes da reunião de amanhã com a aliança. Precisávamos explicar a pesquisa e o propósito de Lilith, além de garantir que todos entendessem o que estava em jogo.

Nosso suprimento de sangue estava em trajetória

descendente. A única solução era encontrar uma forma de imortalizar a comida.

Quem não entendesse isso não merecia fazer parte da aliança.

Infelizmente, eu precisava apresentar nossas descobertas de maneira completa e apropriada.

O que exigia preparação, incluindo a revisão das descobertas que alguns dos nossos pesquisadores documentaram em relação ao sangue dos nossos Abençoados recentemente despertados.

Ismerelda largou o copo de água e deu outra mordida na torrada francesa, um alimento que ela me apresentou outra noite.

Culinária americana.

Embora eu pudesse me lembrar de partes da formação dos Estados Unidos da América, não conseguia me lembrar de muitos detalhes. Mas Ismerelda me reintroduziu em algumas das refeições que ela afirmava que eu preferia há cerca de cem anos.

E uma delas era torrada francesa com frutas e xarope de bordo canadense.

Era tudo bastante decadente, mas não pude negar o apelo. Na verdade, tudo o que ela sugeriu nos últimos dias mais do que satisfez meu paladar.

Claro, nada comparado ao sangue dela.

Ou ela, pensei, meu olhar percorrendo seu pescoço até a gola da camisa. Ela deixou os dois primeiros botões abertos, me permitindo admirar um pouco de sua pele macia.

Maravilhosa.

Talentosa.

Minha.

Minha obsessão por ela não era saudável. Eu deveria incumbi-la de treinar algumas substitutas. Seria cruel. Mas era necessário.

Não posso mantê-la para sempre.

Ela representava tudo que minha mente procurava corrigir. Ninguém queria ficar preso a fardos emocionais.

Mesmo assim, não conseguia parar de pensar em como ela seria como vampira. Uma igual. Uma verdadeira companheira.

Por que eu não a transformei?

Faria muito sentido. Mas talvez eu não tivesse encontrado a substituta certa para o sangue dela.

Isso explicaria meu desinteresse pelas virgens de sangue. Elas eram supostamente as humanas mais deliciosas que existiam, mas nenhuma se comparava a Ismerelda.

Mordi algumas para me alimentar, mas não foi o suficiente. Eu ansiava por mais, mas não delas.

E agora que experimentei Ismerelda mais profundamente, entendi por quê.

Ela era minha fraqueza. Meu desejo final. Meu tudo. Ninguém mais se comparava.

Matá-la será a tarefa mais difícil que já empreendi, decidi. *Mas não preciso fazer isso ainda.*

Não até descobrirmos como resolver o problema do sangue imortal.

Terminei o café – o líquido escuro aromatizado com um toque da essência da minha leoa. Não tirei muito dela, meu desejo de dar a ela um dia de cura superou minhas próprias necessidades. Ela me deu tudo, exatamente como pedi.

Uma parte de mim desejava agradá-la, e eu sentia sua exaustão mesmo com a constante ingestão de comida e sangue que eu fornecia.

Ismerelda precisava de um verdadeiro descanso.

— Tem sais de banho embaixo da pia — eu disse. — Use-os.

Ela piscou para mim.

— Um banho, meu soberano? Para o seu retorno?

Balancei a cabeça.

— Não. Para você. Quero você descansada e pronta para mim esta noite. E banhos são relaxantes, certo? — Eu os tomava há milênios antes de existirem chuveiros. No entanto, era em uma banheira parecida com estanho.

O grande box do meu banheiro era muito mais avançado, com mecanismos que moviam a água. Não me entreguei à experiência, mas suspeitava que os jatos proporcionariam sensações semelhantes às de uma massagem nos músculos doloridos da minha *Erosita*.

Minhas mãos coçavam para fazer a tarefa. Infelizmente, não podia confiar no meu instinto. Principalmente porque terminaria com Ismerelda deitada de costas mais uma vez.

E eu precisava trabalhar.

— Sim — ela disse, concordando com minha afirmação.

— Gostaria que eu mandasse entregar comida para você também? — perguntei.

Ela me estudou por um longo momento, quase como se estivesse tentando entender a pergunta.

Ela está realmente exausta, percebi. Fui duro com ela, meus desejos sombrios e depravados. Não percebi o quanto estava faminto e agora parecia que nunca ficaria satisfeito.

Substituí-la agora não era uma opção.

Não admira que aquelas virgens de sangue não me atraíssem.

— Você quer dizer para o jantar? — O tom de Ismerelda era confuso, me fazendo perceber que a agenda desta noite poderia não estar clara.

— Sim. Provavelmente não vou retornar antes do amanhecer, então as horas da noite são suas hoje. Há algo que eu deveria pedir para você comer?

Aprendi minha lição outro dia sobre como cuidar adequadamente da minha *Erosita*. Ela emagreceu consideravelmente, mesmo com meu sangue em seu organismo. E foi preciso um comentário sarcástico dela para me dizer o porquê.

Minha humana precisa de sustento para prosperar.

Levei o discernimento a sério e priorizei suas refeições desde então. Serviu a um duplo propósito: também me reintroduzir na cozinha moderna, o que me permitiu justificar a quantidade de tempo que dediquei a compartilhar comida com ela.

Na verdade, eu gostava de sua companhia.

Mas nunca admitiria isso em voz alta.

— Hum. — Ela pigarreou. — Talvez uma pizza? Eu poderia mantê-la aquecida para quando você voltar...? — Ela parou, seu olhar verde claro procurando o meu. Foi ousado. Sedutor. *Majestoso*.

Mira me avisou que minha *Erosita* não se conformava com esse novo mundo, que basicamente se recusava a se curvar aos seus superiores.

Uma humana com espinha dorsal de aço.

Quando ela chegou, eu não conseguia entender por que permiti que tal rebelião existisse. Mas agora eu estava começando a compreender minha escolha.

Ismerelda me intrigava. Ela podia ser humana, mas possuía uma alma poderosa. Foi assim que ela sobreviveu a mim por tanto tempo, como ela foi capaz de se igualar a mim no quarto e por que me entreguei a ela por mais de um milênio.

Ela está destinada a muito mais, pensei.

Mira não saberia disso. Eu não contaria a ninguém minhas verdadeiras intenções no que dizia respeito a Ismerelda. Mas havia uma razão pela qual exigi que ela fosse mantida em segurança.

E ainda bem que essas ordens foram seguidas.

Os últimos nove dias foram mais prazerosos do que qualquer parte da minha existência.

Qualquer uma que eu consiga lembrar, de qualquer maneira.

Que estranho que eu não me lembre dessa mulher, pensei, ainda sustentando seu olhar. *Eu deveria. Gostaria disso. Eu poderia...*

Tudo o que seria necessário era remover as paredes mentais entre nós e mergulhar em sua mente, ler as memórias do nosso passado, ver se eu poderia estar certo sobre ela ser minha parceira na vida.

As lembranças seriam do ponto de vista dela, mas eu deveria ser capaz de reunir os detalhes necessários para pintar um quadro adequado de nossa história.

Mais tarde, disse a mim mesmo, meu relógio vibrou como se concordasse.

— Tenho que supervisionar alguns dos testes com os Abençoados esta noite — murmurei, olhando para a mensagem em meu pulso. — Depois vou me encontrar com Mira e Michael para me preparar para a apresentação de amanhã. E...

Fiz uma pausa para ler as palavras de Mira sobre a confirmação do nosso encontro para as cinco da manhã.

— E então tenho uma ligação com Helias. Supondo que tudo corra bem, voltarei logo depois. — Afastei a mensagem de Mira do pulso. — Mas suspeito que algo não sairá como planejado hoje, e é por isso que provavelmente vou me atrasar. Pode comer sem mim.

Abri meu novo laptop para digitar o pedido de pizza.

— De qual sabor? — perguntei, ciente de que ela ainda estava olhando para mim. Provavelmente, porque acabei de descrever meu dia para ela. Mas se ela fosse minha rainha, teria que se acostumar com esses horários.

Porque eu esperaria que ela se juntasse a mim.

Ou os liderasse sozinha.

Não queria uma acompanhante. Eu queria uma parceira.

E, embora não tenha sido algo que eu realmente tenha

considerado ou procurado em minha vida anterior, parecia que a encontrei nos últimos mil anos.

Em Ismerelda.

Era a única coisa que fazia sentido. Por que outro motivo eu manteria uma humana ligado à minha alma por tanto tempo?

E por que outro motivo eu me sentiria tão intrinsecamente protetor com ela?

Sim. Talvez eu precise recuperar essas memórias, decidi mais uma vez. *Mas quando eu tiver mais tempo para analisá-las.*

— Pepperoni — ela respondeu. — E azeitonas. De preferência verde.

Arqueei uma sobrancelha e digitei a preferência.

— Algo para beber?

Ela mencionou vinho branco em vez de um tinto e depois me deu uma marca alternativa, caso a cozinha não conseguisse encontrar o que ela desejava.

— Vou mandar entregar às cinco — disse a ela.

— Obrigada.

Meus lábios se curvaram.

— Pode me agradecer adequadamente mais tarde, pequena leoa.

Ela engoliu em seco, sua expressão parecendo vazia. Uma resposta estranha à minha insinuação, mas ela provavelmente estava cansada demais para pensar em outra rodada agora.

A pobre estava sobrecarregada.

Mais uma razão para torná-la imortal. O apetite dela seria tão voraz quanto o meu, talvez até mais intenso. E então poderíamos entrar em um mundo totalmente novo de diversão e prazer.

Decisões, decisões, pensei, fechando o laptop.

Não queria ter que matá-la. Ficar com ela seria muito mais divertido. Além disso, ela parecia merecer.

Seria uma progênie muito melhor do que Michael também.

E Darius, por falar nisso.

Tudo que eu precisava resolver era a questão da bolsa de sangue imortal.

O que não vou fazer sentado aqui, admirando minha Erosita, disse a mim mesmo.

Pigarreei, me afastei da mesa.

— Tome um banho. Descanse. Relaxe. — Me inclinei para dar um beijo em sua cabeça, a ação estranhamente íntima, mas parecia certa. — Quero você pronta para mais tarde. — Algo que exigia que ela estivesse satisfeita e contente, não estressada e dolorida. — Aproveite sua noite, Ismerelda.

Não esperei que ela respondesse, em vez disso fui em direção à porta.

Mas eu a ouvi sussurrar:

— Você também, meu soberano — pouco antes de entrar no corredor, sua voz quase me fez parar.

Ela parecia... triste?

Não. É a exaustão.

Fui muito duro. Supus que isso era de se esperar depois de um século de sono. No entanto, senti uma pontada de culpa pela forma como a usei. Incontáveis vezes. De maneira incansável. Era meu dever. Mas eu queria que ela gostasse também.

Felizmente, ela tinha o dia de hoje para se recuperar. Quando eu retornasse, ela estaria de volta ao seu estado de leoa.

Então eu a recompensaria como prometi.

Bem, tecnicamente, eu disse que talvez estivesse com vontade de machucá-la mais tarde.

Mas dada a forma como me sentia agora, isso parecia improvável. Preferia cumprir a promessa que fiz de recompensá-la por aceitar minha brutalidade.

Ela me fez sentir leve. Vivo. Satisfeito. E agora eu queria retribuir o favor.

Seria uma surpresa divertida. Apaixonada. *O presente perfeito.*

Sim. Esta noite, eu daria prazer à minha *Erosita.*

Então mergulharia em sua mente e recuperaria algumas de nossas memórias compartilhadas.

E, se meus instintos estivessem certos, eu poderia perguntar como ela se sentiria sobre se tornar rainha.

Izzy

Preciso de um novo plano.

Quando Cam sugeriu que eu tomasse banho e descansasse, quase senti uma pontada de cuidado em suas palavras.

Então ele desmantelou essa falsa esperança me dizendo por que queria que eu descansasse.

"Quero você pronta para mais tarde."

Para mais sexo.

Mais dominação.

Mais orgasmos intermináveis para o prazer dele, em vez do meu.

Cruzei as pernas e meus músculos se contraíram em protesto. Cam nunca pressionou meu corpo assim, me levando a tal extremo.

Quem diria que era possível chegar tanto? Com essa frequência?

Estremeci, meu estômago apertando.

Preciso de mais do que uma noite de folga. Preciso de uma semana.

Não. O que eu preciso é recuperar meu companheiro.

Mas como?

Pressionei a palma da mão na cabeça, meus pensamentos girando em dúvidas, perguntas e realizações dolorosas.

A parede mental entre nós era muito forte. Sexo não ajudou. Na verdade, só piorou tudo.

Cam me via como nada mais do que uma boneca.

Ele poderia ter me oferecido um banho e um pouco de comida hoje, mas não era para mim. Era para ele. Assim como todo o resto.

Engoli em seco, e fechei os olhos. O que eu vou fazer?

Ele estava se preparando para a reunião de amanhã, revisando resultados de testes ou algo assim. Tentando aperfeiçoar o conceito de bolsas de sangue imortais.

Tudo para me substituir, pensei com amargura.

Fechei as mãos.

Isto era inaceitável. Tudo isso. Incluindo eu sentada aqui, chafurdando em minhas tristezas.

O que eu estava fazendo há pelo menos uma hora.

Merda.

Passei a mão pelo rosto e olhei para a câmera no teto.

Uma conversa vaga passou pela minha mente. Algo sobre desligar várias câmeras e não depender mais da tecnologia para segurança.

Cam disse para mover todos os vampiros para os laboratórios, deixando assim o Coventus sob a guarda de humanos.

E as catacumbas, pensei, curvando os lábios para baixo. Eles provavelmente estão deixando o lugar desprotegido também.

Era um terreno sagrado. Ninguém pensaria em ir para lá. E todo mundo estava dormindo.

A não ser os Abençoados que despertaram recentemente.

Pena que Cronus não seja um deles, murmurei para mim mesmo. *Ou Cane.*

Eles recuperariam Cam em um piscar de olhos. Ele não apenas se lembraria deles, mas também os respeitaria e suas opiniões.

Soltando um suspiro, me levantei da mesa de jantar e me ocupei com a louça do café da manhã. Fiquei sentada por muito tempo, mas aceitei a tarefa tediosa, pois me deu algo para fazer enquanto ponderava minhas opções.

Eu poderia tentar o computador dele novamente. Provavelmente foi revisado com algum tipo de segurança de monitoramento. E quem sabe se a rede — interna ou não — está funcionando?

Curvei os lábios.

Mas se eu pudesse mandar uma mensagem para Damien... eu parei. *O que eu diria? O que eu esperaria que ele fizesse?*

A reunião da aliança seria amanhã. Talvez eles já tivessem um plano em prática. Jace e Ryder estariam lá.

Eles conseguirão salvar Cam?

Coloquei os pratos de lado, e meu coração disparou.

E se eles não puderem salvá-lo?

Certamente ele os ouviria. Ele os conhecia há milhares de anos. A menos que ele pensasse que os dois sofreram uma lavagem cerebral pelo inimigo.

Lilith ferrou com a mente de Cam. Quem podia imaginar o que ela escreveu e gravou sobre sua oposição?

Ela pintou Cane e Cronus sob uma luz semelhante? me perguntei, franzindo a testa. *Ou estariam isentos porque estavam dormindo?*

E se Jace e Ryder nem forem convidados para a reunião?

Andei pela cozinha e pela área de jantar enquanto minha mente fervilhava de perguntas.

Se os dois não tivessem permissão para comparecer, não seriam capazes nem de tentar argumentar com Cam. O que significava que eu não podia confiar nessa possibilidade.

Eu tinha que fazer algo sozinha. Algo *aqui.*

Mas o quê?

Tudo o que essa versão de Cam queria era transar comigo. E isso provou ser inútil em termos de derrubar os muros entre nós.

Então, o que mais posso fazer?

Olhei para o laptop sobre a mesa. Eu já tentei esse caminho, mas foi antes de Michael fazer o que quer que fosse.

Meu olhar se aventurou na porta. *Escapar seria contraproducente.* A paixão de Cam podia ser cruel, mas ele não me assusta exatamente. E partir não o salvaria.

Não. Eu precisava de alguma maneira de recuperá-lo aqui.

Ou talvez alguém, pensei, meus passos diminuindo. *Alguém que Cam ouça e que já está aqui.*

Alguém como Cane.

Rolei os ombros para trás e fui em direção ao banheiro onde Cam deixou os frascos. Seria sangue suficiente para acordar Cane? Será que funcionaria?

Eu conhecia o ritual, pois Cam me ensinou, e ele sugeriu na época que meus laços com ele como seu companheiro provavelmente me permitiriam realizar a cerimônia também. Mas ele não tinha certeza. E não testamos. No entanto, ele me mostrou para o caso de eu precisar saber como fazê-lo.

Em uma situação de emergência, pensei. *Uma situação como esta.*

Por que não considerei isso antes?

Provavelmente porque eu tinha certeza da minha capacidade de trazer Cam de volta sozinha.

Bem, eu não tinha tanta certeza agora. Não depois destes últimos dias. Ou seja lá quanto tempo se passou.

As memórias de Cam desapareceram para sempre ou ficaram profundamente trancadas em sua mente, e eu precisava fazer algo drástico para tirá-lo dessa situação.

Se é que é possível.

Engoli em seco e empurrei aquela ideia pessimista para o fundo da minha mente. Não havia tempo para me preocupar. Eu tinha que elaborar um plano.

Cam me disse para relaxar hoje. Mas não me disse que eu não poderia dar um passeio. Ele só me disse para esperar por ele aqui se um apagão acontecesse novamente, o que eu suponho que implicava que ele não queria que eu saísse de seus aposentos. No entanto, eu poderia usar uma desculpa semelhante à que dei a ele sobre seu laptop: ele nunca me colocou na coleira antes. Por que começaria agora?

Eu simplesmente me faria de boba se ele me encontrasse vagando por aí.

Claro, isso seria mais difícil se eu estivesse no meio do ritual. Mas eu só teria que ter certeza de que não havia ninguém por perto quando começasse.

Ou qualquer câmera, pensei. *Embora parecesse que estavam desligando muitas delas.*

Mordi o lábio inferior enquanto entrava no banheiro para me preparar. Eu não poderia sair apenas com a camisa dele novamente. Precisava de sapatos para o piso de pedra das catacumbas. Os sapatos também confirmariam que eu só queria dar um passeio... e calças para cobrir as pernas.

Infelizmente, ele tinha poucas opções para eu escolher, já que a maioria das peças era ternos.

Certo, talvez eu deva usar uma boxer em vez de calça, decidi, pegando uma preta. *Vai me servir como short de qualquer maneira.*

Os sapatos eram outro problema.

Ele tinha um par de tênis, mas eram grandes demais.

Suspirando, selecionei dois pares de meias e coloquei-os nos pés. Isso terá que servir. Se ele me encontrasse, eu diria que improvisei, pois não tinha acesso ao meu guarda-roupa. Talvez ele reagisse da mesma forma que reagiu quando eu disse que precisava de comida e me trouxesse roupas limpas.

Ou ele vai ficar furioso e transar comigo até a morte.

Considerando que esse provavelmente era o plano dele para mais tarde, não dei muito crédito ao pensamento dissuasor.

Passei uma escova no cabelo e o deixei solto. Não havia produtos para mim neste banheiro, apenas itens para Cam. Me olhei no espelho.

Me deparei com uma expressão de exaustão.

Exaustão com um toque de devastação, admiti, entorpecida.

Não vou desistir. Não ainda. Não agora.

Fechei os olhos e respirei fundo, peguei os frascos de sangue e os coloquei na cintura do short.

Certo. Então vamos.

Embora eu soubesse que as catacumbas estavam acima da área do bunker de pesquisa, graças à conversa de Mira com Cam, eu não tinha ideia de quantos níveis acima de mim ou se eu conseguiria chegar longe o suficiente antes de ser pega.

Há câmeras por toda parte, murmurei para mim mesma enquanto olhava para aquela na sala, a caminho da porta. *Espero estar certa sobre o que ouvi e a maioria estar desligada.*

Claro, a da suíte de Cam provavelmente ainda estava ligada.

O que significava que quem quer que o estivesse observando testemunhou todos os nossos momentos íntimos. Incrível. Outra coisa com que me preocupar mais tarde.

Porque me preocupar com essa frivolidade agora apenas me atrasaria.

Eu estava determinada a fazer alguma coisa, qualquer coisa, para tirar Cam dessa situação.

Endireitando os ombros, segurei a maçaneta e girei.

Destrancada.

Isso era um bom sinal ou havia acabado de cair em uma armadilha.

Independentemente disso, entrei no corredor.

Não havia guardas nem sinais de vida, semelhante à última vez que entrei no corredor. Só que desta vez as luzes estavam acesas, o que ajudou.

O chão de pedra era duro sob as meias, mas suportável.

O ar frio tocou minhas panturrilhas quando comecei a me mover, causando um leve arrepio na coluna. Me concentrei na temperatura fria, devia estar dez graus mais frio que o quarto de Cam, em vez da probabilidade muito real de ser pega fazendo algo que não deveria.

Parei do lado de fora do elevador. Embora fosse útil ver se havia alguma etiqueta nos botões internos, provavelmente também dispararia um alarme se eu tentasse chamá-lo.

Escadas então.

Abri a porta e olhei para baixo e para cima nos degraus de cimento. Ninguém estava esperando por mim.

Esperava que isso fosse um bom sinal.

Aja com confiança, disse a mim mesma. Se fosse pega, Cam precisaria acreditar que eu achava que isso era uma coisa perfeitamente normal de se fazer.

Endireitei os ombros mais uma vez e comecei a subir as escadas, com a cabeça erguida.

Ninguém me parou.

Nenhum alarme soou.

Apenas uma quietude silenciosa e o sussurro suave dos meus pés calçados com meias encontrando o cimento.

Uma porta apareceu depois de dois andares. Abri e encontrei um corredor que parecia exatamente com o de Cam.

Subi mais dois lances e encontrei a mesma coisa.

A que distância abaixo das catacumbas fica o quarto de Cam? me perguntei.

Sete andares, respondi a mim mesmo depois de chegar ao

topo da escada. Pelo menos, presumi que esse era o nível que pretendia alcançar.

Uma espiada pela porta confirmou isso, o cheiro de poeira e ar viciado fez cócegas em meu nariz.

Uau. O bunker de pesquisa obviamente era mais profundo do que sete andares, o que me fez pensar como Lilith construiu tudo isso. Ela basicamente criou uma pequena cidade abaixo do Vaticano.

Entrei na misteriosa catacumba subterrânea, sentindo meu pescoço formigar de consciência. *Muita energia antiga. Assim como na primeira vez que vim aqui.*

Engolindo em seco, deixei a porta fechar e verifiquei rapidamente para garantir que não estava trancada. Não que eu tivesse certeza do que faria se isso acontecesse, mas felizmente não precisei descobrir.

Certo, pensei, olhando ao redor. *Então, onde estou?*

As catacumbas eram um labirinto, a iluminação era quase inexistente.

Bem, parecia semelhante ao que eu me lembrava, apenas com algumas melhorias. Como as várias luzes elétricas situadas em determinados pontos dos túneis.

A escada parecia estar em um canto dos túneis subterrâneos, tornando potencialmente fácil o retorno. Supondo que eu não me perdesse aqui.

Flexionei os dedos, mas a vontade de fechá-los me atingiu com força. *Siga. Em. Frente.*

Respirando fundo, avancei na tentativa de me aclimatar.

Quando visitei com Cam, ele liderou o caminho. E entramos por um túnel secreto que levava à superfície, não pela escada de canto atrás de mim.

Hum. Duas opções: esquerda ou direita.

Optei por ir para a direita, meus passos eram lentos e constantes enquanto vagava pelo espaço desconhecido. As paredes de calcário ainda estavam intactas, o ambiente em forma de túnel parecia continuar indefinidamente.

E continuou.

Mas os Abençoados estavam em um túnel muito específico, protegido por vampiros há milhares de anos. Conheci dois deles quando visitei Cam, e seu papel era esconder os Abençoados da humanidade. Eles usavam a compulsão para salvaguardar seus segredos, forçando os mortais a esquecerem que certas áreas das catacumbas existiam.

Agora só preciso encontrar aquele túnel específico.

Havia diversas entradas para outros túneis à minha esquerda enquanto eu caminhava, o lado direito parecendo ser uma sólida parede de calcário.

Os Abençoados são mantidos em um local de aparência semelhante, pensei, lembrando que era como se tivéssemos alcançado uma parede sólida do subsolo. *Faria sentido que a escadaria ficasse perto dos Abençoados também, certo? Para facilitar o acesso aos laboratórios de pesquisa?*

Claro, os vampiros eram rápidos. Alguns poderiam até mesmo se transformar, o que era semelhante ao teletransporte. Portanto, a localização realmente não importaria.

Ainda bem que Cam está ocupado esta noite, pensei, decidindo por um túnel aleatório à minha esquerda. Vou precisar de algum tempo para descobrir.

Esperava que ninguém viesse me procurar.

Ele mencionou um encontro com Michael e Mira, então deveriam estar fazendo alguma outra coisa.

E os guardas, pelo que entendi, eram escassos.

Apenas finja que está dando um passeio, disse a mim mesma. *Você está acasalada com um vampiro. Por que não escolheria as catacumbas para um passeio noturno?*

Além disso, eu já disse a Cam que ele me trouxe aqui.

Talvez nós já tenhamos feito isso. Como ele saberia a diferença?

Engoli em seco, acelerando um pouco meus passos. Porque apesar da minha autoconfiança, o tempo não estava do meu lado.

Muito bem, Cane. Onde você está?

IZZY

Eu não tinha ideia de que horas eram, mas a dor nos pés me dizia que eu já estava andando há muito tempo. O terreno irregular também podia ajudar nisso. No entanto, eu sabia que estava vagando por horas.

Não só ainda não encontrei os Abençoados, como também perdi completamente de vista a escada que me levaria de volta aos aposentos de Cam.

Tensionei a mandíbula. *Tanto para aquela noite de descanso.*

Pelo menos não encontrei mais ninguém escondido aqui. Sem guardas. Nada de vampiros errantes. *Nem câmeras.*

Bem, nada que eu pudesse ver, de qualquer maneira. Se existissem, estavam bem escondidos.

Caminhei até um pilar de calcário perto da entrada deste túnel e desenhei um X na poeira acumulada na borda.

Comecei a fazer isso depois da terceira fila como forma de marcar onde estive. Isso me ajudou a não me aventurar no mesmo caminho duas vezes, mas não ajudou em nada meu senso de direção.

E nada, pensei depois de vários minutos de exploração. *Próximo corredor.*

Soltei um suspiro, repeti o X e desci outra fileira. Na verdade, eu não estava terminando, os túneis eram longos demais para serem examinados por completo. Poderíamos passar uma semana aqui, talvez mais, e ainda assim não ver tudo.

Eu só precisava encontrar algo familiar. Então poderia refazer os passos da minha memória.

Aqui, não.

Lá também não.

Estou definitivamente perdida agora.

Hum. Não. Nada familiar aqui.

Cam provavelmente terá que me encontrar neste labirinto. Isso vai acabar bem, tenho certeza.

Argh, meus pés doem.

Mais um X.

E outro X.

Nesse ritmo, eu nunca...

Esse último pensamento desvaneceu quando uma escada apareceu diante de mim. *Espere...*

Avancei lentamente, os degraus me levavam a uma porta sólida. Era um conjunto indefinido de degraus de metal, que me lembrei claramente da minha memória.

Cam e eu encontramos um vampiro aqui, a entrada que os humanos não sabiam que existia, graças à compulsão vampírica que manipulava suas mentes e visões.

Subi as escadas e me virei para examinar as catacumbas, meu cérebro imediatamente recuperou uma lembrança vívida.

— Esta área consiste principalmente de restos humanos — Cam me disse. — Mas ali fica a entrada da nossa antiga cripta.

Fechei os olhos e me lembrei para onde ele apontou, então desci as escadas para seguir aquele caminho.

Minha memória me levou a uma parte indefinida das catacumbas, a cripta mais próxima de mim sem um X, o que significava que eu ainda não tinha andado por esse corredor.

Engolindo em seco, dei um passo à frente e estremeci quando um calafrio cobriu minha pele exposta. *Isso é coisa da minha cabeça*, disse a mim mesma. *Apenas o passado e o presente combinando nesta versão distorcida da minha realidade.*

Infelizmente, não dissipou o desconforto que percorria minha espinha. Talvez porque eu soubesse que se Cam me encontrasse aqui, ele suspeitaria das minhas intenções.

Preciso fazer isso rápido.

Eu não tinha ideia de que horas eram ou como voltaria para o quarto, mas se pudesse pelo menos acordar Cane...

Bem, esperava que isso fizesse alguma coisa. Ou fosse o suficiente para dar a Cam uma razão para pensar.

Isso tem que funcionar.

Eu não queria considerar o que aconteceria se não desse certo.

Cerrei as mãos, sentindo minhas palmas suadas, apesar do ar frio. A cripta da família de Cam ficava no meio de todos os Abençoados, me forçando a passar por vários outros locais de descanso antes de encontrar aquele de que precisava.

Ao contrário das outras áreas das catacumbas, estas criptas tinham portas, todas marcadas pelos brasões da família e outros adornos brilhantes. A cripta da família de Cam tinha diamantes de obsidiana incrustados no desenho, seu brasão emoldurado por uma coroa para indicar sua liderança.

Embora todos os Abençoados e seus descendentes fossem considerados membros da realeza, a linhagem de Cronus era vista como a verdadeira monarquia.

O que provavelmente explicava as opulentas gravuras douradas em torno da cripta de sua família.

Um espaço chique para alguém dormir.

Os vampiros não se preocuparam em investir em ar-condicionado ou aquecimento, mas investiram uma energia significativa na instalação de luzes e outros confortos. E o artesanato era requintado, algo que ficou evidente quando se olhava para os lindos caixões dentro do túmulo de Cronus.

Três, para ser exata.

Um deles era destinado a Cam, caso ele decidisse descansar.

Lilith fez você acordar aqui? me perguntei enquanto deslizava para dentro do espaço. *Foi assim que ela te convenceu de que você estava dormindo? Ou ela te manteve aqui o tempo todo? Preso naquela tortura mental sem fim?*

Parecia um lugar muito óbvio para ela ter escondido Cam. Por que não pensamos em procurar aqui?

Porque é sagrado e não deve ser tocado.

É claro que essa lógica não se aplicaria a Lilith. Ela se imaginava uma deusa, o que lhe permitia quebrar as regras como bem entendesse.

Vadia.

Nunca fui uma pessoa particularmente violenta, mas se ela ainda estivesse viva, eu adoraria matá-la. De maneira dolorosa.

Se concentre, Izzy, pensei comigo mesma enquanto fechava a porta atrás de mim. *Hora de acordar Cane.*

Eu acordaria Cronus também, mas duvidava que tivesse sangue suficiente de Cam para conseguir isso. Caramba, eu nem tinha certeza se tinha o suficiente para acordar Cane.

— Não é preciso muito — Cam me disse enquanto estendia o pulso para Cane beber. — Nosso sangue é poderoso e antigo. Algumas gotas devem bastar.

Eu não tinha ideia de quanto Cane realmente havia absorvido, já que não havia sido medido. No entanto, ele só esteve ligado a Cam por cerca de trinta segundos antes de se soltar e se deitar em seu caixão.

— Estou pronto — Cane falou, com sotaque semelhante ao do irmão. Pelo menos na época, de qualquer maneira.

O sotaque de Cam evoluiu ao longo dos últimos séculos, e estranhamente era o mesmo hoje, apesar de sua falta de memória.

Embora, imaginei que quando Cane acordasse, ele tivesse um sotaque inglês mais forte, talvez até um vocabulário totalmente diferente.

Cronus seria ainda pior. *Será que ele saberia inglês?*

Eu não tinha certeza. Nunca conheci o ancião. Ele estava dormindo há mais de um milênio. Mas Cam sempre falou bem dele, e ele dormiu porque queria manter sua conexão com a humanidade.

Me aproximei primeiro de seu caixão, notando o brasão gravado no mármore ornamentado. Combinava com o que estava na porta, assim como rivalizava com os que decoravam os caixões de seus filhos. Apenas os nomes ao longo da faixa na parte inferior eram diferentes. Este estava escrito *Cronus*. O que estava ao lado dele era de *Cam*. E o último pertencia a *Cane*.

Todos tinham aquela coroa no topo e um símbolo do infinito no meio, junto com duas bandeiras e vários outros detalhes para formar a totalidade do brasão da família.

Esses brasões não eram comumente vistos fora da comunidade vampírica, pois a realeza os mantinha escondidos por milênios.

O de Fen era talvez o mais notável com seus enfeites de lobo e marcas de garras.

O de Johan continha uma escala que fazia sentido para sua linhagem. Jace sempre foi notavelmente justo em seus julgamentos.

Enquanto isso, o de Relios era uma árvore, que não

combinava exatamente com seu filho, Ryder. Mas eu provavelmente poderia fazer algum tipo de declaração profunda sobre as raízes e Ryder ser uma presença forte em minha vida.

Não que eu tivesse tempo para isso agora.

Não, eu precisava me concentrar em Cane.

Os caixões não estavam lacrados, mas os tampos de mármore eram pesados. Ou presumi que sim, de qualquer maneira. Pedra sólida não poderia ser *leve*.

Olhei ao redor em busca de algo que pudesse usar para talvez abrir a tampa e encontrei um pé de cabra perto da porta, quase como se alguém soubesse que eu precisaria dele. Mas eu suspeitava que cada tumba tivesse uma para esse propósito.

Ou estava lá desde quando acordaram Cam.

Em vez de refletir muito sobre isso, peguei a ferramenta e voltei para o local de descanso de Cane. Havia uma pequena lacuna entre a parte superior e a lateral, me permitindo deslizar o ferro fino para dentro para criar uma espécie de alavanca.

Respirando fundo e olhando rapidamente para a porta, empurrei a maçaneta de metal. A rocha rangeu ao se mover, mas meus esforços apenas resultaram em uma abertura de alguns centímetros.

Foram necessárias mais quatro tentativas para criar uma lacuna maior no topo.

Prendi a respiração, quase antecipando que algum tipo de fedor decrépito atingiria meu nariz.

No entanto, nada aconteceu.

Apenas ar.

Deslizando um pouco a barra, continuei até que a laje superior estivesse a alguns centímetros da tumba.

Só então espiei lá dentro, meio que esperando encontrar um cadáver em decomposição.

Mas isso... isso exigiria um corpo.

Que merda é essa?

O caixão estava vazio.

Apenas forrado com seda fina.

E nada de Cane.

Como...? Pressionei a alavanca para mover mais um centímetro. *Merda. Isso não é bom.*

— O que é que está acontecendo aqui? — me perguntei, minha voz quase um sussurro.

— Tirou as palavras da minha boca — uma voz profunda falou lentamente, chamando minha atenção para Michael na entrada.

Ele abriu a porta sem que eu o ouvisse, provavelmente porque eu estava muito concentrada em abrir a tumba.

Eu abri a errada? Ele estava dormindo no caixão de Cam? Lilith fez alguma coisa com ele?

Eu tinha mil perguntas, nenhuma das quais eu poderia fazer ou expressar.

Porque Michael estava caminhando em minha direção.

E sua expressão demonstrava pura intenção maligna.

IZZY

Dei um passo para trás, mas Michael foi mais rápido, e estendeu a mão para agarrar meu cabelo. Ele puxou minha cabeça para trás com força enquanto me girava e me empurrava contra uma parede.

— O que é que você está fazendo aqui? — ele questionou.

Minha mandíbula apertou. De jeito nenhum eu contaria alguma coisa a esse idiota.

Seu aperto aumentou, e sua própria mandíbula se contraiu.

— Você ainda não entendeu, não é? O Cam se foi. Você não significa nada para ele agora. E vai significar menos ainda quando eu contar a ele onde te encontrei. Os humanos não pertencem ao solo sagrado. Um brinquedo como você estar aqui é um insulto a todos os vampiros.

Se isso é verdade, então por que o Cam me trouxe aqui antes? queria questionar.

Mas não disse nada.

Principalmente porque eu estava um pouco preocupada com a forma como o novo Cam poderia reagir à minha presença aqui.

Eu não poderia dizer a ele agora que saí para passear. Perturbei de maneira proposital a tumba de Cane.

Mas ele não está lá.

Cam sabe?

Se não, então talvez essa informação o distraia de reagir de forma negativa ao meu...

Um zumbido soou em meus ouvidos, silenciou minha mente e me firmou no presente.

Um presente onde um vampiro sádico agora tinha uma mão em volta da minha garganta.

E meus pés não tocavam mais o chão.

Tudo aconteceu muito rápido, meu cérebro processou lentamente a situação.

Ele me bateu, percebi. *Com força.*

Agora... agora não consigo... respirar...

Engoli em seco. Ou tentei, de qualquer maneira. Seu aperto em volta da minha garganta frustrou o movimento.

Michael estava dizendo alguma coisa, mas não conseguia ouvi-lo, pois o eco na minha cabeça era muito alto.

— Fraca — foi a única palavra que pareci entender.

Isso é maravilhoso vindo de alguém que costumava ser humano, murmurei em minha mente.

Ou pensei que tinha dito isso para mim mesma, de qualquer maneira. Mas devo ter falado em voz alta porque Michael rosnou e me jogou no chão.

Seu pé atingiu meu estômago, tirando o ar dos meus pulmões enquanto me repreendia pelo meu desrespeito.

— Conquistei esta posição. Enquanto isso, você é apenas uma bolsa de sangue imortal. Ele vai te matar assim que encontrar uma substituta digna.

Minha cabeça queimou quando ele agarrou meu cabelo mais uma vez, e minha visão girou em espiral com lampejos de cores em meio a um mar de escuridão.

— O que acha que ele fez a semana toda enquanto você dormia? — Michael questionou. — Ele está preparando suas substitutas, Ismerelda. E depois dessa pequena façanha? Ele provavelmente vai aceitar uma temporária sem pensar duas vezes.

Cerrei os dentes. Não havia nenhuma maneira de Cam estar *preparando* alguma coisa ou alguém esta semana. Não com quantas horas ele passou dentro de mim.

— Ele não se lembra de você — Michael continuou. — E *nunca* se lembrará. A proteção contra falhas de Lilith garantiu isso.

Meu coração quase parou. *A proteção contra falhas de Lilith garantiu isso.*

Não.

Não, me recuso a acreditar nisso.

Ele vai se lembrar de mim. Cam tem que se lembrar de mim.

— A Lilith venceu — Michael sussurrou em meu ouvido. — Você não significa nada para o Cam. E mesmo se, e esse é um *se* bastante forte, ele algum dia perceba a verdade, será tarde demais. O estrago já estará feito.

Tentei balançar a cabeça, mas seu aperto me manteve firmemente no lugar.

— Onde você acha que ele está agora? — Michael perguntou. — Porque eu posso te contar... Ou talvez apenas te mostrar.

Ele me puxou para cima, causando dor na minha espinha. *Puta merda!*

Dessa vez, o pensamento não escapou da minha boca. Provavelmente porque eu estava muito ocupada gemendo para que palavras coerentes me escapassem.

O espaço girava ao meu redor enquanto Michael me

arrastava pelas catacumbas pelos cabelos. Meus pés se moviam no piloto automático, apesar da agonia que atravessava meu ser.

Ele está me coagindo, percebi enquanto minhas pernas se moviam sem minha permissão. *Ele está me fazendo correr para acompanhá-lo.*

Meus pulmões protestaram, meus músculos tiveram cãibras.

Mas não tive escolha.

Ele estava me puxando sem pensar ou se importar com minha condição mortal.

Outra maneira de me fazer sentir inferior, percebi. *Para provar que sou fraca.*

Um grunhido percorreu meu peito, mas perdeu o impulso antes que pudesse sair da minha boca. Tudo o que saiu foi um suspiro suave, e meu corpo tremeu quando Michael começou a descer as escadas.

Meus pés não estavam tocando o chão agora. Eram apenas os dedos, deslizando pela superfície enquanto ele mantinha o controle sobre meu cabelo, sua compulsão ainda fazendo mágica em minhas pernas.

Isto é ruim.

Muito, muito ruim.

Meus joelhos se dobraram.

Meu couro cabeludo ardeu.

Minha visão escureceu.

Algo forte atingiu minhas costas. *Outra parede.* Uma mão encontrou meu rosto. Os lábios de Michael estavam em meu ouvido novamente, suas palavras cruéis enquanto comentava sobre minha fragilidade.

— Ele nunca vai te transformar — ele me disse. — E não apenas porque não consegue se lembrar de você. Um milênio é muito tempo para manter uma escrava mortal. Ele obviamente nunca quis uma igual. Só queria um brinquedo.

Você não sabe nada sobre quem éramos um para o outro, tive vontade de dizer. Mas eu não tinha energia para tentar.

Uma pequena parte de mim também admitiu: *Se Cam tivesse me transformado, eu não estaria nesta situação agora.*

Ele me manteve humana por causa do nosso vínculo. Ele não queria mudar isso. E eu também não.

Mas agora, aquela voz incerta na minha cabeça me perguntava se eu não queria me transformar por causa de Cam. Se eu estava o apaziguando em vez de a mim mesma.

O mundo mudou novamente enquanto descíamos as escadas por uma quantidade inconcebível de voos. Eu não conseguia me concentrar além da dor, meu crânio latejava por causa de seu abuso.

— Ele está aqui há horas, preocupado demais para perceber que você estava desaparecida.

A insinuação em sua declaração não passou despercebida por mim.

E a causa disso ficou evidente quando ele me puxou para uma sala com meia dúzia de mulheres nuas.

Eu nem tinha certeza de quando saímos da escada ou como acabei naquele espaço estéril tão depressa, mas em um minuto, eu estava focada em odiar suas palavras, e no próximo, estava olhando para a causa delas.

Virgens de sangue.

Elas eram perfeitas demais para serem qualquer outro tipo de humano. E muito mansas para serem vampiras ou lycans.

Suas cabeças estavam inclinadas, as mãos soltas ao lado do corpo.

Michael me empurrou no chão diante delas, me forçando a me ajoelhar.

— Ismerelda. Conheça suas substitutas...

— Que merda você está fazendo? — O tom de Cam ecoou por todo o espaço, sua voz provocou um arrepio na minha coluna.

Ele estava aqui. Com elas. Fazendo... fazendo...

Não consegui terminar o pensamento, meu estômago deu um nó.

— Eu a encontrei na cripta de sua família — Michael disse, sem perder tempo em informar Cam sobre minhas ações.

— Então você a trouxe aqui? — Os sapatos de Cam apareceram na minha linha de visão, me fazendo perceber que estava olhando para o chão. Mas eu não queria ver o estado de vestimenta em que ele estava, ou a falta dele.

Embora seja um bom sinal que ele esteja usando os sapatos, certo?

— Ela exigiu te ver, meu soberano — Michael respondeu.

Arregalei os olhos.

— Eu...

— *Silêncio.* — A exigência de Cam me cortou como uma faca, me deixando sem palavras.

Isso é demais.

Muito... muito... difícil.

Engoli em seco, com a garganta apertada devido ao tratamento de Michael. Ou talvez fosse devido às emoções que ameaçavam me sufocar.

Eu falhei.

Michael me pegou.

Cam tem estado ocupado... fazendo... não quero saber.

Ele brincou com virgens de sangue antes de Mira me trazer aqui.

Ele está me tratando como uma escrava sexual.

Suas memórias nunca mais voltarão...

Meu coração se partiu no peito, provocando uma sensação agonizante dentro de mim.

Eu não queria acreditar em Michael. Não queria desistir. E ainda... *e ainda...*

— Mira. Leve-a para o meu quarto. Lidarei com ela mais tarde.

— Claro, meu soberano. — A voz suave de Mira fez minhas mãos se fecharem em punhos.

Ela me trouxe aqui.

Ela mentiu para mim.

Ela traiu a todos.

A vaca em questão agarrou meu braço, cravando as unhas em minha pele.

— Hora de ir, Izzy.

Cerrei os dentes, apenas para que outra pontada aguda desmantelasse minha capacidade de pensar.

Merda. Michael me bateu com força. E a compulsão de correr transformou minhas pernas em geleia.

Mas, ao contrário da última vez, Cam não interveio. Ele nem me reconheceu.

— Michael. Fique por um momento — ele disse. — Nós precisamos conversar.

A violência que ressaltou essas três palavras fez meu estômago embrulhar. Foi quase sensual. Provavelmente porque Cam estava de certo humor, graças às suas *substitutas*.

Esse era o termo que Michael estava prestes a usar.

Minhas substitutas.

As virgens de sangue imortais destinadas a servir aos vampiros por toda a eternidade sem as complicações do vínculo *Erosita*.

Cam esteve aqui a noite toda fazendo o quê? Testando suas aptidões? Experimentando seus conjuntos de habilidades? Selecionando um novo brinquedo?

Talvez ele pretendesse exibi-las diante da aliança como uma espécie de oferenda.

Como isso pode ter chegado a este ponto?

— Lilith venceu — Michael disse, essas duas palavras se repetiam em meus pensamentos agora.

Porque me preocupei que ele pudesse estar certo. Que não havia como voltar atrás.

Talvez eu não consiga salvar Cam.

Talvez... talvez esta seja a nossa vida agora. Pelo resto da eternidade. Até eu morrer...

Não disse nada enquanto Mira me acompanhava até o elevador.

Havia várias coisas que eu teria falado há uma semana e que não importavam agora.

Ela obviamente não se importava com seu companheiro ou com sua filha. Por que me preocupar em perguntar?

Por que me preocupar em tentar implorar a ela por qualquer coisa?

Se Cam não conseguisse acessar suas memórias, como eu poderia fazê-lo mudar de ideia?

Eu poderia continuar tentando derrubar a parede mental. Infelizmente, depois da façanha desta noite, eu duvidava que ele estivesse tão disposto a me ouvir, quanto mais a me permitir acessar seus pensamentos.

Ele acredita que é superior, que criou tudo isso.

Ele acha que não quer uma Erosita, mas sim uma boneca de sangue imortal.

Ele está convencido de que este é o sonho de sua vida, seu objetivo para a aliança.

Meu peito batia forte com cada pensamento, meus passos estavam pesados, minha alma... se partindo.

Eu me senti... perdida. Destruída. Incapaz de pensar mais. Por que isso importava? O que eu conseguiria refletindo sobre essa situação por horas a fio?

Não.

Eu apenas... esperaria que ele voltasse.

Talvez eu bebesse o sangue ainda enfiado em meu short e me curasse. Ou talvez permanecesse neste estado.

Isso importa? Cam provavelmente vai me matar de qualquer maneira.

Ele pediria uma explicação? Me daria um minuto para falar? Para contar a ele sobre Cane?

Tentei engolir, cada parte de mim exausta e oprimida e... acabada.

Eu estava cansada demais para continuar fazendo isso.

Talvez eu devesse ter ficado descansando hoje, afinal.

— Você cheira a desânimo — Mira murmurou quando chegamos ao andar de Cam.

Ela saiu, ainda segurando meu braço, e me levou até a entrada do corredor que levava ao quarto dele.

— Vá tomar banho antes que o Cam volte — ela acrescentou, me liberando. — Ele precisa que você esteja forte agora. *Que o impulsione.*

Essas duas últimas declarações foram muito mais suaves do que a anterior, as palavras mais como um sussurro baixinho.

Olhei para cima, confusa, mas ela já estava indo embora.

— Não se perca de novo, Izzy. Você não vai gostar do que acontecerá se fizer isso.

Com aquela ameaça persistente, ela entrou no elevador ainda aberto. Só então se virou para olhar para mim.

Seu rosto estava sem emoção.

Mas os olhos... os olhos dela eram lupinos.

E por um breve segundo, jurei ter visto uma pontada de tristeza em suas profundezas.

Então a porta se fechou.

Me deixando sozinha mais uma vez.

O que acabou de acontecer? me perguntei, perplexa com suas declarações conflitantes. *Eu a ouvi mal? Sonhei acordado com o que vi?*

Eu pisquei.

Então balancei a cabeça e manquei de volta para o quarto de Cam.

A esperança era uma emoção inconstante, uma que eu não tinha certeza se queria vivenciar agora.

Mas seguiria o conselho de Mira e tomaria banho. Talvez isso ajudasse a afastar o toque de Michael.

Ou talvez eu me afogue.

CAM

Alguns minutos antes

— Dr. Wagner, leve as cobaias para o laboratório ao lado. Pode prosseguir com o exame físico e a coleta de sangue lá.

— Claro, meu soberano — Wagner respondeu atrás de mim. Estávamos discutindo alguns dos resultados de sua pesquisa na sala ao lado quando senti a presença de Ismerelda.

Eu não tinha ideia de porque ela estava vagando pelas catacumbas, ou como ela encontrou a cripta da minha família, mas eu estava mais interessado na audácia de Michael no momento.

Ele não apenas tocou em minha *Erosita – de novo*. Ele a trouxe aqui, para uma sala cheia de virgens de sangue prestes a entrar em um teste de compatibilidade.

Cerrei os dentes enquanto Wagner conduzia as cobaias

para fora da sala. Seus movimentos eram metódicos e estoicos, assim como eram sempre que eu falava com ele.

Ele foi uma das criações imortais de sucesso de Lilith, assim como a nova *Erosita* de Jace, Calina. Ambos foram criados usando um substituto de sangue dourado e uma mistura de outras genéticas sobrenaturais.

Infelizmente, meus irmãos mataram todos os sangues dourados conhecidos no mundo, deixando as virgens de sangue como o tipo de sangue mais próximo disponível.

Wagner estava testando todas para ver se alguma das mulheres tinha marcadores próximos o suficiente para um potencial teste de barriga de aluguel envolvendo os Abençoados.

Até agora, nenhuma das candidatas se mostrou viável, algo que Wagner dizia quando Michael invadiu com Ismerelda.

A porta se fechou com um sussurro, me deixando sozinho com minha progênie. Ele alegou que trouxe Ismerelda aqui porque ela exigiu me ver e, embora isso pudesse ser verdade, ele não deveria estar com ela para começar.

— Você deveria ter me ligado quando percebeu onde Ismerelda estava — eu disse enquanto o encarava. — Mas assumiu a responsabilidade *de novo* de disciplinar minha *Erosita*.

Porque não havia dúvidas sobre seus ferimentos ou como ela os adquiriu.

O hematoma que se formou em seu rosto era recente e eu também senti sua exaustão. Eu não tinha ideia do que ele fez, mas pretendia descobrir assim que falasse com ela.

— Eu a encontrei na cripta de sua família. — Ele pronunciou as palavras como se fossem uma explicação. Não, não apenas uma explicação, uma *validação*.

— Foi nesse momento que você deveria ter me ligado para que eu pudesse lidar com a situação — respondi.

— Tive que detê-la, meu soberano. Ela estava abrindo o túmulo do seu irmão.

Eu fiz uma careta. Isso era uma coisa estranha para ela estar fazendo.

— Ela te contou por quê?

— Não. Ela me insultou e depois exigiu que eu a levasse até você. Isso foi tudo que ela disse.

Contraí o nariz quando o cheiro de Michael ficou mais doce. Acontecia isso com frequência, algo que eu estava começando a pensar que poderia ser algum tipo de indício.

Uma dica de que ele está mentindo para mim.

— Como ela te insultou? — perguntei, curioso para saber se essa era a fonte de sua mudança de cheiro ou se era a última metade da declaração.

Porque os hematomas que vi se formar na garganta da minha *Erosita* sugeriam que Ismerelda não teve muita chance de falar.

— Ela me lembrou da minha mortalidade — ele disse, fazendo minha sobrancelha arquear.

— E?

— E disse isso com um tom sarcástico. — Ele cruzou os braços delgados. — Ela não tem boas maneiras, meu soberano. Não entende seu lugar. E fala comigo como se eu fosse inferior, não superior.

Porque ela deveria ser minha rainha, não minha Erosita, pensei.

O fato de ela ter decidido vagar hoje revelava muito sobre sua força e coragem. Ela não agiu como uma humana fraca. Agiu como uma vampira.

Mas por que ir para a cripta da minha família?

Ela mencionou que eu a levei lá antes para testemunhar o ritual de descanso de Cane, mas nunca terminamos a conversa.

Havia algo que ela queria contar? Talvez algo ligado a uma memória antiga? ponderei. *Mas então, por que não me convidou para ir com ela?*

— Ela é um problema, meu soberano — Michael continuou. — Podemos não ter provas de sua adulteração, mas não confio nela.

Eu bufei.

— Ela não está aqui para você confiar, Michael. Nem para você tocar. O que pensei já ter deixado claro, mas aparentemente minha lição não foi completa o suficiente.

Michael deu um passo para trás, arregalando os olhos.

— Eu a encontrei abrindo a tumba de Cane, meu soberano — ele repetiu. — Reagi de maneira protetora. Esse é um terreno sagrado e ela estava ameaçando contaminá-lo.

— Como você a encontrou lá em cima? — perguntei a ele. — Mandei você buscar meu laptop. Você deveria ter voltado e me dito que ela havia desaparecido, então me deixado cuidar disso.

Ele passou os dedos pelos cabelos claros e soltou um suspiro.

— Quando percebi que ela estava desaparecida, segui seu cheiro. Eu estava... eu estava preocupado. E você estava ocupado. Estava tentando ajudar.

— Colocando suas mãos na minha *Erosita*? Depois que eu lhe disse expressamente para não fazer isso?

— Ela se recusou a vir comigo, meu soberano. Estava sendo particularmente difícil. — Ele levantou a mão antes que eu pudesse comentar. — Mas vejo agora que deveria ter contatado você primeiro.

Ele deveria ter feito muito mais do que isso. Começando me avisando que ela estava desaparecida quando chegou ao meu quarto vazio.

Eu o mandei para o meu quarto como uma espécie de teste para ver se ele deixaria Ismerelda em paz.

Ele falhou.

No entanto, as circunstâncias também não foram o que eu esperava.

— Se me permite ser ousado, meu soberano, sua *Erosita* está agindo acima de sua posição porque você está dando a ela muitas liberdades. Ela foi mimada pelas filosofias do Clã Majestic e, como resultado, não abraçou verdadeiramente sua visão para o futuro. Ser severo com ela é a única maneira de corrigir seu comportamento.

Fiquei olhando para ele, incapaz de compreender como ele poderia pensar que aquele era o momento apropriado para me dar um sermão sobre *minha Erosita*. Era como se o homem não conseguisse compreender que ela era *minha*, não *dele*.

E ele não era quem deveria corrigir seu *comportamento*.

— Ela deveria estar trancada no quarto que você providenciou para ela — ele continuou, obviamente alheio à minha crescente ira. Já havia atingido o pico antes de ele começar a falar.

Agora, estava irrompendo em ondas silenciosas de fúria quente que arrepiavam os pelos dos meus braços, fluindo até os meus dedos... dedos que coçavam para envolver a garganta deste homem e apertar.

— No mínimo, você precisa trancar a porta — ele continuou, seu instinto de sobrevivência claramente obsoleto.

Como esse macho pode ser minha progênie?

— Mas, pessoalmente, não acho que ela deveria ter permissão para viver depois do que fez. Ela profanou o solo sagrado ao pisar nas catacumbas e depois violou ainda mais a área ao tentar abrir o túmulo do seu irmão. — Ele balançou a cabeça, passando os dedos pelos cabelos novamente. — Ela está destruída, meu soberano. Incorrigível. Na minha opinião.

— Na sua opinião — repeti, minha voz mais baixa do que antes. Letal, até.

— Sim — minha progênie ignorante respondeu. — Posso cuidar da tarefa para você, se quiser. Sei que você está ocupado e ela realmente não vale o seu tempo.

Por que eu escolheria transformar esse homem e não Ismerelda? me perguntei, perplexo, como eu poderia ter considerado esse imbecil digno do meu sangue.

— Não toque em Ismerelda — disse a ele, a violência enfatizando cada palavra. — Na verdade, não chegue perto dela novamente.

— Meu soberano...

— Não — grunhi, segurando sua garganta enquanto o empurrava contra a parede mais próxima... que ficava a uns bons cinco metros de distância. No entanto, meu instinto vampírico me permitiu cruzar essa distância em menos de um segundo.

As pupilas de Michael brilharam, seus olhos se arregalaram.

— Eu avisei para não tocá-la, Michael. Eu te disse o que aconteceria se você me desobedecesse.

Meu aperto aumentou em torno de sua traqueia, e a vontade de arrancar sua cabeça fez com que meu predador interior sorrisse com excitação maliciosa.

— *Ela não lhe pertence para você punir. Ou tocar, porra.* — As palavras rosnadas deixaram minha boca em um som sibilante e enfurecido, que esfriou o ar entre nós.

Uma sombra caiu sobre suas feições, seu coração bateu forte no peito.

Sim. Você entendeu mal sua situação, pensei para ele. *Mas entende agora, não é?*

— Ismerelda pode ter se comportado mal hoje — disse a ele. — No entanto, falarei com ela sobre isso em particular. Só então decidirei se uma punição é justificada.

Porque, francamente, eu estava mais curioso do que irritado sobre as ações dela hoje.

Muito diferente de como eu me sentia em relação a Michael e sua necessidade incessante de interferir no que dizia respeito à minha *Erosita*.

— Seu flagrante desrespeito às minhas exigências é um problema — continuei enquanto seu rosto começava a mudar de cor devido à falta de oxigênio. — Um problema que não tenho certeza se posso permitir que viva.

Ele agarrou meu pulso, suas narinas estavam dilatadas.

— Se não posso confiar em você com uma política simples de não tocar, então como vou confiar para fazer qualquer outra coisa com competência?

Suas unhas cravaram em minha pele, a outra mão subiu até meu ombro na tentativa de me afastar.

Não me mexi.

Eu era muito mais antigo, muito mais *forte* do que esse homem inútil.

— Você pode se considerar superior à minha *Erosita*, mas ela é *minha*. Isso faz dela uma extensão de quem sou. E *eu* sou seu soberano.

Ele começou a se contorcer, suas pernas chutando as minhas, seus instintos de luta começando a tomar conta.

Porque ele parecia entender que eu não iria simplesmente sufocá-lo até ele desmaiar e depois deixá-lo acordar.

Não. Eu pretendia arrancar a cabeça dele.

Ele machucou minha leoa. Duas vezes.

Nunca mais.

Eu não me importava se isso me fazia parecer fraco, obcecado ou possessivo. Eu era a porra do rei. Se eu quisesse ter uma companheira, então tomaria a porra de uma companheira.

Se quisesse transformar Ismerelda, então a transformaria.

E ninguém – especialmente *Michael* – influenciaria minhas escolhas.

— Perdoei seu insulto inicial. Até te dei outra chance, mas você deliberadamente ignorou minha...

Meu relógio tocou com uma chamada recebida, o nome de Mira apareceu em uma tela holográfica ao meu lado.

Merda. Eu disse a ela para acompanhar Ismerelda ao meu quarto. O que significava que só poderia haver um motivo para Mira estar ligando agora.

— Não se mova — disse a Michael quando o soltei.

Ele me desobedeceu parcialmente, seus joelhos dobraram e o jogaram no chão. Felizmente, ele permaneceu praticamente imóvel depois disso, seus únicos sons eram de chiado e tosse.

Meu predador interior sorriu com satisfação sombria.

Enquanto isso, meu lado prático se concentrava no relógio.

— Atenda — rosnei, semicerrando o olhar para a imagem flutuando no ar.

As feições calmas de Mira apareceram, suas íris geladas apareceram vívidas na tela.

— Meu soberano — ela cumprimentou. — Helias está aqui.

Eu pisquei.

— O quê?

— O jato dele acabou de pousar. Parece que os humanos que comandavam as torres de voo presumiram que ele estava aqui para o Coventus e ajudaram em sua chegada. Não que eles pudessem recusá-lo, de qualquer maneira. Ele é da realeza, meu soberano. Membros da realeza e os alfas são tratados como reis entre os humanos.

— Estou ciente — murmurei, sua explicação frívola e desnecessária. Tudo o que Helias teria que fazer seria anunciar sua chegada e os humanos teriam se curvado ao pedido sem questionar.

Era como deveria ser – vampiros e lycans eram superiores. Os humanos tinham sorte apenas por estarem vivos.

Mas se tudo isso é verdade, se este é realmente o meu desejo, então por que aprecio a bravura de Ismerelda? me perguntei. *Por que a coragem dela me deixou orgulhoso?*

Eu deveria querer que ela se ajoelhasse. Se curvar. Para implorar por sua vida. Para me agradecer por escolhê-la. Para fazê-la rastejar, suplicar e obedecer.

Mesmo assim, não o fiz.

Em vez disso, queria recompensá-la com a imortalidade por provar ser mais forte que o resto de sua espécie. Por provar ser corajosa. Por provar ser teimosa, desafiadora e muito diferente dos outros humanos neste mundo.

Porém, Ismerelda veio de um mundo onde seu comportamento era normal. Um mundo onde os mortais tinham direitos iguais.

Vampiros e lycans retiraram esses direitos e escravizaram a raça humana.

Para qual propósito? me perguntei. *Que lógica tem isso? Querer elogiar Ismerelda por sua bravura e ao mesmo tempo esmagá-la?*

— Meu soberano? — Mira chamou, atraindo meu foco de volta para ela. — Como deseja proceder?

— Em quê? — perguntei, momentaneamente confuso. Com Ismerelda? No plano para este mundo? Sobre...

— Helias, meu soberano — ela disse, franzindo a testa apenas um pouquinho. — Devo dizer a ele para voltar para casa?

Certo. Helias.

Se concentre, Cam.

Pigarreei.

— Ele disse por que mudou os parâmetros da nossa ligação?

— Sim. Ele disse que vídeo e áudio podem ser manipulados, enquanto uma reunião presencial, não.

Curvei os lábios.

— Ele está insinuando que pretendemos gravá-lo?

— Não, meu soberano. Acredito que ele está dizendo que quer uma prova de que você está vivo.

Olhei para ela.

— E ele acha que isso pode ser falsificado com uma videochamada?

— Sim. — A resposta foi uma única palavra, sem elaborar.

— Entendo. — Li nos arquivos de Lilith que vários membros da realeza suspeitavam que eu pudesse estar morto. Parecia que os revolucionários tinham espalhado esse boato para me minar.

Aparentemente, Helias estava preocupado que esses rumores pudessem ser verdadeiros.

Eu poderia mandá-lo se foder, mas provavelmente seria benéfico para mim acalmá-lo agora.

Nunca se sabia quando uma aliança poderia ser necessária.

— Traga-o para a sala de conferências do Coventus — disse a Mira. — Vou me encontrar com ele lá.

Ela inclinou a cabeça.

— Sim, meu soberano.

A tela desapareceu no instante seguinte, me deixando com Michael ainda encolhido aos meus pés.

Claramente, eu tinha coisas mais importantes para resolver agora. E não estava com vontade de acelerar a morte de Michael.

Supondo que ainda o queira morto, pensei. *Ele reagiu como qualquer outra pessoa ao encontrar um humano vagando pelas catacumbas.*

Mas Ismerelda não era uma humana normal. Ela era minha humana.

— Fique longe da minha *Erosita* — disse a ele. — E vá ajudar o dr. Wagner em seu laboratório.

Eu descobriria o que fazer com ele mais tarde.

Tinha um velho amigo para cumprimentar.

IZZY

Acabei bebendo o sangue de Cam, minha necessidade de cura superou todos os outros pensamentos em minha mente. Também tomei banho.

Mas não me preocupei em secar o cabelo.

Deixei-o penteado e molhado, vesti uma das camisas sociais de Cam, depois andei pelo quarto enquanto esperava por ele.

A falta da pizza significava que ela veio e voltou na minha ausência ou que ainda não era hora do jantar. Eu não tinha noção da hora, a falta de relógio me deixava muito no escuro. Não pude nem tentar espiar o computador de Cam em busca de resposta porque não estava mais aqui.

Foi assim que ele soube que eu não estava aqui? me perguntei. *Ele voltou para pegar o laptop, percebeu que eu estava desaparecida e mandou Michael me procurar?*

Estremeci, sua ira era uma presença palpável que ainda permanecia em minha pele.

O que ele vai fazer comigo?

Algo doloroso, certamente.

Algo sexual também.

Ou talvez ele me descartasse por uma daquelas virgens de sangue.

Deus, como eu deveria consertar isso? *Consertá-lo?*

Ele nunca vai se lembrar de você. A proteção contra falhas de Lilith garantiu isso.

As palavras de Michael reverberaram em minha cabeça, cada uma ameaçando dissolver os últimos fios de esperança em minha mente.

As memórias de Cam desapareceram.

Este é quem ele é agora.

E eu... sou apenas sua bolsa de sangue imortal.

Torci as mãos na minha frente enquanto andava, rangendo os dentes. *Não posso desistir. Mas eu... eu não sei o que fazer.*

Acordar Cane foi um fracasso épico. Ele não estava em seu caixão. E mesmo que estivesse, eu não teria tido tempo de fazer o ritual.

A Lilith venceu. Você não significa nada para Cam.

Estremeci, a voz de Michael ecoou em meus pensamentos repetidamente, a finalidade de suas declarações continuou a minar minha determinação.

Se as memórias de Cam estivessem inacessíveis, então eu teria que conquistá-lo neste estado atual.

Um estado em que ele sofreu uma lavagem cerebral por Lilith para odiar a humanidade. Pensar em mim como propriedade, não como uma pessoa. Para se preocupar apenas com sua satisfação vampírica e nada mais.

Mesmo que eu consiga falar com ele, podemos ao menos seguir em frente? Ele está brincando com outras mulheres... por que não sou o suficiente para ele?

Depois de mais de mil anos de fidelidade, estando um com o outro, seu corpo ainda lhe permitia se entregar a outra pessoa.

A várias delas.

Eu não queria usar isso contra ele e sabia que não era justo, mas como poderia deixar isso passar?

Flexionei as mãos, depois as fechei e flexionei novamente enquanto eu passava os braços em volta de mim. *O que posso fazer?* me perguntei repetidamente. *Como faço para corrigir isso?*

Continuei andando, meu corpo curado do tratamento de Michael – e da caminhada interminável anterior – mas a exaustão puxava minha psique.

Nenhuma quantidade de sangue de Cam poderia alterar meus sentimentos. Ele poderia me dar uma sensação temporária, um gostinho de euforia, mas no momento em que a realidade se estabeleceu, meu humor despencou.

Eu te amo, Ismerelda. Para sempre. Por toda a eternidade.

Fechei os olhos enquanto imaginava o rosto de Cam, a seriedade em suas feições, a adoração em seu olhar, o calor em seu toque...

Minha garganta apertou.

— Eu também te amo — sussurrei de volta para ele.

Quantas vezes já nos envolvemos nessa troca? Cem? Mil?

Uma promessa de sempre estarmos presentes um para o outro. De sempre cuidarmos um do outro. Estarmos sempre juntos.

Só que ele não é mais aquele Cam. E nunca mais será.

Desistir dele seria pior do que sua infidelidade. Ele precisava de mim agora mais do que nunca. Mas como eu poderia ajudá-lo se ele não quisesse minha ajuda?

Sem suas memórias, ele era uma pessoa completamente diferente.

É isso que ele teria sido sem mim? me perguntei. *Ele sempre esteve destinado a ser esse monstro cruel? E eu apenas o distraí desse caminho? Ou houve outros aspectos de sua vida que o tornaram quem ele costumava ser?*

Eu alterei o destino? Este destino estava se corrigindo?

Minha mandíbula doía de tanto cerrá-la.

Eu odiei isso. Odiava Lilith. Odiava Michael. Odiava o destino.

Ele nunca vai te transformar. E não apenas porque ele não consegue se lembrar de você. Um milênio é muito tempo para manter uma escrava mortal. Ele obviamente nunca quis uma igual. Ele só queria um brinquedo.

Engoli em seco, as duas últimas frases se repetindo em minha mente.

Ele está certo? me perguntei. *Foi por isso que Cam nunca me transformou?*

Balancei a cabeça. *Não. Ele... ele só queria preservar nosso vínculo.*

Mas por quê? sussurrei. *Foi realmente porque ele não queria que nossa conexão terminasse? Ou por que precisava do meu sangue?*

Coloquei a palma da mão na testa, sentindo os olhos queimarem por trás das pálpebras fechadas.

Essas incertezas me deixariam louca.

Eu conhecia Cam. Ele era meu companheiro. A outra metade da minha alma. Ele não iria... não iria apenas me *usar*.

E ainda assim, esta versão dele fez isso.

Essa versão dele, a que era essencialmente parecida com o homem que conheci há mil anos, não tinha problema em me ver como uma boneca destinada apenas ao seu prazer.

Então, como eu o mudei? Por que não posso fazer isso agora?

Porque o elemento surpresa desapareceu.

Esse elemento de surpresa, o momento em que o fiz parar porque sabia o que ele era, não se aplicava mais.

Os humanos estavam plenamente conscientes da existência de vampiros e lycans agora.

Os humanos também foram escravizados por eles.

Não havia nada extraordinário o suficiente em mim para fazer Cam dar alguns passos para trás, para realmente avaliar o potencial da nossa situação. Em vez disso, ele estava com fome. Exigente. *Sexualmente carregado.*

Eu não era única para ele. Caramba, eu provavelmente nem tinha um gosto tão bom para ele quanto as virgens de sangue. Tudo que eu tinha para negociar era meu corpo, que claramente não era satisfatório o suficiente para mantê-lo entretido por muito tempo.

Meu conhecimento de seus gostos e desgostos atuais podia ser útil, mas nada mais. E uma vez que eu divulgasse informações suficientes para apaziguar sua curiosidade, o que aconteceria?

Apertei a ponta do nariz e soltei um suspiro.

Ele me disse para relaxar hoje. Eu estava exatamente o oposto de relaxada. Um banho pouco ajudaria a dissipar a tensão que apertava meus ombros e pescoço. Além disso, ele provavelmente tentaria me afogar quando voltasse.

E eu não queria morrer desse jeito.

O que vou dizer a ele? me perguntei. *Posso distraí-lo com a notícia de que Cane saiu de sua tumba? Ou ele já...*

Uma voz masculina ecoando pelo corredor fez minha cabeça se levantar, meu olhar focado na porta. Cam.

Não, pensei na batida seguinte. Michael.

— Tem certeza, meu soberano? — ele estava perguntando. — Porque não há como voltar atrás.

— É assim que ela deveria ter morrido há mil anos — Cam respondeu, com seu sotaque inglês mais proeminente do que o normal. Ou talvez apenas parecesse assim por causa das palavras que ele dizia.

O que ele quis dizer com *É assim que ela deveria ter morrido há mil anos?*

Ele não poderia estar falando sobre a noite em que nos conhecemos... certo?

Ele... ele não iria... Ele não poderia... Ele nem se lembrava...

Exceto... Bem, contei ao novo Cam sobre isso. Não todos os detalhes, mas o suficiente para ele... para...

Não.

Não.

— Parece adequado para mim — ele concluiu, fazendo com que os cabelos da minha nuca se arrepiassem.

Apropriado?

— Se você tem certeza.

— Tenho. — A palavra dita com clareza arrepiou minha coluna. Havia um toque de finalidade ali, um sussurro de *adeus.* — Acabe com isso.

Isso... não.

De jeito nenhum.

Ele não pode...

— Como desejar, meu soberano — Michael murmurou. — Considere feito.

— Bom. Tenho coisas mais importantes para cuidar.

— Entendido, meu soberano.

A porta da suíte de Cam se abriu, mas não totalmente.

— Faça o que Michael diz, Ismerelda.

Meus lábios se separaram. O quê? Ele nem ia me dar uma chance de falar com ele?

— Você está brincando comigo? — murmurei. — Não. Não! — Corri até a porta, preparada para passar por ela e agarrá-lo pela camisa.

Mas ele já estava no final do corredor, as costas vestidas com o terno eram tudo que eu consegui ver antes de ele desaparecer no elevador.

— Cam! — gritei.

As portas se fecharam sem que ele se importasse em se virar.

— Sinto muito, Izzy, mas eu avisei — Michael disse com o ombro apoiado na parede à minha frente. — Ele está farto. O que significa que você está acabada.

Dei um passo para trás enquanto ele se afastava da parede, e eu balançava a cabeça de um lado para o outro.

— Não, eu disse. — Ele só precisa me deixar explicar.

— Não há nada para explicar. Você é uma bolsa de sangue glorificada que provou ser incapaz de respeitar seus superiores. Ele já encontrou uma para substituir você. Aquela que, o que ele disse exatamente? — Ele olhou para cima e estalou os dedos. — Certo. Uma virgem de sangue que sabe como atuar adequadamente no quarto.

Semicerrei o olhar.

— Sou sua companheira há mais de mil anos.

— Sim — ele concordou. — Mas o homem com quem você se acasalou morreu há mais de um século. Este é o novo e melhorado Cam, e ele não precisa mais do passado.

Michael me agarrou pela nuca, seus movimentos extremamente rápidos.

— Venha comigo, pequena prostituta de sangue — ele exigiu. — Recebi instruções muito específicas para deixar você morrer da maneira que a natureza planejou que você morresse.

Ele pronunciou as palavras enquanto me arrastava para o corredor. Tentei impedi-lo, firmar meus pés descalços no chão, mas minhas pernas se moviam contra minha vontade, sugerindo que ele me obrigou a cooperar.

Ou talvez Cam tenha feito isso quando me ordenou a fazer tudo o que Michael disse, pensei, estremecendo.

— O soberano disse que acha isso *apropriado* — Michael refletiu, repetindo a declaração que eu ouvi. — Suponho que seja a maneira dele de corrigir um erro e redefinir o destino no caminho apropriado.

— Isso é porque ele não sabe quem sou — respondi, furiosa e com medo de que minhas pernas ainda estivessem se movendo sem minha permissão.

— E ele nunca saberá — Michael respondeu. — Os protocolos de Lilith fritaram a parte do cérebro de Cam onde existe o vínculo *Erosita*. Como resultado, todas as memórias dele sobre você foram apagadas e não há como ele recuperá-las.

Cerrei os dentes.

— Existe se ele olhar em minha mente.

— Isso exigiria que ele realmente se preocupasse o suficiente com você para tentar — Michael falou quando entramos no elevador.

Ele selecionou o número treze, fazendo com que o elevador entrasse em ação.

— Você teve cerca de dez dias para convencê-lo de sua verdadeira importância e falhou. Por quê? Porque ele não é mais o Cam que você conhecia. Em vez disso, ele é o Cam que deveria ser: um rei destinado a governar a aliança e a subjugar todos os rebeldes.

— Ele nunca quis nada disso — argumentei. — Ele se opôs a essas mudanças.

— Por você — Michael murmurou. — Mas como a Lilith previu, sem a sua influência mortal na mente dele, Cam é um verdadeiro vampiro. Só precisávamos ter certeza disso antes de soltá-lo no mundo.

Fiz uma careta.

— O quê? — perguntei quando as portas se abriram para um novo andar. — Certeza sobre o quê?

— De que ele foi oficialmente curado de sua influência — ele respondeu. — Trazer você aqui foi o teste final. A decisão dele de romper os laços com você é a nota para aprovação.

Meu sangue gelou. *Essa coisa toda era uma forma de ver se eu conseguiria... se ainda conseguiria influenciá-lo através do nosso vínculo?*

— Graças a você, agora sabemos que perder as memórias é a chave para curar aqueles que têm paixões de longa data. — Michael parecia satisfeito. — Então, obrigado por sua participação neste estudo. Seus serviços não são mais necessários.

Ele parou do lado de fora de uma porta, com um sorriso verdadeiramente maligno em seus lábios carnudos. Ele bateu uma vez na madeira, a palma da mão finalmente saindo da minha nuca.

— Você vai entrar lá e se oferecer como sobremesa — ele disse. — E morrer do jeito que o destino planejou.

Ele deu um passo mais perto de mim.

— A melhor parte é que você não tem escolha a não ser obedecer, porque estou mandando. — Seus olhos verdes brilharam com uma intenção ameaçadora. — Você vai gemer de alegria enquanto eles te destroem, o tempo todo implorando e chorando em sua mente, onde ninguém pode ouvir você gritar.

Fiquei paralisada enquanto ele se inclinava para roçar os lábios em minha bochecha.

— Eu diria que foi um prazer, Izzy, mas seria mentira. O prazer será ver você morrer.

CAM

Me sentei à mesa, tamborilando os dedos em um ritmo impaciente contra o tampo de madeira.

Semicerrei os olhos para o relógio. Estava nesta sala de conferências nos últimos noventa minutos, esperando a chegada de Helias.

Por que está demorando tanto?

Roma estava praticamente abandonada, exceto pelo Vaticano, tornando bastante fácil navegar pelas ruas. Pelo que entendi, Lilith reformou a outrora famosa cidade mortal para atender às suas necessidades, o que incluía a instalação de um aeroporto muito mais próximo.

Assim, Helias já deveria estar aqui.

Procurei o nome de Mira no relógio, tentado a ligar para ela. Talvez eu não devesse ter vindo diretamente para cá depois de deixar Michael com o dr. Wagner.

Se eu soubesse que demoraria tanto, teria ido primeiro ao meu quarto para conversar com Ismerelda.

Por que você estava nas catacumbas? queria perguntar a ela. *O que você estava tentando fazer com o túmulo do meu irmão?*

A tentação de me conectar à mente dela para questioná-la era forte, o que me fez cutucar um pouco as paredes mentais entre nós.

Hum. Parecia que os blocos no lugar haviam se deteriorado na última semana, indicando minha crescente curiosidade em relação ao nosso vínculo e à nossa verdadeira história.

Era natural a inclinação de querer mais informações, principalmente porque minhas memórias não pareciam estar voltando. *Por que não consigo me lembrar dela?*

Algo sobre isso não parecia certo. Eu suspeitava que fosse porque ela não significava muito para mim, mas essa lógica não correspondia às minhas decisões. Por que eu manteria uma *Erosita* por mais de mil anos se ela não significasse nada para mim?

Não, quanto mais tempo eu passava com Ismerelda, mais conectado eu me sentia com ela. Muito disso provavelmente foi resultado do vínculo, mas havia algo mais aqui.

O comportamento dela só aumentou meu interesse, especialmente o incidente de hoje.

Apertei os lábios enquanto eu verificava meu relógio novamente, minha impaciência aumentando. *Prefiro questionar Ismerelda.*

Caramba, eu preferiria fazer muitas coisas com minha *Erosita* a ficar sentado nesta sala vazia.

Um rei não espera por ninguém, pensei, estreitando o olhar. *Então, por que estou esperando por uma realeza menor? Alguém que escolheu aparecer sem avisar.*

Meu queixo tremeu.

Eu não tinha muita experiência com essa emoção –

impaciência. Principalmente porque vivi muito tempo para me importar muito com a passagem do tempo.

Uma hora não era nada para um vampiro da minha idade. Meros segundos, na verdade.

Então, por que isso parecia uma eternidade?

E o que é essa sensação no meu peito? me perguntei de repente, levando a mão ao peito, cobrindo o coração, para esfregar a dor que se formava ali. *Uma resposta física à minha irritação crescente?*

Não, isso não parecia muito certo.

Por que a irritação provocaria dor?

Por que estou sentindo dor?

Franzi a testa.

Alguma coisa está muito errada aqui.

Olhei novamente para o relógio e vi o nome de Mira pairando sobre meu pulso. Não tinha minimizado a tela translúcida. Meu dedo coçou para tocar no botão *Chamar*, mas uma parte instintiva de mim se conteve. Algo que não entendi muito bem.

Uma parte ligada àquela estranha pontada que se agita dentro de mim.

Voltei a mão ao peito, pressionando os dedos no músculo na tentativa de aliviar a pressão. No entanto, parecia estar apenas aumentando, a intensidade aquecia minhas veias e enviava choques às minhas terminações nervosas.

Franzi a testa. *O que é isso?*

Uma pontada particularmente dolorosa cortou meu ser, me fazendo estremecer. Então ofeguei enquanto meus pulmões de repente lutavam por ar.

Parecia que eu estava morrendo.

Como se eu estivesse perdendo a vontade de viver.

Que merda está acontecendo? Eu me afastei da mesa, e meu predador instantaneamente procurou por qualquer ameaça que estivesse fazendo isso comigo.

Mas não senti nada.

Porque não vinha de uma fonte externa, estava vindo de dentro de mim.

Ismerelda, percebi, franzindo a testa.

O que é que você está fazendo?, exigi, minhas palavras atravessando a barreira entre nossas mentes enquanto o escudo que criei há muito tempo se desfez em pedaços. *Por que você está...*

Eu parei, e minha coluna se endireitou enquanto a psique de Ismerelda tomava conta de mim.

Devastação.

Desespero.

Desesperança.

Ela... ela estava revivendo algum tipo de memória. Algo horrível. Aquela em que ela estava cercada por vários homens, todos com a intenção de violentá-la.

Apenas para que uma sombra aparecesse. *Eu*, reconheci na respiração seguinte. *A noite em que nos conhecemos.*

Ela mencionou algo sobre isso, sobre como eu a salvei, mas ver isso em sua mente... isso... deu credibilidade à história.

Só que a memória parecia estar se misturando com outra coisa. Algo horrível.

Não, ela disse a si mesma. *Se concentre no Cam real. Lembre-se dele. Só dele.*

Pisquei, sem entender o que ela quis dizer.

Ele se foi, ela sussurrou. *Tentei. Falhei.*

Os protocolos de Lilith fritaram a parte do cérebro de Cam onde existe o vínculo Erosita. Como resultado, todas as memórias dele sobre você foram apagadas e não há como ele recuperá-las.

As palavras de Michael ecoaram em sua mente, as declarações não eram atuais, mas uma memória.

Quando foi isso? É real? Segui o fio de seus pensamentos, sua conversa com Michael se desenrolando diante dos meus olhos.

Eu podia vê-lo do ponto de vista dela, sentir sua dor enquanto ele a atacava com suas reivindicações.

E então senti sua derrota total enquanto ele... enquanto ele...

Arregalei os olhos. *Puta merda!*

Essa era a razão pela qual ela estava se lembrando da noite em que nos conhecemos. O cretino a levou a um destino semelhante, um que ela parecia pensar que eu exigi.

Mas o quê? Saí da sala e fui para o elevador, minha mente presa à de Ismerelda enquanto vasculhava suas memórias para descobrir exatamente para onde Michael a levou.

Ela prestou atenção suficiente para eu segui-la.

Vamos. Vamos. Vamos. Pensei para o elevador lento. *Que se foda!*

Entrei na escada e passei para o décimo terceiro nível do subsolo. A porta praticamente caiu das dobradiças quando corri.

O cheiro de Ismerelda – *medo e desolação* – me atraiu direto para ela.

Para um quarto.

Uma sala cheia de vampiros.

Vários deles tinham presas na minha Erosita.

Drenando-a. Matando-a. *Tocando*-a.

Ela estava nua. Eles estavam nus. Duros. Pronto para transar.

Um já estava em sua boca. Outro... se posicionando entre as pernas...

Vermelho.

Tudo. Ficou. *Vermelho.*

Minha fera interior rugiu, minhas mãos e pernas se moveram sem pensar enquanto eu pintava o quarto em tons mortais de vermelho.

Gritos horripilantes rasgaram o ar, seguidos por batidas violentas de cabeças rolando pelo chão.

Tudo aconteceu em uma fração de segundo, minha velocidade e força muito superiores a todos os sobrenaturais na sala. Eles estavam muito perdidos com a alimentação, no que pretendiam fazer para sequer sentirem minha chegada.

E Ismerelda... *minha leoa*... caiu mole no chão.

Fiquei de joelhos ao seu lado, minhas mãos ensanguentadas se movendo sobre ela, procurando por... por... por uma maneira... *merda*.

Uma maneira para quê? Para deixar tudo bem? Para consertar as coisas?

Eu...

Como foi que isso aconteceu?

Era como um sonho ruim.

Um pesadelo piorado por todos os pensamentos de Ismerelda se infiltrando em minha mente.

Ela se fechou por completo, optando por se perder em sua mente em vez de permitir que minha compulsão vencesse.

Que compulsão? me perguntei, apenas para a resposta me atingir no momento seguinte.

O novo Cam não pode ganhar, ela disse a si mesma. *Ele pode ter me obrigado a obedecer a Michael, mas me recuso a lhes dar a satisfação de me ouvirem sofrer enquanto morro.*

Era um ato de desafio da parte dela. Um último *vá se foder* para mim e Michael.

Por que você acha que fiz isso com você? exigi. *Por que eu iria te machucar dessa maneira?*

Ela não respondeu, sua psique estava presa em uma espécie de espiral de memória. Um lugar seguro. Algo que ela criou em um momento de desespero e se fechou dentro dele.

Engoli em seco enquanto mais eventos aconteciam em sua mente. Noites de amor. Palavras apaixonadas. Promessas. Um mundo de amor, admiração e respeito.

— *Eu te amo, Ismerelda. Para sempre. Por toda a eternidade.*

— *Eu também te amo.*

— É assim que ela deveria ter morrido há mil anos. Parece adequado para mim.

Franzi a testa enquanto as memórias pareciam se sobrepor em seus pensamentos, uma era um voto antigo e o outro... Segui as palavras, aquelas que ela se lembrava de eu ter dito, e observei sua lembrança dos acontecimentos.

Isto foi hoje. Talvez há trinta minutos. Foi o que levou a isso.

Mas esse homem não era eu.

Um holograma realista, talvez? A tecnologia de Lilith era avançada o suficiente para conseguir isso. Foi por isso que Helias quis a reunião presencial, ele não confiava nesta era tecnológica.

Pigarreei, passando as mãos sobre minha *Erosita*. O fato de nosso vínculo ainda estar em vigor confirmava que nenhum dos homens a penetrou, mas ela... ela estava...

— Puta merda. — Eu queria matar a todos na sala de novo.

Havia seis deles. *Seis.*

Por que o Michael faria isso? E todas aquelas coisas que ele disse a ela...

Isso é...?

Pigarrei novamente enquanto mais da mente de Ismerelda se fundia com a minha.

Ela não ficou nem um pouco surpresa com as revelações de Michael, porque já sabia de algo sobre elas.

Uma verdade que eu não tinha certeza se entendia.

Lilith venceu, ela continuou lamentando, seu coração pareceu se partir com a admissão. *Aquela vadia venceu.*

Fodendo com minha mente.

Esse parecia ser o consenso.

O quadro de acontecimentos de Ismerelda não correspondia ao meu.

No entanto, ela os guardou para si durante todo esse tempo, ciente de que eu nunca teria acreditado nela. Nunca confiei nela. Nunca pensei em ouvir a versão dela dos acontecimentos.

Ela tentou me conquistar de outras maneiras.

Com sexo.

Mas o tiro saiu pela culatra.

Ele não se importa comigo. Isso é tudo para ele. Até o meu prazer... é para ele.

Não é assim que fazemos amor.

Esta não é o meu Cam.

Por favor, volte para mim... eu... estou com saudades de você...

— Deuses — sussurrei. — O que foi que eu fiz?

Eu... não havia palavras. Eu... eu não poderia...

— Puta merda, Ismerelda.— Eu a puxei para meus braços, seu cabelo encharcado de suor grudou no meu paletó.

Preciso nos tirar daqui, percebi.

Não era seguro.

Ninguém era confiável. Nada era o que parecia.

Eu precisava de respostas. Respostas que apenas ela parecia ter. Mas minha companheira estava catatônica em meus braços, tão perdida em sua própria psique que mal respirava.

Mordi meu pulso e o pressionei contra sua boca, forçando-a a beber. Mas ela estava longe demais para me obedecer.

Merda.

Não havia tempo para tirá-la dessa situação. Precisávamos de um lugar para nos esconder. Onde ninguém poderia nos encontrar. Só então eu poderia começar a tentar consertar a situação. A me desculpar. A rastejar.

Mais tarde, eu disse a mim mesmo. Se concentre em sair daqui.

Michael disse que assistiria Ismerelda morrer, o que tornava provável que ele tivesse me visto massacrar toda a sala de vampiros.

Felizmente, não se passou muito tempo. Talvez cinco

minutos. Não o suficiente para ele reunir vampiros para me derrubar.

A menos que ele tenha o dispositivo que Lilith usou para me incapacitar. Eu podia ouvir sussurros sobre isso nas memórias de Ismerelda, algo sobre como isso estava conectado à parte da mente onde residia o elo *Erosita.*

Ele nunca vai se lembrar de mim. Ele mudou de maneira irrevogável. Meu Cam... está morto.

Seus pensamentos pareciam punhais no meu peito, cada um perfurando minhas entranhas de uma forma que eu nunca tinha experimentado.

A dor dela era minha.

Sua dor de cabeça era minha.

E sua alma danificada... era minha.

Vou resolver isso, prometi, não que ela parecesse me ouvir.

Mas primeiro, eu precisava nos tirar desse bunker.

Aguente firme, minha rainha, sussurrei para ela. *Por favor, aguente um pouco mais. Vou resolver tudo. Eu juro.*

Obrigada por ler *Crueldade Perdida*!

ETERNIDADE PERDIDA

Achei que poderia mudá-lo.
Eu estava errada.
Cam não é o homem que amei. Ele é um monstro.

Estou disposta a lutar por ele?
A perdoá-lo?
Ou matá-lo é o único caminho a seguir?

Este é o futuro em que lycans e vampiros ditam as regras.
Mas suas companheiras são as verdadeiras monarcas.
Porque os corações deles são nossos.

O problema é que não tenho mais certeza se Cam tem um.
Eu já estive destinada a ser sua rainha.
Agora, não sou nada além de um brinquedo.

Um brinquedo que está prestes a se quebrar.
A menos que eu quebre Cam primeiro...

Nota da autora: *Eternidade Perdida* tem conteúdo sombrio e é
a conclusão da série *Aliança de Sangue*.

Lexi C. Foss é uma escritora perdida no mundo do TI. Ela mora em Chapel Hill, na North Carolina, com o marido e seus filhos de pelos. Quando não está escrevendo, está ocupada riscando itens da sua lista de viagem. Muitos dos lugares que visitou podem ser vistos em seus textos, incluindo o mundo mítico de Hydria, que é baseado em Hydra nas ilhas gregas. Ela é peculiar, consome café demais e adora nadar.

https://www.lexicfoss.com/Inicio

MAIS LIVROS DE LEXI C. FOSS

Série Aliança de Sangue

Inocência Perdida

Liberdade Perdida

Resistência Perdida

Rebeldia Perdida

Realeza Perdida

Crueldade Perdida

Eternidade Perdida

Universo da Aliança de Sangue

Desejo

Dia de Sangue

Rainha dos Elementos

Livro Um

Livro Dois

Livro Três

O Próximo Reinado

Rainha dos Vampiros

Livro Um

Livro Dois

Livro Três

Livro Quatro

Outras séries sobre o universo Fae:

Rainha Fae do Inverno

Série X-Clan

A origem

Território Andorra

O experimento

A Flecha de Winter

Território Bariloche

Série V-Clan

Território de Sangue

Território Noturno

Território Eclipse

Outros Livros

Ilha Carnage

Reivindicação